A ROSALINDE

CHAPITRE PREMIER

PROPOS DE TABLE

Il n'est pas facile de fixer un début à cette histoire; pourtant j'ai choisi un certain mercredi, à l'heure du déjeuner, au presbytère. La conversation qui s'y déroulait n'a guère de rapport avec ce qui va suivre — tout au plus une ou deux allusions auront-elles quelques répercussions dans ce récit, plus tard.

Je venais de découper le bœuf bouilli, un bœuf qui, entre parenthèse, était plutôt coriace, lorsqu'au moment de m'asseoir, je fis cette réflexion, assez peu compatible avec l'habit que je porte, que celui qui ferait disparaître le colonel Prothéro rendrait au monde un signalé service.

C'est alors que Denis, mon jeune neneu, dit brusquement :

— Voilà des paroles qui risquent fort d'être retenues contre vous le jour où on trouvera le bonhomme baignant dans son sang. Et Marie viendra déposer, n'est-ce pas, Marie? Elle racontera de quel air menaçant vous brandissiez le couteau à découper.

Marie, qui pour des gages de plus en plus élevés fournissait un travail de moins en moins fatigant, se contenta d'annoncer d'une voix forte et en prenant un air affairé : « Les légumes. » Ce disant, elle présentait à Denis un plat tout fendu.

— Il a, sans doute, encore été insupportable? fit ma femme d'une voix plaintive.

Je ne répondis pas tout de suite, car Marie, ayant posé bruyamment les légumes sur la table, passait des pâtes à peine cuites et peu appétissantes. « Non, merci », fis-je. Elle remit le plat brutalement sur la table et sortit.

— Comme c'est dommage que je sois une maîtresse de maison aussi déplorable! dit encore ma femme avec, dans la voix, un accent de regret sincère.

J'aurais été volontiers de son avis. Ma femme s'appelle Griselda : c'est un nom qui va bien à la femme d'un pasteur. C'est d'ailleurs la seule chose chez elle qui s'accorde avec notre état. Car, pour l'indulgence...

Mon opinion est qu'un pasteur ne devrait pas se marier. Et ce m'est encore un mystère que de savoir les raisons qui m'ont fait supplier Griselda de m'épouser, alors que je la connaissais depuis vingt-quatre heures à peine.

J'ai toujours considéré le mariage comme une chose sérieuse, à laquelle on ne devrait se décider qu'après avoir longuement réfléchi et pour laquelle la similitude des goûts et des penchants est une des conditions les plus indispensables.

Griselda a presque vingt ans de moins que moi. Elle est extrêmement jolie et tout à fait incapable de prendre quoi que ce soit au sérieux. Elle est nulle sous tous les rapports et c'est très fatigant de vivre avec elle. Elle considère la paroisse comme un énorme amusement à l'usage de son plaisir. J'ai entrepris de former son esprit, mais sans aucun succès. Aussi suis-je de plus en plus convaincu que le célibat est nécessaire au clergé. J'ai souvent fait part de cette opinion à Griselda, mais elle s'est contentée d'en rire.

— Ma chérie, lui dis-je, si seulement vous consentiez à faire un peu plus attention.

— Il m'arrive de faire attention, mais, voyez-vous, les choses vont encore plus mal quand je m'en occupe. Ah! non, je ne suis pas de l'espèce des maîtresses de maison. Je trouve que le mieux est encore de laisser Marie faire à sa tête et j'ai pris mon parti de vivre d'une façon peu confortable et de manger médiocrement.

— Que faites-vous de votre mari? fis-je avec une nuance de reproche. (Et me souvenant du démon qui invoque l'Écriture

AGATHA CHRISTIE

L'AFFAIRE PROTHÉRO

(MURDER AT THE VICARAGE)

Traduit de l'anglais par
CLAUDE PIERRE-LANGERS

PARIS
LIBRAIRIE DES CHAMPS-ÉLYSÉES
10, rue de Marignan, 10

à ses propres fins, j'ajoutai :) Et elle s'occupait des choses de la maison...

— Songez donc à la chance que vous avez de ne pas être dévoré par les lions ou brûlé sur un bûcher, interrompit brusquement Griselda. La mauvaise nourriture, la poussière et les mouches mortes, bah! tout cela ne vaut pas la peine de faire une histoire. Racontez-moi plutôt ce que vous avez eu avec Prothéro... Après tout, les premiers chrétiens avaient bien de la chance de ne pas avoir de marguillier...

— Quelle vieille bête prétentieuse que ce Prothéro! dit Denis. Ce n'est pas étonnant que sa première femme l'ait quitté.

— Je ne vois guère, en effet, comment elle aurait pu faire autrement, ajouta ma femme.

— Griselda, fis-je d'un ton sec, je ne supporterai pas que vous parliez de la sorte...

— Voyons, mon chéri, dites-moi ce que vous avez eu avec lui. A quel sujet? Est-ce encore à propos de Mr Hawes qui passe son temps à tout désapprouver, en gesticulant de la tête ou de la main?

Hawes est notre nouveau vicaire. Nous l'avons depuis trois semaines. Ses idées sont très *High Church* [1] et il fait maigre le vendredi. Le colonel Prothéro, au contraire, est un adversaire résolu de tout cérémonial.

— Non, pas aujourd'hui... Il y a bien fait quelques allusions en passant. La discussion est venue au sujet de ce maudit billet d'une livre de Mrs Price Ridley.

Mrs Price Ridley est un des membres les plus dévoués de ma congrégation. Au service anniversaire de la mort de son fils, elle a mis un billet d'une livre à la quête. Or, quand on proclama le résultat de la collecte, elle a eu le dépit de constater que la plus forte offrande mentionnée était un billet de dix shillings. Elle est venue s'en plaindre à moi et je lui ai fait remarquer, avec quelque apparence de raison, qu'elle avait pu se tromper.

1. *High Church* : Haute Église. Les membres de la Haute Èglise admettent le cérémonial traditionnel.

— Nous ne sommes plus jeunes, lui dis-je, essayant de détourner la conversation avec tact, et nous devons payer notre dette à la vieillesse !

Bien que cela puisse paraître étrange, ces mots eurent le don de l'irriter. Elle dit que cet incident lui semblait fort louche et qu'elle était surprise de voir que je n'étais pas de son avis. Puis elle disparut et je crois qu'elle s'en fut alors raconter ses malheurs au colonel Prothéro. Vous savez que le colonel est un homme qui prend du plaisir à faire une histoire chaque fois que l'occasion s'en présente. Une fois de plus, il a donc fait une histoire.

C'est bien dommage que tout cela soit arrivé un mercredi — je fais le catéchisme le mercredi matin — car cette aventure m'a mis dans un grand état de nervosité et j'ai été contrarié pour le reste de la journée.

— Je suppose que cela lui aura procuré quelque plaisir, dit ma femme, comme si elle avait voulu résumer la situation d'une façon impartiale. Personne ne s'agite autour de lui en l'appelant « cher pasteur », personne ne lui brode d'horribles pantouffes et ne lui tricote des chaussettes pour Noël. Sa femme et sa fille en ont plus qu'assez. Aussi je suppose qu'il doit éprouver de la joie à se sentir important quelque part.

— Ce n'est pas une raison pour s'en prendre aux gens, répliquai-je avec humeur. J'aime à croire qu'il ne s'est pas tout à fait rendu compte de la portée de ses paroles. Ne voilà-t-il pas qu'il veut vérifier tous les comptes de l'église, sous prétexte qu'il pourrait y avoir du déficit ! C'est là le mot qu'il a employé : *Déficit !* Est-ce que par hasard il me soupçonnerait de détourner les fonds de la paroisse ?

— Personne ne pourrait avoir l'idée d'une chose pareille, mon ami. Vous êtes tellement au-dessus de tout soupçon que vous pouvez bien faire tout ce qu'il vous plaira. Tenez, je voudrais que vous emportiez la caisse des Missions. Car je déteste les missionnaires, je les ai toujours détestés.

J'aurais désapprouvé Griselda pour ce sentiment, si Marie n'était entrée juste à ce moment avec un gâteau de riz à moitié cuit. Je protestai assez timidement, mais ma femme fit observer que c'était toujours ainsi que les Japonais mangeaient le riz et qu'il fallait voir là l'explication de leur merveilleuse intelligence.

— Je crois même, ajouta-t-elle, que si l'on vous servait un pudding comme celui-ci tous les jours jusqu'à dimanche, vous feriez un sermon magnifique.

— Dieu m'en garde, dis-je en frissonnant... En attendant, Prothèro viendra ici demain soir et nous reverrons les comptes ensemble. Maintenant, il faut que je finisse ma causerie du soir. J'ai été tellement intéressé par le livre *Réalité*, du chanoine Shrileys, que j'avait ouvert pour me documenter, que je ne suis guère avancé dans mon travail. Et vous, Griselda, que faites-vous, cet après-midi?

— Mon devoir, dit Griselda, mon devoir de femme de pas teur : thé et papotages à quatre heures et demie.

— Qui aurez-vous?

Elle se mit à compter sur ses doigts avec un grand air de vertu : Mrs Price Ridley, miss Wetherby, miss Hartnelle et la terrible miss Marple.

— De toutes, je préfère miss Marple : elle a au moins quelque notion de l'humour.

— C'est la plus mauvaise langue du village. Elle est au courant de tout ce qui se passe et c'est toujours pour en tirer les pires conclusions.

Comme je l'ai déjà dit, Griselda a vingt ans de moins que moi. A mon âge, on se rend compte que le pire est en général le vrai.

— En tout cas, dit Denis, ne comptez pas sur moi pour le thé.

— Quel taquin!

— Peut-être, mais les Prothéro m'ont invité à jouer au tennis.

— Taquin! répéta Griselda.

Denis battit prudemment en retraite. Nous entrâmes dans le bureau.

— Je me demande qui viendra à ce thé, dit Griselda en allant s'asseoir à sa table de travail, le docteur Stone et miss Cram, je suppose, et peut-être Mrs Lestrange. A propos, je suis allée lui faire une visite, hier, mais elle était sortie. Oui, je suis certaine d'avoir Mrs Lestrange. Ne trouvez-vous pas curieux qu'elle ait choisi ce village pour y habiter une maison d'où elle ne sort jamais? Cela fait penser à des histoires de détectives. Vous savez : « Qui était la mystérieuse femme à la belle figure pâle? Quel était son passé? Personne ne le savait. Elle portait certainement quelque chose de sinistre en elle. » Moi, je crois que le docteur Haydock est renseigné sur cette femme.

— Vous lisez trop d'histoires de détectives, Griselda, observai-je doucement.

— Et vous? répliqua-t-elle. Je cherchais partout l'autre jour *La tache sur l'escalier*, alors que vous prépariez un sermon dans votre bureau. J'entrai pour vous demander si vous ne l'aviez pas vu quelque part, et qu'est-ce que j'ai trouvé?

J'eus l'amabilité de rougir.

— Je l'ai ramassé par hasard. Une phrase attira mon attention et...

— Je connais ces hasards-là, dit Griselda (et elle se mit à déclamer d'une manière impressionnante :) *Ensuite une chose étrange se produisit : Griselda se leva, traversa la pièce et embrassa affectueusement son vieux mari.*

Ce disant, elle accorda ses actes avec ses paroles.

— Est-ce donc là une chose si extraordinaire? demandai-je.

— Mais bien sûr! Vous rendez-vous compte, Len, que j'aurais pu épouser un ministre, un baron, un riche directeur de compagnie, trois seigneurs de moindre importance, ou encore un raté de mœurs agréables, et que c'est vous que j'ai choisi? N'en êtes-vous pas étonné?

— A l'époque, cela m'étonnait, en effet, et je me suis souvent demandé pourquoi vous aviez agi de la sorte.

Griselda se mit à rire.

— J'ai eu le sentiment de posséder un très grand pouvoir, murmura-t-elle. Les autres me trouvaient extraordinaire, et m'avoir pour femme aurait été pour eux une chose très agréable. Pour vous, au contraire, je représente tout ce que vous n'aimez pas, tout ce que vous désapprouvez, et, malgré cela, vous ne pourriez pas vous passer de moi. Ma vanité n'a pas pu résister. C'est tellement meilleur d'être pour quelqu'un un péché secret et délicieux qu'un sujet de gloriole. Je vous gêne terriblement, je vous énerve sans cesse et, cependant, vous m'adorez; oui, vous êtes fou de moi. N'est-ce pas que vous êtes fou de moi, mon chéri ?

— Je vous aime beaucoup, en effet.

— Oh ! Len, vous m'adorez; vous souvenez-vous du jour où je suis restée à Londres et où je vous ai envoyé un télégramme que vous n'avez pas reçu parce que la sœur de la directrice des postes avait eu, ce jour-là, deux jumeaux, et que celle-ci avait oublié d'envoyer porter la dépêche ? Dans quel était étiez-vous ? Rappelez-vous; vous avez téléphoné à Scotland Yard, vous avez fait une histoire formidable.

On déteste que certaines choses vous soient rappelées. J'avais été vraiment stupide en cette circonstance !

— Si cela ne vous fait rien, ma chérie, dis-je à Griselda, je vais continuer de préparer ma causerie.

Elle fit entendre un soupir d'irritation, m'ébouriffa les cheveux, les remit en place et dit :

— Vous ne m'appréciez pas comme il convient, non, vraiment. Prenez garde, je vais avoir une aventure avec l'artiste. Et songez au scandale que cela fera dans la paroisse.

— Il y en a déjà pas mal comme cela, dis-je doucement.

Griselda éclata de rire, m'envoya un baiser et disparut par la porte-fenêtre.

CHAPITRE II

LE THÉ DE GRISELDA

Griselda est vraiment agaçante. En quittant la table après déjeuner, je me trouvais dans d'excellentes dispositions pour préparer un discours énergique. Maintenant, j'étais agité et assez ennuyé.

Au moment précis où j'allais me mettre à ce sermon, Lettice Prothéro entra en coup de vent.

C'est avec intention que j'emploie l'expression « en coup de vent ». J'ai lu des romans où la jeunesse déborde de joie de vivre, de cette superbe vitalité qui est son apanage. Et moi, je trouve que tous les jeunes gens et les jeunes filles qu'il m'arrive de rencontrer ont l'air d'aimables fantômes.

Lettice faisait précisément penser à un fantôme, cet après-midi-là. C'est une jolie fille, grande et blonde, qui semble toujours dans la lune. Elle entra donc en coup de vent par la porte-fenêtre, enleva machinalement le béret qu'elle portait et murmura d'un air surpris :

— Tiens! c'est vous?

Il y a un sentier qui conduit, par les bois, de Old Hall à la barrière de notre jardin et même juste à la fenêtre du bureau. Cela évite de faire un long détour par la route pour venir à la porte d'entrée. Je ne fus donc pas surpris de voir Lettice arriver par ce chemin-là, mais ce qui me vexa, ce fut son étonnement, et je ne pus m'empêcher de lui dire :

— Quand vous venez dans un presbytère, vous devez bien vous attendre à trouver un pasteur.

Elle avança et s'écroula plus qu'elle ne s'assit dans un de mes grands fauteuils. La main dans les cheveux, elle fixait le plafond.

— Denis est-il là?

— Je ne l'ai pas vu depuis le déjeuner. Je croyais qu'il devait aller faire du tennis chez vous.

— Oh! j'espère qu'il n'y est pas allé, car il ne trouverait personne à la maison.

— Il nous a cependant dit que vous l'aviez invité.

— C'est possible ; seulement, c'est vendredi que j'ai fait mon invitation, et aujourd'hui c'est mardi.

— Mais non, c'est mercredi.

— Alors c'est terrible, car c'est la troisième fois que j'aurai oublié d'aller déjeuner chez des amis.

Heureusement, cela ne semblait pas la contrarier outre mesure.

— Griselda est-elle là?

— Je crois que vous la trouverez avec Lawrence Redding dans l'atelier au fond du jardin.

— J'ai eu une discussion avec mon père précisément au sujet de Lawrence Redding. Vous connaissez mon père, vous savez qu'il est terrible.

— C'était à propos d'une femme?

— Non, Lawrence fait mon portrait en costume de bain. Mon père à tout découvert. Je ne vois d'ailleurs pas pourquoi on ne ferait pas mon portrait en costume de bain, puisque c'est ainsi que je me promène à la plage.

Elle s'arrêta et reprit :

— C'est vraiment absurde, mais mon père a interdit l'entrée de la maison à ce jeune homme. Naturellement, nous avons bien ri, Lawrence et moi. Je viendrai ici et il finira mon portrait dans votre atelier.

— Ah! mais non... et si votre père le défend, moi, je m'y oppose.

— Mon Dieu! soupira Lettice, comme vous êtes tous ennuyeux! Je me sens lasse, très lasse. Si seulement j'avais quelque argent, je partirais, mais, sans argent, je ne puis pas. Ah! si mon père avait la bonne idée de mourir, comme tout irait mieux!

— Pouvez-vous dire une chose pareille, Lettice?

— Eh bien! s'il ne veut pas que je désire sa mort, qu'il ne soit pas aussi intransigeant pour les questions d'argent. Je ne m'étonne plus que ma mère l'ait quitté. Savez-vous que, pendant des années, je l'ai crue morte? A propos, comment était le jeune homme avec lequel elle est partie? Était-il beau?

— Ces choses-là se sont passées avant l'arrivée de votre père ici.

— Je me demande ce qu'elle est devenue? Je suppose qu'Anne aura bientôt une liaison. Elle me déteste, Anne... elle est très correcte avec moi ; mais elle me déteste. Elle prend de l'âge et cela ne lui plaît guère. Le moment approche où il lui faudra abandonner toutes prétentions.

Je commençais à me demander si Lettice avait l'intention de rester tout l'après-midi dans mon bureau.

— Vous n'avez pas vu mes disques? demanda-t-elle.

— Non.

— C'est ennuyeux. Je sais que je les ai laissés quelque part. J'ai aussi perdu le chien. Mon bracelet-montre est resté je ne sais où, mais cela n'a pas d'importance, car la montre ne marche plus. Dieu, que j'ai sommeil! Je me demande d'ailleurs pourquoi, car je me suis levée à onze heures, mais la vie est si fatigante, n'est-ce pas? Il faut que je parte. Je dois aller voir les fouilles du docteur Stone à trois heures,

Je regardai la pendule et lui fis remarquer qu'il était cinq heures moins vingt.

— Vraiment? Mais c'est épouvantable! Je me demande s'ils m'ont attendue ou s'ils sont partis sans moi? Le mieux, je crois, est d'aller voir.

Elle se leva et se précipita dehors, me lançant par-dessus l'épaule :

— Vous le direz à Denis, n'est-ce pas?

Je répondis oui, machinalement, me rendant compte seulement après que je n'avais aucune idée de ce que je devais dire à Denis. Puis, ayant réfléchi que cela n'avait probablement aucune importance, je me mis à méditer sur le cas du docteur Stone, l'archéologue bien connu, arrivé depuis peu à l'hôtel du Sanglier Bleu pour examiner des fouilles dans la propriété du colonel Prothéro. Il y avait déjà eu plusieurs disputes entre lui et le colonel et cela m'amusait de penser qu'il avait invité Lettice à voir ses travaux.

Il me vint à l'esprit que Lettice Prothéro était un peu poseuse Et je me demandai comment elle s'entendrait avec miss Cram, la secrétaire de l'archéologue. Miss Cram est une jeune femme de vingt-cinq ans, bruyante, haute en couleurs, pleine de vie, et dont la bouche semble contenir plus de dents que son compte.

L'opinion du village à son sujet est partagée : est-elle la

femme qu'on serait porté à croire, ou bien est-ce une jeune fille dont la vertu est à toute épreuve et qui a l'intention de devenir Mrs Stone à la prochaine occasion? En tout cas, elle forme un contraste frappant avec Lettice.

J'ai dans l'idée que les choses ne vont pas trop bien à Old Hall. Le colonel s'est remarié il y a cinq ans. La seconde Mrs Prothéro est une femme remarquablement belle, d'un type peu commun. J'avais toujours pensé que les relations entre elle et sa belle-fille n'étaient pas des plus cordiales.

J'en étais là de mes réflexions, lorsque je fus interrompu à nouveau. Cette fois, c'était mon vicaire, Hawes. Il voulait avoir des détails sur mon entrevue avec Prothéro. Je lui dis que le colonel regrettait de lui voir des idées si intransigeantes, mais que ce n'était pas pour me faire part de son sentiment à ce sujet qu'il était venu ici. En même temps, je lui adressai des reproches pour mon compte personnel et je le prévins d'une façon catégorique qu'il devrait se conformer à mes décisions. Hawes prit assez bien mes observations.

Lorsqu'il fut parti, j'éprouvai quelque remords de ne pas l'aimer davantage.

Je constatai en soupirant que les aiguilles de la pendule de mon bureau marquaient cinq heures moins le quart, mais, en réalité, il était quatre heures et demie; je pris le chemin du salon.

Quatre de mes paroissiennes étaient là, leur tasse de thé à la main. Griselda se tenait derrière la table; elle faisait visiblement son possible pour paraître tout à fait dans son élément, mais elle ne réussissait qu'à être plus déplacée que jamais.

Je serrai les mains à la ronde et pris place entre miss Marple et miss Wetherby.

Miss Marple est une vieille dame à cheveux blancs, elle a l'air doux et aimable. Miss Wetherby, au contraire, est un mélange de vinaigre et de violence. Pourtant, des deux, la plus dangereuse, c'est miss Marple.

— Nous parlions, dit Griselda d'une voix mielleuse, du docteur Stone et de miss Cram.

Des vers assez vulgaires composés par Denis sur la secrétaire me vinrent à l'esprit. J'éprouvai soudain l'envie de les dire à haute voix pour en observer l'effet sur mes paroissiennes, mais, heureusement, je sus me retenir.

Miss Wetherby dit alors :

— Non, une jeune fille comme il faut ne ferait pas cela, et elle pinçait ses lèvres minces en signe de désapprobation.

— Ne ferait pas quoi? lui demandai-je.

— Ne serait pas la secrétaire d'un célibataire, précisa-t-elle avec dégoût.

— Ah! ma pauvre amie, dit miss Marple, les hommes mariés sont bien pires que les autres. Rappelez-vous donc cette malheureuse Mollie Carter.

— Vous voulez parler naturellement des maris qui vivent séparés de leur femme? demanda miss Wetherby.

— Et même de ceux qui vivent avec leur femme, murmura miss Marple. Je me souviens...

J'interrompis ces réminiscences de mauvais goût.

— Il me semble qu'à notre époque une jeune fille peut occuper une situation dans les mêmes conditions qu'un homme.

— Une situation qui consiste à venir à la campagne avec un célibataire et à y habiter le même hôtel? dit sévèrement Mrs Price Ridley.

Miss Wetherby chuchota à l'oreille de miss Marple :

— Et leurs chambres sont au même étage!

Elles échangèrent un regard entendu.

Miss Hartnell, qui est une nature tumultueuse et enjouée fit observer d'une voix forte :

— Le pauvre homme va se trouver pris au piège sans seulement s'en douter. Il est aussi naïf que l'enfant qui n'est pas encore né. Vous voyez ça d'ici.

— C'est absolument dégoûtant, continua miss Hartnell avec son manque de tact habituel. Il a au moins vingt-cinq ans de plus qu'elle.

Elle n'alla pas plus loin. Trois voix féminines l'interrompirent ensemble, chacune suivant un sujet différent. L'une se mit à parler de l'excursion des enfants de chœur, l'autre du regrettable incident qui s'était produit à la dernière réunion des mères de famille, la troisième des tableaux de notre église. Miss Marple lança un coup d'œil malicieux à Griselda.

— Ne croyez-vous pas, dit ma femme, que miss Cram se contente d'apprécier une situation intéressante et qu'elle ne considère le docteur Stone que comme son patron?

Tout le monde s'était tu. Sans doute, pas une de ces quatre dames ne partageait cet avis. Miss Marple rompit le silence et, caressant le bras de Griselda :

— Ma chère petite, dit-elle, vous êtes encore bien jeune. Et la jeunesse est sans méchanceté.

Griselda répliqua avec une véritable indignation qu'il ne fallait pas la croire dépourvue de méchanceté.

— Mais, naturellement, dit miss Marple, sans tenir compte de sa protestation, vous pensez toujours du bien de tout le monde.

— Voyons, croyez-vous sérieusement que miss Cram veuille épouser cet ennuyeux bonhomme chauve?

— Je crois qu'il a de la fortune, dit miss Marple. Je crains bien qu'il n'ait aussi un mauvais caractère. N'a-t-il pas eu l'autre jour une sérieuse discussion avec le colonel Prothéro?

Et toutes se penchèrent pour mieux entendre.

— Le colonel lui a dit qu'il n'était qu'un ignorant.

— Ça ne m'étonne pas de Prothéro, et c'est tellement absurde! ajouta Mrs Price Ridley.

— Moi non plus, interrompit miss Marple, cela ne m'étonne pas du colonel, mais quant à dire que c'est absurde... Vous souvenez-vous de cette femme qui vint un jour ici disant qu'elle quêtait pour des œuvres? Elle disparut après avoir recueilli de nombreuses souscriptions et on apprit qu'elle n'appartenait à aucune association de bienfaisance. On est souvent porté à être trop confiant et à juger les autres d'après soi-même.

Je n'aurais jamais pensé à dépeindre miss Marple sous les traits d'une personne confiante.

— N'y a-t-il pas eu une histoire au sujet de ce jeune peintre, Mr Redding? demanda miss Wetherby.

Miss Marple opina de la tête.

— Le colonel Prothéro l'a mis à la porte de chez lui; il paraît qu'il faisait le portrait de Lettice en costume de bain.

Imaginez l'impression que fit une telle révélation!

— J'avais toujours pensé qu'il y avait quelque chose entre eux, dit Mrs Price Ridley. Ce jeune homme est toujours à rôder par là. C'est dommage que cette enfant n'ait pas sa mère. Une belle-mère, ce n'est jamais la même chose.

— Je crois pourtant que Mrs Prothéro fait de son mieux, répondit miss Hartnell.

— Oui, mais les jeunes filles sont tellement rusées, déplora Mrs Price Ridley.

— C'est un véritable roman, ne trouvez-vous pas? dit la sensible miss Wetherby. Ce jeune homme a l'air très bien.

— C'est un débauché, trancha miss Hartnell. Comment voulez-vous qu'il en soit autrement? Un artiste! Paris! Les modèles! Tout, quoi!

— La peindre en costume de bain, s'indigna Mrs Price Ridley, ce n'est tout de même pas convenable.

— Il fait aussi mon portrait, laissa tomber négligemment Griselda.

— Mais pas en costume de bain, chère amie, rétorqua miss Marple.

— C'est peut-être pis, affirma Griselda d'une voix solennelle.

— Espiègle! s'écria miss Hartnell, voulant faire preuve de largeur d'esprit, alors que les autres paraissaient légèrement choquées.

— Cette chère Lettice vous a-t-elle raconté ses déboires? me demanda miss Marple.

— Si elle m'a raconté?...

— Oui, je l'ai vue traverser le jardin et se diriger vers la porte-fenêtre de votre bureau.

Miss Marple voit toujours tout. Le jardinage est pour elle un prétexte, et l'habitude d'observer les oiseaux avec des jumelles peut aussi servir d'excuse.

— Oui, elle m'en a parlé, avouai-je.

— Mr Hawes paraissait contrarié, dit miss Marple, j'espère que son travail ne le fatigue pas trop?

— Oh! s'écria miss Wetherby avec animation, j'oubliais que j'ai des nouvelles à vous apprendre. J'ai vu le docteur Haydock sortir de la maison de Mrs Lestrange.

Elles se regardèrent.

— Elle est peut-être malade, suggéra Mrs Price Ridley.

— Dans ce cas, la maladie a été bien subite, fit miss Hartnell, car je l'ai vue se promener dans son jardin cet après-midi, vers trois heures. Elle paraissait en excellente santé.

— Elle et le docteur Haydock doivent être des amis de vieille date, dit encore Mrs Price Ridley, mais il s'est toujours montré là-dessus d'une extrême discrétion.

— C'est curieux, continua miss Wetherby, qu'il n'y ait jamais fait allusion.

— A vrai dire..., commença Griselda mystérieusement et à voix basse.

Elle prit un temps.

Et toutes se penchèrent en avant avec plus d'intérêt encore.

— Il se trouve que je suis au courant, reprit solennellement Griselda. Son mari était missionnaire. C'est une terrible histoire. Il fut mangé, mais oui, mangé. Et elle fut contrainte de devenir la femme du chef des Cannibales. Le docteur Haydock, qui se trouvait là-bas en expédition, l'a sauvée.

Pendant quelques instants, l'étonnement fut à son comble, puis miss Marple dit encore avec un air de reproche, mais dans un sourire :

— Espiègle! et elle donna quelques petits coups sur le bras de Griselda.

— C'est très imprudent ce que vous faites là, ma chère. Si vous forgez ainsi des histoires, les gens sont capables de les croire. Et parfois cela amène des complications.

Il y eut un froid dans l'assistance. Deux des dames se levèrent pour prendre congé.

— Je me demande s'il y a quelque chose entre le jeune Lawrence et Lettice, dit encore miss Wetherby. Cela m'en a tout l'air. Qu'en pensez-vous, miss Marple?

Miss Marple semblait pensive.

— Moi, je ne crois pas. Pas avec Lettice, peut-être avec une autre que Lettice.

— Mais le colonel a dû le supposer?

— Il m'a toujours donné l'impression d'être stupide, dit miss Marple. Tout à fait l'homme qui se met en tête une idée fausse et qui ne veut pas en démordre. Vous souvenez-vous de Joe Bucknell, le tenancier du *Sanglier Bleu?* Quel chambard il faisait après sa fille qui, croyait-il, flirtait avec le jeune Bailey. Et c'était de sa coquine de femme qu'il s'agissait!

Tandis qu'elle parlait, elle regardait Griselda bien en face; j'avais une envie folle de me mettre en colère.

— Ne croyez-vous pas, miss Marple, lui dis-je, que nous sommes portés à trop laisser marcher nos langues? La charité chrétienne ne doit pas penser au mal, vous le savez. On peut faire beaucoup de mal avec des médisances.

— Cher pasteur, vous êtes tellement au-dessus des choses de ce monde! Mais, pour ma part, je crains bien, pour avoir observé depuis longtemps la nature humaine, qu'il ne faille en attendre que peu de chose de bon. Certes, les bavardages des gens oisifs ne sont ni recommandables ni charitables, mais ils sont souvent vrais. N'est-ce pas?

Sur ce dernier trait, miss Marple rentra chez elle.

CHAPITRE III

ANNE ET LAWRENCE

— Quelle commère, et méchante, avec ça! s'écria Griselda aussitôt que la porte se fut refermée.

Elle fit une grimace dans la direction où les visiteuses venaient de partir, puis, me regardant, elle éclata de rire :

— Len, sincèrement, vous ne me soupçonnez pas de flirter avec Lawrence Redding?

— Mais bien sûr que non, ma chérie.

— Cependant, vous avez bien cru que c'était à cela que miss Marple faisait allusion. Et vous avez pris ma défense, magnifiquement, tout à fait comme un tigre en colère.

Je me sentis un peu gêné. On ne devrait jamais pouvoir comparer un pasteur à un tigre en colère. Je pensais bien pourtant que Griselda exagérait.

J'en profitai pour élever une protestation :

— Savez-vous, Griselda, que vous devriez faire attention à ce que vous dites?

Alors, elle :

— Vous voulez parler de l'histoire des Cannibales? Ou c'est parce que j'ai laissé entendre que Lawrence faisait mon portrait toute nue? Si elles savaient qu'il me peint vêtue d'un épais manteau avec un très haut col de fourrure — un manteau dans lequel on pourrait se présenter devant le pape lui-même — et qui ne découvre pas le moindre morceau de chair! Car tout est absolument correct. D'ailleurs, Lawrence n'essaie jamais de me faire la cour. Je me demande même pourquoi.

— C'est certainement parce qu'il sait que vous êtes une femme mariée.

— N'ayez donc pas l'air de sortir de l'arche de Noé, Len, vous savez fort bien qu'une femme jeune et jolie, mariée à un homme mûr, est un présent du ciel pour un jeune homme.

Il doit y avoir à son attitude une autre raison, car je ne manque pas de charme, n'est-ce pas?

— Mais vous ne désirez pas qu'il vous fasse la cour?

— Non, répondit Griselda avec un peu plus d'hésitation qu'il ne convenait.

— N'est-il pas amoureux de Lettice Prothéro?

— Cela ne semblait pas être l'avis de miss Marple.

— Miss Marple peut se tromper.

— Miss Marple ne se trompe jamais. Elle est de l'espèce de ces vieilles commères qui ont toujours raison.

Elle s'arrêta un instant et ajouta en me jetant un regard de coin :

— Vous me croyez, n'est-ce pas, Len, quand je dis qu'il n'y a rien entre Lawrence et moi?

— Mais certainement, ma chère Griselda, dis-je, un peu surpris.

Ma femme vint vers moi et m'embrassa.

— Je voudrais bien que vous ne vous laissiez pas induire en erreur aussi facilement. Vous devez toujours me croire.

— C'est bien ainsi que je l'entends. Mais, ma chérie, je vous en supplie, surveillez votre langue et faites attention à vos paroles. Rappelez-vous que ces femmes-là sont totalement dépourvues d'humour et qu'elles prennent tout au sérieux.

— Ce qui leur manque, dit Griselda par manière de plaisanterie, c'est un peu de dévergondage dans leur existence : comme cela, elles ne s'amuseraient pas à en rechercher chez les autres.

Sur cette réflexion paradoxale, elle quitta la pièce. Je regardai ma montre et, à mon tour, je sortis précipitamment, car j'avais encore quelques visites à faire et j'étais en retard.

Comme d'habitude, il n'y avait pas beaucoup de monde au service du soir. Quand je quittai l'église, après avoir enlevé ma soutane dans la sacristie, je ne vis en tout et pour tout qu'une femme qui regardait les vitraux. Nous en possédons quelques-uns d'assez anciens, et d'ailleurs notre église n'est pas sans intérêt. Au bruit de mes pas, cette visiteuse attardée se retourna : c'était Mrs Lestrange.

Nous nous regardâmes, assez hésitants, puis je lui dis :

— J'espère, madame, que notre petite église vous plaît?

— J'ai beaucoup admiré le rétable, répondit-elle.

Sa voix était agréable, basse et pourtant très claire; elle articulait parfaitement.

— Je regrette beaucoup de n'avoir pas été chez moi, hier, lors de la visite de votre femme, ajouta-t-elle.

Nous parlâmes encore quelques minutes de l'église. C'était évidemment une femme cultivée et elle connaissait l'art religieux. Nous sortîmes ensemble et prîmes le même chemin, car une des routes qui conduisent au presbytère passe devant chez elle. En arrivant à la grille, elle proposa aimablement :

— Mais entrez donc! Et dites-moi ce que vous pensez de mes transformations.

J'acceptai l'invitation. Little Gates appartenait précédemment à un colonel anglo-hindou et j'éprouvais un véritable soulagement à constater que la table de cuivre et les bouddhas avaient disparu. Maintenant, c'était meublé très simplement, avec un goût exquis. On ressentait une impression d'harmonie et de repos.

Cependant, je me demandais de plus en plus ce qui avait pu amener à Saint-Mary Mead une personne comme Mrs Lestrange.

De toute évidence, c'était une femme du monde. Quelle drôle d'idée de venir s'enterrer au fond de ce village!

Dans son grand salon clair, j'avais le loisir de l'observer de près pour la première fois.

Mrs Lestrange était très grande. Sa chevelure blonde avait des reflets roux. Ses sourcils et ses cils étaient noirs : l'étaient-ils artificiellement, l'étaient-ils naturellement, je ne saurais le dire. Si cependant elle était fardée, ce que je pense, c'était avec art. Sa figure au repos avait quelque chose d'énigmatique et elle avait les yeux les plus étranges que j'aie jamais vus, des yeux presque dorés.

Elle était vêtue avec élégance et possédait cette aisance de manières qui décèle la femme bien élevée. Cependant, il y avait en elle quelque chose d'étrange et de déconcertant. Je pensai au mot « sinistre » employé par Griselda pour la qualifier. Bien sûr, c'était absurde, mais après tout, était-ce tellement absurde? Une pensée me vint spontanément à l'esprit : une telle femme était capable de tout.

Notre conversation était tout à fait normale : peinture, livres, vieilles églises. Pourtant, j'eus l'impression très nette qu'il y avait autre chose, oui, autre chose de tout différent qu'aurait désiré me confier Mrs Lestrange.

Je surpris une ou deux fois son regard qui m'observait, j'y devinai une hésitation, comme s'il lui était impossible de prendre une décision. Visiblement, elle ne voulait pas porter la conversation sur le terrain personnel. Aucune allusion soit à un mari, soit à des amis ou des parents.

Et pourtant, ses yeux avaient toujours cette expression suppliante qui semblait dire : « Vais-je me confier à vous? Je le voudrais bien. Ne pourriez-vous m'y aider? »

Mais cette expression elle-même s'évanouit, et peut-être, après tout, n'avait-elle été qu'une création de mon esprit. J'eus le sentiment que l'on me priait de me retirer. Je me levai pour prendre congé. Avant de quitter la pièce, je jetai encore un regard en arrière et ce fut pour voir Mrs Lestrange me fixer d'un air inquiet et énigmatique.

— Puis-je quelque chose?...

Elle ne me laissa pas achever et répondit d'une façon assez équivoque :

— C'est très aimable à vous.

Nous demeurâmes silencieux. Enfin, elle se décida :

— Je voudrais tant savoir... Mais c'est si difficile... Non, personne ne peut m'aider. Mais je vous remercie cependant de me l'avoir proposé.

Et, comme ces derniers mots semblaient devoir être définitifs, je partis, très perplexe. Car nous ne sommes guère habitués aux choses mystérieuses à Saint-Mary Mead.

C'est si vrai que, comme je franchissais la barrière, je fus littéralement happé par miss Hartnell. Cette femme a une façon de se jeter sur vous qui est pénible et gênante.

— Je vous ai vu, s'écria-t-elle avec une gaieté forcée. Je vous attendais avec tant d'impatience. Maintenant, dites-moi tout ce que vous savez.

— Mais à quel sujet?

— Sur cette femme mystérieuse. Est-elle veuve? A-t-elle un mari quelque part?

— Vraiment, je ne puis pas vous renseigner, car elle ne me l'a pas dit.

— Comme c'est bizarre! Elle aurait pu, par hasard, au cours de la conversation, faire une allusion quelconque à sa situation. C'est à croire qu'elle a des raisons de ne pas parler. N'est-ce pas votre avis?

— Je ne vois pas les choses ainsi.

— Ah! comme le dit si justement cette chère miss Marple, que vous êtes donc au-dessus des réalités de ce monde, cher pasteur! Mais y a-t-il longtemps qu'elle connaît le docteur Haydock?

— Elle ne m'a pas parlé de lui, aussi je n'en sais rien.

— Vraiment! Mais alors, de quoi donc vous êtes-vous si longuement entretenus?

— Nous avons parlé peinture, musique, littérature, répondis-je.

C'était d'ailleurs la vérité.

Miss Hartnell, dont la conversation roule toujours sur le prochain, me sembla méfiante et incrédule. Et, profitant de ce qu'elle s'arrêtait un instant pour réfléchir à la question qu'elle allait de nouveau me poser, je me hâtai de lui dire au revoir et de m'éclipser.

Je fis encore une visite et je rentrai au presbytère par la barrière du jardin en passant par l'endroit dangereux : le jardin de miss Marple. Pourtant, je ne voyais pas comment la nouvelle de ma visite à Mrs Lestrange aurait pu déjà parvenir aux oreilles de notre voisine et je m'en sentis rassuré.

En fermant la barrière, l'idée me vint de descendre au hangar qui est au fond du jardin et que le jeune Redding utilisait comme atelier. Je voulais voir si le portrait de Griselda avançait.

Je vais relater ici un événement important, qui éclairera la suite de cette histoire, mais dont je ne parlerai qu'autant il sera nécessaire.

Je pensais qu'il n'y avait personne dans l'atelier. Aucune voix ne m'avertissait d'une présence, et le bruit de mes pas était assourdi par l'herbe.

J'ouvris la porte et demeurai pétrifié sur le seuil. Deux personnes étaient là : un homme et une femme tendrement enlacés.

Ces deux personnes étaient le peintre Lawrence Redding et Mrs Prothéro.

Je me retirai précipitamment pour battre en retraite vers mon bureau. Là, je m'assis sur une chaise, pris ma pipe et me mis à réfléchir.

J'avais été d'autant plus frappé par cette découverte qu'après ma conversation de l'après-midi avec Lettice, j'étais convaincu qu'il y avait quelque chose entre elle et le jeune homme. Elle devait d'ailleurs en être elle-même persuadée et elle paraissait à cent lieues de se douter des sentiments que le peintre éprouvait pour sa belle-mère.

Quelle erreur grossière! Je rendis hommage à miss Marple. Elle ne s'était pas trompée, elle avait tout deviné et avec quelle perspicacité! Je m'étais complètement mépris sur le coup d'œil entendu qu'elle avait lancé à Griselda.

Jamais je n'aurais imaginé qu'il pouvait s'agir de Mrs Prothéro. On était, en effet, plutôt porté à comparer Mrs Prothéro à la femme de César : c'était une personne calme et renfermée qu'on n'aurait jamais crue capable d'éprouver des sentiments profonds.

J'en étais là de mes méditations quand un coup frappé à la fenêtre de mon bureau me fit sursauter. Je me levai et me dirigeai de ce côté. Mrs Prothéro était dehors. J'ouvris, elle entra avant que je l'en aie priée. Elle traversa la pièce et s'écroula, tout essoufflée, sur le sofa.

J'eus l'impression de ne l'avoir encore jamais vue. Ce n'était plus la femme tranquille et renfermée que je connaissais : à sa place j'avais devant moi une créature suffoquant de désespoir. Pour la première fois, je me rendais compte qu'Anne Prothéro était très belle.

C'était une brune au teint mat avec de profonds yeux gris. Elle était à ce moment toute rouge et sa poitrine se soulevait. On eût dit une statue qui, soudain, se serait animée. Je fus ébloui de cette transformation.

— J'ai pensé qu'il valait mieux venir, dit-elle. Vous... vous avez vu tout à l'heure...

J'approuvai de la tête.

Elle continua d'une voix calme :

— Nous nous aimons...

Au milieu de sa détresse et de son trouble, elle ne pouvait s'empêcher de sourire ; et c'était le sourire d'une femme qui entrevoit quelque chose de très beau de merveilleux.

Comme je demeurais silencieux, elle ajouta :

— Cela vous paraît très mal, n'est-ce pas?

— Vous ne voudriez tout de même pas qu'il en soit autrement, Mrs Prothéro?

— Non... non, bien sûr.

Je continuai, mettant dans ma voix le plus de douceur possible :

— Vous êtes mariée.

Elle me coupa la parole :

— Oh! je sais... je sais... Croyez-vous donc que je ne me suis pas dit et redit tout cela? Je ne suis pas une mauvaise femme... non. Et les choses ne sont pas... ne sont pas... aussi avancées que vous pourriez le croire.

— J'en suis bien heureux, dis-je gravement.

Alors, d'une voix craintive :

— Parlerez-vous à mon mari? dit-elle.

Je répondis assez sèchement :

— C'est curieux! On semble toujours croire qu'un pasteur soit incapable de se comporter en gentleman.

Elle tourna vers moi des yeux pleins de reconnaissance.

— Je suis si malheureuse, si affreusement malheureuse! Je n'en puis plus, vraiment je suis à bout. Je ne sais plus que faire. (Sa voix devenait aiguë ; elle s'énervait.) Vous ne savez pas ce qu'est ma vie. Depuis toujours je suis malheureuse avec Lucius. Pas une femme ne pourrait être heureuse avec lui. Il m'arrive de souhaiter sa mort... C'est terrible, mais c'est ainsi. Je suis au désespoir.

Elle se leva avec brusquerie et alla regarder par la fenêtre.

— Qu'est-ce que c'est? J'ai cru entendre quelqu'un. C'est peut-être Lawrence.

A mon tour, j'allai à la fenêtre que je croyais fermée et qui ne l'était pas. Je sortis et regardai dans le bas du jardin, mais je ne vis personne. Et pourtant, moi aussi, j'étais à peu près sûr d'avoir entendu quelqu'un, mais peut-être, après tout, était-ce l'assurance de ma visiteuse qui m'en avait convaincu.

Quand je rentrai, elle était assise, la tête lourdement inclinée. Une vraie statue du désespoir. Elle répéta :

— Que faire?... Que faire?...

J'allai m'asseoir près d'elle et je lui dis ce que je croyais être de mon devoir ; je le fis avec toute la conviction nécessaire. Je me souvins alors, non sans quelque ennui, que, le matin même, j'avais, moi aussi, exprimé l'opinion que le monde n'en irait que mieux si le colonel Prothéro n'en faisait plus partie.

Je la suppliai de ne rien faire d'irrévocable. Quitter son mari, déserter son foyer, c'est une décision à laquelle on ne se résout que dans une extrémité redoutable.

Je ne crois pas l'avoir convaincue. J'ai une assez longue expérience de la vie pour savoir qu'il est vain de vouloir faire entendre raison à celui qui est amoureux ; mais je suis persuadé que mes paroles lui apportèrent tout de même quelque apaisement.

Quand elle se leva pour partir, elle me remercia et promit de tenir compte de ce que je venais de lui dire.

Néanmoins, je me sentis très inquiet. Je comprenais que j'avais méconnu la nature d'Anne Prothéro. Elle m'apparaissait à présent comme une femme désespérée, tout entière à sa passion, et que rien ne saurait arrêter. Oui, elle était sauvagement, follement amoureuse de Lawrence Redding, comme peut l'être une telle femme, d'un homme plus jeune qu'elle.

Tout cela ne présageait rien de bon.

CHAPITRE IV

LE COLONEL PROTHERO

J'avais totalement oublié que nous avions invité Lawrence Redding à dîner, ce soir-là. Aussi fus-je plutôt surpris quand Griselda, se précipitant dans la pièce pour me gronder, me fit remarquer que le dîner serait prêt dans deux minutes.

— J'espère que tout ira bien, me cria-t-elle dans l'escalier. J'ai réfléchi à ce que vous m'avez dit au déjeuner et j'ai préparé quelque chose de bon.

Je peux dire en passant que ce dîner devait confirmer l'opinion de ma femme qui prétend que les choses vont encore plus mal quand c'est elle qui s'en occupe. Le menu était conçu avec beaucoup de prétention et Marie semblait avoir pris un malin plaisir à faire en sorte que les plats soient brûlés ou pas assez cuits. Griselda avait commandé des huîtres et on aurait pu supposer que ces mollusques échapperaient à l'incompétence culinaire de la pauvre fille. Mais il nous fut impossible d'y goûter, car il n'y avait rien à la maison pour les ouvrir et on s'en aperçut juste au moment de se mettre à table.

Je craignais que Lawrence ne vînt pas — il aurait pu facilement s'excuser — mais, au contraire, il arriva presque à l'heure et nous prîmes tous les quatre le chemin de la salle à manger.

Lawrence Redding possède une personnalité très attrayante. C'est indéniable. Je lui donne à peu près trente ans. Ses cheveux sont bruns, ses yeux bleus, mais si brillants qu'ils en sont presque inquiétants. C'est le type du jeune homme accompli. Il est très sportif, c'est un excellent fusil, un bon acteur amateur et il sait vous conter une histoire comme pas un. C'est aussi un animateur de première classe. Je crois bien qu'il a du sang irlandais dans les veines. Ce n'est pas du tout l'artiste tel qu'on se l'imagine d'ordinaire. Et pourtant, je crois que c'est un bon peintre moderne, encore que je manque de compétence en cette matière.

Il était tout naturel que ce soir-là il parût un peu distrait. Pourtant il se comporta fort bien. Je crois que ni Griselda ni Denis ne remarquèrent rien d'anormal. Et très probablement je n'aurais rien remarqué moi-même si je n'avais été au courant.

Griselda et Denis étaient particulièrement gais, ils plaisantaient au sujet du docteur Stone et de miss Cram — le scandale du pays. A les écouter, il m'apparut combien l'âge de Griselda était plus en rapport avec celui de Denis qu'avec le mien. J'en eus comme de l'angoisse. Il m'appelait oncle Len, mais il lui disait Griselda, et j'éprouvais une impression de solitude.

Je suis persuadé que c'est Mrs Prothéro qui m'avait bouleversé, car je ne donne pas prise d'habitude, à ces réflexions oiseuses.

Griselda et Denis allaient même un peu loin par moments, mais je ne me sentais pas le courage de les arrêter. Je pense qu'il est dommage que la seule présence d'un pasteur puisse avoir un effet réfrigérant.

Lawrence, gaiement, prit part à la conversation. Cependant, je n'étais pas sans avoir remarqué que ses regards revenaient sans cesse vers moi et je ne fus guère étonné quand, après le dîner, il fit en sorte de m'entraîner dans le bureau.

Sitôt que nous fûmes seuls, il changea d'attitude. Son visage devint grave et anxieux. Il avait l'air presque farouche.

— Vous avez surpris notre secret, monsieur, dit-il. Qu'allez-vous faire?

Je pouvais parler beaucoup plus librement avec Redding que je n'avais pu le faire avec Mrs Prothéro. Il prit fort bien la chose.

— Naturellement, dit-il quand j'eus terminé, vous êtes obligé de me dire tout cela, vous êtes un pasteur. Je ne dis pas ça pour vous offenser. Et d'ailleurs, je crois que vous avez peut-être raison. Mais notre amour n'est pas un sentiment ordinaire.

Je lui fis observer que les hommes répétaient ces mots-là depuis que le monde est monde. Un étrange petit sourire passa sur ses lèvres.

— Vous voulez dire que chacun croit toujours que son cas est unique? C'est peut-être vrai. Mais il est une chose dont vous ne devez pas douter.

Et il m'affirma que jusqu'à présent il ne s'était passé entre eux rien de répréhensible.

— Anne, continua-t-il, est la femme la plus digne et la plus loyale qui ait jamais existé.

Qu'allait-il arriver? il n'en avait aucune idée.

— Si cette histoire se passait dans un livre, dit-il d'une voix fatale, le vieux mourrait... et ce serait un bon débarras pour tout le monde.

Je le désapprouvai.

— Oh! je ne veux pas dire que je vais le frapper dans le dos avec un couteau. Pourtant, je remercierais chaleureusement celui qui se chargerait de le faire. Je suis certain qu'il n'est personne au monde pour dire du bien de cet homme. Je me demande pourquoi la première Mrs Prothéro ne lui a pas fait son affaire. Je l'ai rencontrée voilà quelques années, elle en paraissait tout à fait capable. Le calme de cette femme était terrible. Lui tempête toujours, provoque partout des disputes ; c'est un vrai démon. Quel affreux caractère! Vous ne savez pas tout ce qu'Anne a enduré. Si je possédais quelque argent, je l'enlèverais sans autre explication.

Il se tut. Alors, avec gravité, je lui parlai ; je le suppliai de quitter Saint-Mary Mead. A quoi lui servirait-il de rester? Il ne réussirait qu'à ajouter encore au malheur d'Anne. Les gens jaseraient et cette histoire viendrait immanquablement aux oreilles du colonel. Non, ce n'est pas ça qui arrangerait les choses.

Lawrence protesta.

— Personne ne sait rien, pasteur, si ce n'est vous.

— Jeune homme, jeune homme, vous connaissez fort mal les habitants d'un village comme le nôtre ; il y a chez chacun d'eux un détective qui s'ignore. Croyez-moi, tout le monde ici connaît vos affaires les plus intimes. Il n'existe pas dans toute l'Angleterre un policier pour rivaliser avec une vieille fille qui n'a rien à faire.

— Eh bien! alors, s'exclama-t-il, tout est pour le mieux, car tout le monde croira que c'est de Lettice que je suis amoureux !

— N'avez-vous jamais pensé que Lettice elle-même pouvait le croire?

Ma question sembla beaucoup le surprendre. Lettice se souciait bien de lui ; il en était persuadé.

— C'est une étrange fille, continua-t-il, on dirait toujours qu'elle est dans la lune et pourtant, au fond, je la crois très pratique. Elle affecte de paraître lointaine, mais n'est-ce pas une attitude qu'elle se donne? Lettice sait fort bien ce qu'elle fait, allez. Ajoutez qu'elle est naturellement vindicative. Si vous saviez comme elle déteste Anne! C'est même assez inexplicable. Et, quand je dis qu'elle la déteste, elle la hait. Pourtant, Anne, s'est toujours conduite avec elle comme un ange.

Je ne le crus évidemment pas sur parole. Pour un amoureux, celle qu'il aime est toujours un ange. Pourtant, à ma connaissance, Anne s'était toujours comportée envers sa belle-fille sans parti pris et même avec bonté, et j'avais été surpris cet après-midi du ton haineux qu'avait pris Lettice.

La conversation prit fin sur ces mots, car Griselda et Denis entrèrent tout à coup en disant que je ne devrais pas accaparer Lawrence comme s'il était un vieux camarade.

— Mon Dieu! s'écria Griselda en se jetant dans un fauteuil. Que j'aimerais donc ressentir quelque émotion violente... être le témoin d'un crime, ou même d'un cambriolage...

— Je ne crois pas qu'il y ait grand-chose à cambrioler ici, dit Lawrence, voulant se mettre à l'unisson. A moins de voler les fausses dents de miss Hartnell...

— Elles claquent horriblement, mais vous vous trompez en disant qu'il n'y a ici rien à dérober qui en vaille la peine. Il y a, à Old Hall, quelques magnifiques pièces d'argenterie : des plats, des salières, des coupes et toutes sortes d'autres objets qui valent, paraît-il, des milliers de livres sterling.

— Le vieux vous abattrait, très probablement, avec son revolver d'ordonnance, répliqua Denis, et cet exercice ne serait pas pour lui déplaire.

— Oh! mais nous commencerions d'abord par l'attacher. Qui a un revolver? demanda Griselda.

— J'ai un mauser, répondit Lawrence.

— Vraiment! Comme c'est drôle! Comment se fait-il que vous ayez une telle arme?

— Un souvenir de guerre, dit-il brièvement.

— Le bonhomme a montré son argenterie à Stone aujourd'hui. Le vieux Stone prétendait s'y intéresser à un point qu'on ne saurait croire.

— N'avait-on pas dit qu'ils s'étaient querellés à propos des fouilles? demanda Griselda.

— Oh! ils se sont réconciliés, répondit Denis. Moi, j'avoue que je n'arrive pas à comprendre qu'il y ait des gens pour faire des fouilles.

— Ce Stone m'intrigue, reprit Lawrence. Je le crois fort distrait. A certains moments, on jurerait qu'il n'entend rien à l'archéologie.

— C'est l'amour, s'écria Denis, qui se mit à fredonner quelques vers de circonstance.

— Maintenant, dit Lawrence, il faut que je vous quitte.

Merci beaucoup, Mrs Clément, pour cette charmante soirée.

Griselda et Denis le reconduisirent. Celui-ci revint seul. Quelque chose l'avait contrarié. Il se promenait de long en large, le sourcil froncé, frappant les meubles à grands coups de pied.

Notre mobilier est en si mauvais état qu'il est à peu près impossible de l'endommager davantage. Cependant, je protestai pour la forme.

— Pardon, s'excusa Denis.

Puis, après un moment de silence, il éclata :

— Ah ! ces commérages, quelle ignominie !

J'étais surpris. Denis ne nous avait pas habitués à de telles réactions.

— Qu'y a-t-il donc ?

— Je ne sais pas si je dois vous le dire.

J'étais de plus en plus perplexe.

— C'est absolument dégoûtant. Aller dire cela partout, ou plutôt, pas le dire, l'insinuer. Non, je m'en voudrais de vous le répéter, c'est trop dégoûtant.

Je le regardais avec curiosité sans oser le questionner davantage. Et pourtant j'aurais tant voulu savoir ! Cela ressemble si peu à Denis de prendre les choses ainsi à cœur.

A ce moment, Griselda entra.

— Miss Wetherby sort d'ici. Elle n'a fait qu'entrer et sortir, juste le temps d'annoncer que Mrs Lestrange est partie à huit heures un quart et qu'elle n'est pas encore rentrée. Personne ne sait où elle est allée.

— Quel besoin ont-ils donc de savoir ?

— En tout cas, elle n'est pas allée chez le docteur Haydock. Ça, miss Wetherby en est sûre : elle a téléphoné à miss Hartnell qui habite à côté du docteur et qui l'aurait certainement vue.

— C'est un mystère pour moi, dis-je, que de savoir comment les gens d'ici trouvent le temps de manger. Pour être sûrs que rien ne leur échappe, ils doivent prendre leurs repas debout, près de la fenêtre, ma parole !

— Et ce n'est pas tout, fit Griselda, au comble de la joie :

elles ont découvert qu'au *Sanglier Bleu* les chambres du docteur Stone et de miss Cram sont contiguës, MAIS... — et elle agitait un doigt solennel — il n'y a pas de porte de communication !

— Quelle déception !

Cette remarque fit rire Griselda.

La journée du jeudi commença mal. Deux de mes paroissiennes se disputèrent pour décorer l'église. Et je dus trancher le différend. Littéralement, ces dames tremblaient de fureur. Si ce spectacle n'avait pas été assez pénible, le cas, du point de vue physiologique, n'aurait sans doute pas été dépourvu d'intérêt. Je dus ensuite réprimander deux enfants de chœur qui s'obstinaient à sucer des bonbons pendant l'office, et j'éprouvai le sentiment gênant de ne pas remplir cette tâche avec tout le sérieux nécessaire. Il me fallut encore calmer notre organiste, qui est très susceptible et qui s'était formalisé je ne sais plus à quel propos. Enfin, quatre de mes plus pauvres ouailles s'étaient rebellées contre miss Hartnell qui vint m'en informer tout enflammée de colère.

J'allais prendre le chemin du retour quand je rencontrai le colonel Prothéro. Il était de fort bonne humeur, car il venait de condamner trois braconniers en vertu de ses fonctions de magistrat.

— De la fermeté ! criait-il d'une voix de stentor. (Il est un peu sourd et élève la voix comme le font les personnes affligées de cette infirmité.) C'est ce qu'il faut par les temps qui courent ! Oui, de la fermeté ! Faut faire un exemple. Il paraît que ce fripon d'Archer a proféré des menaces contre moi, des paroles de vengeance. Je lui apprendrai, à ce scélérat, ce que vaut sa vengeance, la prochaine fois que je le retrouverai après mes faisans. Laisser-aller. Laisser-aller... Il y a trop de laisser-aller, à présent. On vous apitoie toujours sur la femme et les enfants. Grave erreur. Sornettes. Je me demande pourquoi un homme échapperait aux conséquences de ses actes parce qu'il pleurniche sur sa femme et sur ses gosses ? Moi, je ne fais pas de différence : que ce soit un docteur, un notaire, un pasteur, un braconnier ou un propre-à-rien d'ivrogne, s'il est en défaut avec la loi, la loi doit le punir. Vous êtes bien de mon avis?

— Vous oubliez que mon ministère m'oblige à mettre une vertu au-dessus de toutes les autres : c'est la clémence.

— Bon! Bon! Mais moi, je suis un homme juste. Personne ne peut dire le contraire?

Je gardai le silence et il dit sèchement:

— Pourquoi ne répondez-vous pas? A quoi pensez-vous?

J'eus un moment d'hésitation, puis me décidai à parler :

— Voyez-vous, colonel Prothéro, je pense que lorsque mon heure sera venue, il ne me plairait pas de comparaître devant Dieu avec le seul mérite d'avoir été juste. Car cela reviendrait à dire que la seule justice devrait m'être appliquée à moi-même...

— Bah! J'espère avoir toujours fait mon devoir. Et puis, assez sur cette question. C'est entendu, j'irai chez vous ce soir. Mettons six heures un quart au lieu de six heures, si cela ne vous fait rien. J'ai quelqu'un à voir au village.

— Entendu!

Il brandit sa canne et partit. Au tournant, je me trouvai face à face avec Hawes. Il paraissait malade. J'avais l'intention de lui faire quelques reproches, car il a laissé pas mald'affaires en suspens. Mais je lus sur ses traits une telle fatigue que je compris qu'il était vraiment souffrant.

Je le lui dis, mais il ne voulut pas en convenir. Au bout d'un moment, il finit par m'avouer qu'il ne se sentait pas très bien et parut décidé à suivre le conseil que je lui donnai d'aller se coucher.

Je déjeunai rapidement et sortis faire quelques visites. Griselda avait profité des facilités que l'on a de voyager le jeudi pour aller à Londres.

Je rentrai vers quatre heures moins un quart, dans l'intention de préparer mon sermon du dimanche, lorsque Marie m'avertit que Mr Redding m'attendait dans le bureau.

Lawrence parcourait la pièce d'un air soucieux. Il était pâle et hagard. A mon arrivée, il se retourna brusquement. Et tout de suite :

— Mr Clément, j'ai réfléchi à ce que vous m'avez dit hier ; oui, j'y ai beaucoup pensé ; je n'ai pas dormi de la nuit. C'est vous qui avez raison : je dois rompre et partir.

— Mon cher enfant...

— Vous aviez surtout raison en ce qui concerne Anne. En restant ici, je ne lui causerais que des ennuis... Elle est si bonne.. si bonne... Oui, il faut que je parte. Je lui ferai déjà assez de peine comme ça...

— Je crois, en effet, que vous avez pris la seule solution possible. Cela vous a été certainement pénible, mais, croyez-moi, vous vous apercevrez bientôt que c'était encore ce que vous aviez de mieux à faire.

Il dut penser que c'était facile à dire. Au bout d'un moment, il reprit :

— Vous aurez soin d'Anne. Elle a besoin d'un ami.

— Vous pouvez être sûr que je ferai tout ce qui dépendra de moi.

— Merci, Mr Clément. (Il secoua ma main). Vous êtes bon. J'irai la voir ce soir pour lui dire adieu. Puis je ferai mes malles et je partirai demain, sans doute. Cela ne vaut rien de prolonger une agonie. Je vous remercie de m'avoir prêté le hangar : je suis désolé de n'avoir pas terminé le portrait de Mrs Clément...

— Ne vous tourmentez pas pour cela, mon cher enfant. Au revoir, Dieu vous protège.

Quand Lawrence fut parti, j'essayai de me mettre à mon sermon, mais sans grand succès. Je ne pouvais m'empêcher de penser à ce pauvre garçon — à lui et à Anne Prothéro.

Je pris une tasse de mauvais thé froid et noir et, à cinq heures et demie, on m'appela au téléphone pour me dire que Mr Abott, de la Basse-Ferme, était à l'agonie, et me prier de venir de toute urgence.

Je demandai aussitôt à être mis en communication avec Old Hall, car la Basse-Ferme est à deux milles du presbytère je ne pouvais pas songer à être de retour pour six heures un quart. Je n'ai jamais pu apprendre à aller à bicyclette.

On me répondit que le colonel venait de sortir. Je partis en disant à Marie que je ferais mon possible pour être de retour vers six heures et demie.

CHAPITRE V

LES DÉDUCTIONS DE L'INSPECTEUR

Il était plus près de sept heures que de six heures et demie lorsque j'arrivai en vue du presbytère. à mon retour de la Basse-Ferme. Au moment où j'allais atteindre la barrière, celle-ci s'ouvrit brusquement pour livrer passage à Lawrence Redding. A ma vue, il s'arrêta et je fus frappé par son aspect. On eût dit un homme qui va perdre la raison. Son regard avait une étrange fixité ; il était pâle comme un mort et il tremblait de tous ses membres.

Je me demandai un instant s'il n'était pas ivre, mais cette pensée ne fit que traverser mon cerveau.

— Eh bien! dis-je vous êtes revenu me voir?... Je regrette de n'avoir pas été là... Voulez-vous rentrer à la maison? J'ai rendez-vous avec Prothéro, mais je ne pense pas en avoir pour longtemps.

— Prothéro? dit-il. (Et il se mit à rire.) Prothéro? Eh bien! vous allez le voir. Ça, c'est sûr. Oh! mon Dieu...

J'ouvris de grands yeux. D'instinct, je lui tendis la main. Mais il eut un mouvement de recul.

— Non! dit-il dans un cri. Laissez-moi m'en aller. J'ai besoin de réfléchir. Il le faut.

Il se mit à courir et disparut bientôt par la rue qui descend au village. Je demeurai là quelques instants, littéralement abasourdi. Lawrence devait être ivre...

Je continuai ma route vers le presbytère. La porte d'entrée

est toujours ouverte, et pourtant je sonnai. Marie arriva en essuyant ses mains à son tablier.

— Vous voilà tout de même? remarqua-t-elle.

— Le colonel Prothéro est-il arrivé? demandai-je.

— Il est dans votre bureau depuis six heures un quart.

— Avez-vous vu Mr Redding? ajoutai-je.

— Oui, il vous a demandé, il y a quelques minutes. Je lui ai dit que vous alliez rentrer d'un moment à l'autre et que le colonel attendait dans le bureau. Il m'a dit qu'il allait vous y attendre aussi ; ils doivent être ensemble...

— Mais non, fis-je. Je viens de le rencontrer : il descendait la rue.

— Tiens! Je ne l'ai pas entendu partir... Il n'a pas dû rester plus de deux minutes... Madame n'est pas encore rentrée de Londres.

J'acquiesçai, l'esprit absent. Marie battit en retraite du côté de la cuisine; je pris par le couloir et j'ouvris la porte du bureau.

Après l'obscurité du corridor, la lumière du soleil couchant qui inondait la pièce m'aveugla et mes yeux clignotèrent. Je fis un pas ou deux et, tout à coup, je m'arrêtai.

L'espace d'une seconde, je fus incapable de comprendre le spectacle qui s'offrait à ma vue.

Le colonel Prothéro était étendu sur mon bureau dans une position épouvantable. Une large flaque de liquide noirâtre maculait le meuble à hauteur de la tête et s'écoulait goutte à goutte sur le parquet, avec un bruit sourd, horrible.

J'essayai de reprendre mes esprits et je me dirigeai vers le corps. La peau, lorsque je la touchai, était froide. Je soulevai une main qui retomba, inerte. L'homme était mort d'une balle à la tête.

J'allai à la porte et j'appelai Marie. Elle arriva aussitôt. Je lui ordonnai de courir aussi vite qu'elle le pourrait chercher le docteur Haydock (il habite au premier coin de la rue). Je lui dis qu'un accident venait d'arriver.

Je rentrai, fermant la porte derrière moi, et j'attendis l'arrivée du médecin.

Par chance, Marie le trouva chez lui. Il accourut. Haydock est un brave homme, gros, fort, bien découplé, avec une figure bourrue et honnête.

Sans dire un mot, j'étendis le doigt dans la direction du cadavre. Haydock, en praticien qui se respecte, ne laissa percer aucun signe d'émotion. Il se pencha sur le mort et l'examina rapidement. Puis il se redressa et me regarda.

— Alors? questionnai-je.

— Il vient de mourir, il est mort il n'y a pas une demi-heure.

— Suicide?

— Impossible! Regardez donc la place de la blessure. Et puis, s'il s'est tué, où est l'arme?

C'était juste : il n'y avait dans la pièce trace d'aucune arme.

— Le mieux est de ne toucher à rien, dit encore Haydock. Je vais téléphoner à la police.

Il décrocha l'appareil et parla. Il raconta la chose de la façon la plus brève, raccrocha l'écouteur et vint vers moi.

— Sale histoire! fit-il. Dans quelles conditions avez-vous fait cette découverte?

Je le lui expliquai.

— Sale histoire! répéta-t-il. Sale histoire!

— C'est... c'est un crime? demandai-je d'une voix étranglée.

— Cela m'en a tout l'air. Que voulez-vous donc que ce soit? C'est une affaire extraordinaire. Je me demande qui pouvait en vouloir au pauvre vieux. Je sais bien qu'il n'était guère populaire, mais on ne tue pas les gens parce qu'ils ne sont pas populaires.

— Il y a une chose qui me surprend, dis-je. J'ai été prié par téléphone cet après-midi, de me rendre auprès d'un paroissien qui, disait-on, se mourait. Quand j'arrivai chez cet homme, tout le monde manifesta une grande surprise, car, depuis quelques jours, le malade allait beaucoup mieux et sa femme m'a formellement déclaré qu'elle ne m'avait pas téléphoné.

Haydock fronça les sourcils.

— Je comprends... On vous a éloigné... Et votre femme, où donc est-elle?

— Elle est à Londres pour la journée.

— Et la bonne?

— Oh! elle se tient dans la cuisine, à l'autre bout de la maison.

— Oui, il est probable qu'elle n'a rien entendu. Sale histoire! Sale histoire!... Qui pouvait savoir que Prothéro devait venir ici ce soir?

— Il m'a annoncé sa visite, ce matin, au milieu du village — et en criant, selon son habitude.

— Ce qui signifie que tout Saint-Mary Mead était au courant. Savez-vous si quelqu'un lui en voulait?

La pâleur de Lawrence Redding, son regard fixe me revinrent à l'esprit. Mais je fus dispensé de répondre par un bruit de pas dans le couloir.

— La police! dit Haydock en se levant.

La police était représentée par l'agent Hurst qui prenait un air important et ennuyé à la fois.

— Bonsoir, messieurs! nous dit-il. L'inspecteur va arriver d'une minute à l'autre. En l'attendant, je vais suivre ses instructions. Si j'ai bien compris, le colonel Prothéro a été trouvé mort au presbytère.

Ici, il fit une pause et lança de mon côté un regard dur et soupçonneux que je m'efforçai de soutenir avec la tranquillité de conscience d'un innocent.

L'agent fit quelques pas vers le bureau et déclara :

— Qu'on ne touche à rien avant l'arrivée de l'inspecteur.

Après quoi il sortit un carnet, mouilla son crayon et me consi déra d'un air interrogateur.

Une fois de plus, je racontai dans quelles circonstances j'avais découvert le corps de Prothéro. Lorsque le policier eut tout noté, ce qui demanda un temps relativement considérable, il se tourna vers le docteur. :

— A votre avis, docteur Haydock, quelle est la cause de cette mort?

— Une balle dans la tête.

— Et l'arme?

— Je ne saurais me prononcer définitivement avant d'avoir extrait le projectile, mais je pence que la balle a été tirée par un revolver de petit calibre — un mauser, sans doute.

Je réfléchissais. Notre conversation de la soirée me revenait à l'esprit. Je me rappelai que Lawrence nous avait confié qu'il possédait un pistolet.

L'agent tourna vers moi son œil morne et rond de poisson.

— Vous disiez, monsieur?... fit-il.

Je secouai la tête en signe de négation. Quels que pussent être mes soupçons, ce n'étaient que des soupçons et je devais les garder pour moi.

— A quelle heure pensez-vous que le malheur soit arrivé? reprit le policier.

Le docteur eut une courte hésitation :

— Il est mort depuis une demi-heure, dit-il, pas davantage.

Hurst se tourna de mon côté :

— Votre bonne a-t-elle entendu quelque chose?

— Non, autant que je sache. Mais le mieux serait, sans doute, que vous le lui demandiez.

Sur ces entrefaites, l'inspecteur Landormy arriva dans une automobile qui l'amenait de Much Benham.

Aucun homme ne fut jamais plus que celui-ci en contradiction flagrante avec le nom qu'il porte. Landormy était brun, énergique, en proie à une agitation continuelle. Ses yeux noirs étaient d'une extrême mobilité. Avec cela, impoli et arrogant comme pas un.

Il répondit à nos saluts par un vague mouvement de tête, s'empara du carnet de notes de son subordonné qu'il examina avec la plus grande attention, échangea avec Hurst quelques brèves paroles à mi-voix, puis, à grands pas, il s'approcha du corps.

— On a dû tout remuer et bousculer, commença-t-il.

— Je n'ai touché à rien, dit Haydock.

— Moi non plus, ajoutai-je.

L'inspecteur regarda longuement les objets qui se trouvaient sur la table, puis il examina, comme pour l'interroger, la mare de sang.

— Ah! s'écria-t-il d'un accent de triomphe. Voilà ce que nous cherchions. Le corps, dans sa chute, a renversé la pendule. Nous allons connaître l'heure du crime. Six heures vingt-deux minutes. A quelle heure dites-vous qu'il est mort, docteur?

— Je pense qu'il était mort depuis une demi-heure environ lorsque je suis arrivé, mais...

L'inspecteur consulta sa montre.

— Sept heures cinq. On m'a prévenu il y a dix minutes, c'est-à-dire à sept heures moins cinq. On a découvert le corps vers sept heures moins un quart. Si j'ai bien compris, on vous a appelé immédiatement. Mettons que vous l'ayez examiné à moins dix... Cela nous donne l'heure à une seconde près, pour ainsi dire!

— Je ne garantis pas l'heure exacte, dit de nouveau Haydock Tout cela demeure approximatif.

— Ça va! ça va! répéta l'inspecteur.

J'essayai de placer mon mot. :

— A propos de cette pendule...

— Vous m'excuserez, monsieur, coupa Landormy, mais si je désire savoir quelque chose, je vous le demanderai. Le temps passe vite. Ce que je veux, c'est le silence le plus absolu.

— Oui, mais... pourtant... je voudrais dire...

— Le silence absolu! répéta l'inspecteur en me fixant d'un air féroce.

Je dus lui accorder ce qu'il réclamait. Il examinait encore le bureau.

— Pourquoi était-il assis à cette place? grommela-t-il. Voulait-il écrire quelque chose?... Oh! mais qu'est-ce que c'est que ça?

Il brandissait triomphalement une page de calepin. Son contentement était tel qu'il nous permit de nous approcher et d'examiner avec lui sa trouvaille.

C'était une feuille de bloc-notes à en-tête du presbytère, une feuille sur laquelle était écrite, en haut, cette indication : *6 h 20*, et qui contenait ces mots :

Cher Clément,

Je regrette de ne pouvoir attendre plus longtemps, mais je dois...

L'écriture, à cet endroit, n'était plus qu'un griffonnage informe.

— C'est clair comme le jour, assura l'inspecteur. Il est assis là, pour écrire ce petit mot, un ennemi entre sans bruit par la fenêtre et tire pendant qu'il écrit. Qu'est-ce qu'il vous faut de plus ?

— Je voudrais vous dire..., commençais-je.

— Vous, je ne vous demande pas votre... Voyons : existe-t-il des traces de pas ?

Il se mit à quatre pattes et se dirigea ainsi vers la porte-fenêtre.

— J'estime que vous devriez savoir..., repris-je avec obstination.

Landormy se redressa. Il parlait sans colère, mais fermement :

— Nous entrerons dans les détails plus tard. Vous m'obligeriez, messieurs, en quittant cette pièce — en la quittant tout à fait, s'il vous plaît.

Nous nous laissâmes mettre dehors comme des enfants.

On eût dit que des heures et des heures étaient écoulées, et pourtant il n'était que sept heures quinze.

— C'est comme cela ! dit Haydock. Quand cet âne prétentieux aura besoin de moi, vous pourrez toujours l'envoyer à la chirurgie. Au revoir !

— Madame est rentrée, vint annoncer Marie.

Ses yeux étaient de plus en plus ronds et son regard décelait une intense émotion.

— Elle est rentrée depuis cinq minutes, précisa-t-elle.

Je rejoignis Griselda au salon. Elle paraissait effrayée et excitée tout ensemble.

Je la mis au courant ; elle m'écouta avec beaucoup d'attention.

— La lettre commence par : *6 h 20*, dis-je en terminant. Et la pendule s'est arrêtée à six heures vingt-deux.

— Eh bien! fit Griselda, ne lui avez-vous pas dit que cette pendule était toujours en avance qu'un quart d'heure?

— Non, je ne lui ai pas dit, car il ne m'en a pas laissé le temps... J'ai pourtant fait mon possible.

Griselda fronçait les sourcils d'un air intrigué.

— Mais, Len, dit-elle, cela rend la chose tout à fait extraordinaire. Car, tandis que la pendule marquait six heures vingt, il était en réalité six heures cinq, et à six heures cinq, le colonel Prothéro n'était même pas arrivé à la maison!

CHAPITRE VI

LE BÉRET JAUNE

Cette histoire de pendule nous occupa encore un bon moment, Griselda et moi, mais en vain. Ma femme soutenait que je devais faire une nouvelle tentative auprès de l'inspecteur, mais je ne voulus rien entendre.

Landormy s'était montré abominablement impoli et cela sans aucune nécessité. Je n'avais qu'à attendre qu'il me fût permis de faire valoir mon opinion. Alors, devant la déconvenue du policier, je dirai d'un doux ton de reproche :

— Si seulement vous aviez consenti à m'écouter...

J'espérais d'ailleurs qu'il tiendrait à me voir avant de quitter le presbytère, mais, à notre vive surprise, Marie nous apprit qu'il était parti en fermant à clef la porte du bureau et en recommandant que personne n'y pénétrât.

Griselda décida de monter à Old Hall.

— Ce doit être tellement terrible pour Anne, dit-elle, avec la police et tout... Peut-être pourrais-je lui être de quelque utilité.

Je l'approuvai de tout mon cœur et elle partit après que je lui eus demandé de me téléphoner dans le cas où elle jugerait ma présence désirable auprès des dames Prothéro.

C'est alors qu'arriva Denis; il revenait d'une partie de tennis. La nouvelle qu'un crime avait été commis au presbytère semblait lui procurer une véritable satisfaction.

— Quelle drôle de chose! s'exclama-t-il. Et que c'est donc passionnant! J'ai toujours rêvé de me trouver ainsi au beau milieu d'un drame, si l'on peut dire. Mais pourquoi la police a-t-elle fermé le bureau à clef? Une autre clef ne pourrait-elle pas l'ouvrir?

Naturellement, je n'allais pas me prêter à une expérience de ce genre. Denis se rangea à mon opinion de très mauvaise grâce et, après avoir tiré de moi tous les détails possibles et imaginables, il s'en fut dans le jardin, à la recherche de traces ou de pas — et non sans déclarer qu'après tout c'était une chance que la victime fût ce vieux Prothéro, détesté de tout le monde.

J'étais bien un peu choqué par cette joyeuse insensibilité, mais allais-je le juger sévèrement? A l'âge de Denis, une telle aventure donne du goût à la vie. La mort est peu de chose pour un garçon de seize ans.

Griselda revint au bout d'une heure. Elle avait trouvé Anne Prothéro au moment où l'inspecteur venait de lui apprendre la fatale nouvelle.

La malheureuse femme avait vu son mari pour la dernière fois dans le village à six heures moins le quart, et elle ne possédait aucun élément susceptible d'éclairer le mystère. Landormy s'était retiré en annonçant qu'il reviendrait le lendemain matin pour un interrogatoire plus détaillé.

— Il s'est bien comporté dans son genre, dit Griselda.

— Comment Mrs Prothéro a-t-elle pris la chose? demandai-je.

— Bien... Elle était calme — mais est-ce qu'elle ne l'est pas toujours?

— Certes? Je ne puis pas, en effet imaginer qu'Anne puisse avoir une crise de nerfs.

Sans doute, ce fut pour elle un rude coup, comme on peut le penser. Elle m'a remerciée d'être venue et m'a assurée qu'elle était très reconnaissante de ma visite; mais elle a ajouté tristement que je ne pouvais rien faire pour elle.

— Et Lettice?

— Elle était à une partie de tennis, je ne sais où, et elle n'était pas encore rentrée.

Après un silence, Griselda reprit :

— Vous savez, Len, elle était vraiment étrange, oui, très étrange...

— Un tel choc, fis-je.

— Oui, bien sûr... Je suppose en effet que c'est cela... Et pourtant... (Griselda fronça les sourcils)... Et pourtant, ça n'avait pas l'air d'être tout à fait cela... Elle semblait plutôt terrifiée qu'abattue.

— Terrifiée?

— Oui, encore qu'elle ne le laissât guère paraître; je veux dire : qu'elle n'eût pas voulu le laisser paraître. Mais, elle avait un regard si étrange, si attentif! N'aurait-elle pas quelque doute sur l'auteur du meurtre? Elle a demandé à plusieurs reprises — avec quelle insistance !— si l'on soupçonnait quelqu'un.

— Ah! vraiment?

— Oui. Naturellement, Anne possède un merveilleux contrôle d'elle-même, mais, tout de même, il n'était pas difficile de voir à quel point elle était bouleversée. Beaucoup plus que je ne l'aurais cru, car, après tout, elle n'était pas très attachée au colonel. Et même, s'il me fallait exprimer mon opinion à ce sujet, je dirais plutôt qu'elle le détestait.

— La mort transforme parfois les sentiments.

— Oui, ce doit être cela, conclut Griselda.

Là-dessus, Denis rentra. Il était tout ému de la découverte qu'il venait de faire d'une empreinte de pas sur une de nos pelouses. Il se disait persuadé que la police ne l'avait pas remarquée et que cette trace allait devenir le nœud du mystère!

Je passai une nuit agitée. Quand je me levai, Denis arpentait déjà la maison en tous sens, à la recherche de nouvelles découvertes.

Et pourtant, ce ne fut pas lui, mais Marie, qui devait nous apporter les échos des informations — sensationnelles — de la matinée. A peine étions-nous assis à table qu'elle se précipita, les joues rouges et les yeux brillants, et s'adressa à nous avec sa familiarité coutumière :

— Auriez-vous cru cela, monsieur? Le boulanger vient de me le dire : ils ont arrêté Mr Redding!

— Ils ont arrêté Lawrence? s'écria Griselda incrédule. Mais c'est impossible! Ce ne peut être qu'une erreur stupide!

— Non, non, madame, il n'y a pas d'erreur, reprit Marie avec un accent de joie dans la voix. Il n'y a pas d'erreur, car c'est Mr Redding qui s'est rendu là-bas lui-même, hier soir, pour se constituer prisonnier. Il est entré en jetant son revolver sur le bureau et en disant : « C'est moi qui l'ai tué. »

Marie nous regarda tous deux en hochant gravement la tête et se retira, satisfaite de l'effet produit. Nous étions interloqués.

— Oh! ce n'est pas vrai, ce n'est pas vrai! dit Griselda. Non, ce ne peut pas être vrai!

Devant mon silence, elle reprit :

— Len, dites, vous ne croyez pas que ce soit vrai?

Il m'était dur de répondre à cette question. Je restai silencieux, et, confuses, mes pensées tournaient en rond dans ma tête.

— Il doit être fou, dit encore Griselda, complètement fou... Ou bien... toutes les hypothèses sont permises... peut-être regardaient-ils ensemble le revolver quand le coup sera parti?

— Hum!... Cela paraît bien improbable, fis-je.

— En tout cas, ce ne peut être qu'un accident, insista ma femme, car, enfin, quelle raison pouvait bien avoir Lawrence de tuer Prothéro?

J'aurais pu répondre à cette question d'une façon très précise, mais je désirais épargner Anne autant qu'il me serait possible. Peut-être y avait-il encore une chance que son nom ne fût pas mêlé à l'affaire.

— Rappelez-vous qu'ils s'étaient querellés, observai-je.

— A cause de Lettice et de son costume de bain, oui, mais c'est tellement absurde! Et même s'ils étaient secrètement fiancés, ce n'est pas une raison pour tuer le père!

— Voyez-vous, Griselda, nous ignorons encore toutes les circonstances de cette affaire.

— Ah! vous croyez cela, Len? Comment pouvez-vous parler ainsi? Je vous dis, moi, que je suis sûre que Lawrence n'a jamais seulement touché à un cheveu de Prothéro!

— Bon... Bon... Mais faut-il que je vous répète qu'au moment où je l'ai rencontré, il avait l'air d'un fou, oui, d'un fou?

— Mais... mais..., balbutia Griselda. Oh! non... c'est impossible!

— Pourtant, continuai-je, cette histoire de pendule... Lawrence a dû l'arrêter à six heures vingt dans l'intention de se créer un alibi. L'inspecteur a bien été pris à ce piège.

— Vous vous trompez, Len. Lawrence savait que la pendule était toujours en avance. Il disait souvent, rappelez-vous : « C'est elle qui permet au pasteur d'être à l'heure. » Non, il n'aurait jamais commis l'erreur de l'arrêter à six heures vingt-deux. Il lui aurait plutôt fait indiquer n'importe quelle heure... sept heures moins un quart, par exemple.

— Mais il ignorait peut-être à quelle heure Prothéro était arrivé. Ou, tout simplement, il aura oublié — cela arrive — que nous avancions cette pendule d'un quart d'heure.

Griselda n'était toujours pas de mon avis.

— Non, dit-elle, si vous deviez commettre un crime, vous feriez attention à tous ces détails.

— Vous n'en savez rien, ma chérie, répondis-je doucement, vous n'en avez jamais commis...

Mais, avant que Griselda ait eu le temps de riposter, une

ombre était apparue dans la pièce et l'on entendit une petite voix mièvre susurrer :

— Je ne vous dérange pas, au moins? Excusez-moi. Mais dans ces tristes circonstances...

C'était miss Marple, notre voisine. Sur nos protestations de politesse, elle entra par la porte-fenêtre. Ses joues étaient légèrement colorées et elle semblait fort émue. J'avançai une chaise.

— C'est terrible, n'est-ce pas? fit-elle. Pauvre colonel Prothéro! Ce n'était peut-être pas un homme bien agréable et il n'était pas précisément populaire, mais ce n'en est pas moins triste. Et si j'ai bien compris, il a été tué dans le bureau du presbytère?

J'assurai miss Marple qu'elle était parfaitement renseignée.

— Le cher pasteur n'était pas chez lui quand c'est arrivé? demanda-t-elle à ma femme.

Je dus donner des détails et dire ce que j'avais fait, où j'étais allé.

— Mr Denis n'est pas là? questionna encore miss Marple en jetant un regard circulaire autour de la pièce.

— Denis se prend pour un détective, répondit Griselda. Il est très intrigué par une empreinte de pas qu'il a découverte dans un des massifs et il a dû aller en faire part à la police.

— Mon Dieu! Mon Dieu! se lamenta miss Marple .Quelle affaire! Et Mr Denis croit connaître l'assassin?... Mais je suppose que nous croyons tous le connaître...

— Soutiendrez-vous que c'est un artiste? demanda Griselda.

— Non, ce n'est pas ce que j'ai voulu dire. J'imagine, au contraire, que chacun croit que c'est quelqu'un de différent. Tenez, moi, par exemple, je suis convaincue que je sais qui l'a commis, ce crime. Pourtant, je suis bien obligée de reconnaître que je ne possède pas l'ombre d'une preuve. Il faut faire bien attention à ses paroles... Gare les « propos diffamatoires », comme dit la justice!... En tout cas, j'ai décidé que je serais prudente, surtout avec Landormy. Car il m'a avertie qu'il viendrait me voir ce matin, et puis, après, il m'a téléphoné pour me dire que ce n'était pas utile.

— En effet, dis-je, maintenant qu'il est arrêté, votre témoignage ne doit plus guère présenter d'utilité.

— Arrêté?

Miss Marple se pencha en avant et une vive rougeur envahit ses joues :

— Mais je ne savais pas qu'il y avait eu une arrestation!

Il est tellement extraordinaire de voir miss Marple moins bien informée que nous qu'il ne me serait même pas venu à l'idée qu'elle eût pu ne pas être au courant des dernières nouvelles.

— Ainsi, dis-je, nous venons de jouer aux propos interrompus... Eh bien! oui, il y a eu une arrestation : celle de Lawrence Redding.

— Lawrence Redding?

Miss Marple semblait très surprise :

— Ah! vraiment je n'aurais pas cru...

Griselda interrompit la vieille fille avec véhémence :

— Et moi, je ne peux pas le croire, même maintenant qu'il a avoué!

— Avoué? dit miss Marple. Vous dites qu'il a avoué? Oh! mon Dieu! Je me suis tristement trompée, oui, tristement trompée.

— Pour moi, reprit Griselda, on ne me retirera pas de l'idée qu'il s'agit d'un accident. Ne le croyez-vous pas, Len? Et c'est ce que donne à penser le fait qu'il soit allé se constituer prisonnier.

Miss Marple se pencha de nouveau en avant :

— Vous dites qu'il s'est constitué prisonnier?

— Oui.

— Oh! alors (et miss Marple respira profondément). Ah! que je suis contente! que je suis contente!

Je la regardai avec étonnement.

— Vos dernières paroles, dis-je, dénotent, sans doute, un remords bien sincère?

— Un remords? (Miss Marple paraissait toute surprise.) Oh! mais vous ne croyez pas à sa culpabilité, cher, très cher pasteur!?

Ce fut à mon tour d'ouvrir de grands yeux.

— Mais puisqu'il a avoué...

— C'est ça! C'est ça! dit-elle. Il a avoué? Eh bien! mais c'est la preuve, précisément, qu'il n'est en rien mêlé à cette affaire!

— Ah! ça! fis-je. Je suis peut-être idiot, mais j'avoue que je ne comprends pas votre raisonnement. Si vous n'aviez pas commis un crime, je ne vois pas pourquoi vous iriez vous en accuser!

— Oh! il y a une raison, bien sûr, dit alors miss Marple, il y a toujours une raison. Et les jeunes gens sont si emportés, si prompts à supposer le pire!

Elle se tourna du côté de Griselda :

— N'êtes-vous pas de cet avis? demanda-t-elle.

— Je... Je ne sais pas, dit Griselda. C'est si difficile! Certes, je n'arrive pas à trouver le motif qui a pu pousser Lawrence à agir comme un être déraisonnable.

— Si vous aviez vu son visage, hier soir... commençai-je.

— Racontez-moi donc cela, dit miss Marple.

Je refis le récit de mon retour à la maison. Quand j'eus fini, la vieille fille, qui avait écouté avec une grande attention, reprit la parole :

— Je connais les limites de mon intelligence, dit-elle modestement, et il m'arrive de ne pas toujours comprendre les choses comme il faudrait, mais là, vraiment, je ne parviens pas à saisir votre façon de penser.

» Voyons! Croyez-vous qu'un jeune homme, qui aurait décidé d'accomplir cet acte horrible qui consiste à ôter la vie à son semblable, pourrait avoir l'air d'un dément après avoir commis son forfait? Une action préméditée est toujours accomplie de sang-froid, et si un meurtrier peut paraître un peu agité ou commettre quelques erreurs, je ne crois pourtant pas qu'il puisse se trouver dans l'état que vous venez de nous décrire.

Certes, on se représente assez mal ce que l'on ferait dans de semblables conjonctures; pourtant, s'il s'agissait de moi, il me semble...

J'interrompis miss Marple :

— Nous ignorons toutes les circonstances de ce drame. Il peut y avoir eu dispute, le coup a pu partir dans un accès de colère, et Lawrence a pu être épouvanté par ce qu'il venait de faire... Pour ma part, je ne le cache pas, c'est cette hypothèse qui a mes préférences.

— Je sais, cher Mr Clément, reprit miss Marple, qu'on peut envisager les choses de plusieurs façons. Mais, d'abord, il faut s'en tenir aux faits : or, les faits que nous connaissons ne paraissent pas pouvoir supporter votre interprétation. Réfléchissez : votre bonne a formellement déclaré que Mr Redding n'était pas resté chez vous plus de deux minutes. Une querelle ne dure pas deux minutes, voyons! Au surplus, le colonel a été tué par derrière, alors qu'il écrivait. C'est, du moins, ce qu'a rapporté la bonne.

— C'est tout à fait exact, dit Griselda. Il était en train d'écrire un mot pour dire qu'il ne pouvait pas attendre davantage. Le mot portait six heures vingt. Or, la pendule qui se trouvait sur le bureau était renversée et arrêtée à six heures vingt-deux. C'est là ce qui nous intrigue tant, Len et moi.

Griselda expliqua que nous avions l'habitude d'avancer notre pendule d'un quart d'heure.

— Très curieux, dit miss Marple, tout cela est très curieux... Aussi, ce mot me semble-t-il de plus en plus important...

Elle s'arrêta et regarda autour d'elle. Lettice Prothéro se tenait de l'autre côté de la fenêtre. Elle entra et nous salua d'un petit : « Bonjour! »

Puis, s'affaissant sur une chaise, elle dit d'une voix animée qui ne lui était pas habituelle :

— Alors, on a arrêté Lawrence?

— Oui, dit Griselda. Cette nouvelle nous a porté un grand coup.

— Je n'aurais jamais cru qu'un jour on assassinerait mon

père, dit simplement Lettice. (Elle mettait évidemment son amour-propre à s'interdire la moindre apparence d'émotion.) Pourtant, je suis sûre que des tas de gens eurent la pensée de le faire. Il y a des moments où moi-même...

— Voulez-vous prendre quelque chose? demanda Griselda.

— Non, merci. Je me suis traînée jusqu'ici pour voir si vous aviez mon béret, vous savez, mon drôle de petit béret jaune. J'ai dû le laisser dans le bureau, l'autre jour...

— Si vous l'y avez laissé, il y est encore, dit Griselda. Marie ne range jamais rien.

Lettice se leva :

— Je vais voir... Excusez-moi de vous déranger ainsi. Allez! je crois bien que je n'ai pas seuluement perdu le chapeau, mais aussi la tête...

— Je crains que vous ne puissiez retrouver votre coiffure maintenant, dis-je, car l'inspecteur a fermé la porte à clef.

— Oh! comme c'est embêtant!... Ne pourrait-on passer par la fenêtre?

— Impossible. Elle est fermée de l'intérieur. Mais j'y pense, Lettice, un béret jaune ne peut plus vous être utile maintenant.

— Vous voulez parler du deuil et de tout ça?... Voyez-vous : je ne me soucie pas du deuil... C'est une idée tout à fait archaïque que celle-là... Mais quel dommage que Lawrence... oui, quel dommage!

Elle se leva et resta quelques instants debout, comme ennuyée, l'air absent.

— Et qui sait si tout cela n'est pas arrivé à cause de moi et de mon costume de bain?... Que c'est donc bête!...

Griselda ouvrit la bouche pour dire quelque chose, mais je ne sais pourquoi, elle la referma.

Un sourire étrange vint errer sur les lèvres de Lettice :

— A propos, dit-elle doucement, il faut que je rentre à la maison pour mettre Anne au courant de l'arrestation de Lawrence.

Elle sortit, comme elle était entrée, par la porte-fenêtre. Griselda se tourna vers miss Marple :

— Pourquoi m'avez-vous marché sur le pied?

La vieille dame sourit :

— Je croyais que vous alliez parler, dit-elle, et c'est souvent tellement mieux de laisser les choses suivre leurs cours. J'imagine que vous ne croyez pas cette enfant aussi insouciante qu'elle le prétend. Elle a dans la tête une idée bien arrêtée et elle sait ce qu'elle veut.

Marie frappa à la porte de la salle à manger et entra brusquement.

— Qu'y a-t-il? demanda Griselda. Vous savez bien que je ne veux pas que l'on bouscule ainsi les portes.

— Je croyais que vous étiez occupée, dit Marie. Le colonel Melchett est ici et veut voir Monsieur.

Le colonel Melchett est le chef de la police du district. Je me levai aussitôt.

— J'ai pensé que vous n'aimeriez pas que je le fasse attendre dans le vestibule, continua Marie, et je l'ai fait entrer au salon. Faut-il débarrasser la table?

— Pas encore, dit Griselda. Je vous sonnerai.

Elle se tourna vers miss Marple et je quittai la pièce.

CHAPITRE VII

UNE HISTOIRE QUI NE TIENT PAS DEBOUT

Le colonel Melchett a des cheveux roux, des yeux bleus a mine éveillée. Ce petit homme pétulant possède une curieuse manie : il renifle toujours au moment où l'on s'y attend le moins.

— Bonjour, pasteur! dit-il. Vilaine affaire, hein? Pauvre vieux Prothéro! Oh! ce n'est pas que je l'aimais... Je ne l'aimais pas et je crois bien que personne ne l'aimait... Enfin!..

Tout cela va vous causer bien du désagrément, à vous aussi... J'espère que cette histoire n'a pas trop bouleversé votre femme.

Je dis que Griselda avait, en somme, bien pris les choses.

— Heureusement! Car ce n'est pas agréable, une aventure pareille dans une maison! Tout de même, le jeune Redding, ç'a été une surprise... Faire ça... lui! Il n'a vraiment eu aucune espèce de considération pour qui que ce soit!

J'avais une violente envie de rire. Melchett ne voyait pas ce qu'il y avait de baroque dans l'idée qu'un criminel pût avoir des considérations de cette nature.

— J'avoue, continua-t-il, que j'ai été plutôt surpris d'apprendre qu'il était allé, comme cela, se constituer prisonnier.

— Vous savez comment ça c'est passé?

— Oh! ça n'a pas traîné. Il est entré au poste, hier soir, il était à peu près dix heures; il a jeté son revolver sur la table en disant : « Me voilà. C'est moi qui l'ai tué! » Simplement!

— Mais quelles explications a-t-il fournies de son acte?

— A peu près aucune. On l'a prié de dire ce qui s'était passé, de faire un rapport. Mais cette idée de rapport a dû lui paraître drôle, car c'est tout juste s'il ne s'est pas esclaffé! Et il s'est contenté de nous dire qu'il était venu vous voir, qu'il avait rencontré Prothéro, qu'ils s'étaient disputés et qu'il avait tiré. Pas plus. Il ne veut rien dire du motif de la querelle.

» Dites-moi, Clément, de vous à moi, savez-vous quelque chose? J'ai entendu des racontars. Il paraît qu'on avait interdit à Redding l'entrée de Old Hall. Qu'y a-t-il au juste? Avait-il séduit la jeune fille, ou quoi? Nous ne voudrions pas que Lettice fût mêlée à cette affaire, ou le moins possible.

— Non, fis-je, ce n'est pas cela. Vous pouvez m'en croire : c'est même quelque chose de tout différent. Mais, pour l'instant, je ne peux pas en dire davantage.

Melchett secoua la tête et se leva.

— Je suis content de ce que vous venez de dire. On bavarde trop ici! Il y a trop de femmes dans les parages! Mais je dois m'en aller. Je vais voir Haydock : il était absent tout à l'heure, mais il doit être rentré. A vous, mon vieux Clément, je puis bien confier que cette histoire m'ennuie pour Lawrence, qui m'a toujours fait l'effet d'un brave type. Espérons qu'on tourvera une explication à son acte : les suites de la guerre, une commotion, quelque chose, quoi! Surtout si on n'arrive pas à connaître les vrais mobiles. Allons! il faut que je parte. Faites-moi donc un pas de conduite.

Cela me faisait plaisir. Nous sortîmes ensemble.

Haydock habite tout près de chez moi. La bonne nous dit que le docteur venait de rentrer. Nous pénétrâmes dans la salle à manger : Haydock était attablé devant une assiette fumante d'œufs au jambon.

Il me salua amicalement.

— Je regrette, dit-il, d'avoir dû m'absenter. J'avais un accouchement. Vous savez que j'ai passé une partie de la nuit pour votre affaire? J'ai extrait la balle.

Il posa une petite boîte sur la table. Melchett l'examina :

— Calibre 25!

Haydock secoua la tête.

— Je dois garder pour les enquêteurs les détails techniques. Tout ce que je peux vous dire, c'est que la mort fut presque instantanée. Quel jeune crétin! Pourquoi a-t-il fait ça? Mais, dites donc, c'est tout de même extraordinaire que personne n'ait entendu la détonation.

— Cela m'étonne aussi, laissa tomber Melchett.

— La fenêtre de la cuisine, dis-je, donne de l'autre côté. Je doute que vous-même puissiez entendre quelque chose quand les portes sont fermées. D'ailleurs, il n'y avait que Marie au presbytère.

— Enfin! dit Melchett. Mais c'est égal, cela ne me paraît pas clair. Je me demande si la vieille dame — au fait, comment s'appelle-t-elle? — la vieille... la vieille, ah! oui, j'y suis, miss Marple n'a rien entendu, elle. La fenêtre du bureau était grande ouverte.

— Mais qui dit qu'elle n'a pas entendu? demanda Haydock.

— Je ne le pense pas, dis-je. Elle est venue tout à l'heure

à la maison et elle n'a pas fait allusion à un quelconque bruit suspect.

— Elle a pu entendre quelque chose sans y prêter attention ou croire que c'était l'échappement d'une auto.

Haydock semblait tout joyeux, ce matin. On eût même dit qu'il faisait effort pour ne pas paraître de trop bonne humeur.

— Il a peut-être tiré avec une arme silencieuse, ajouta-t-il. Cela expliquerait qu'on n'ait rien entendu. Oui, ce doit être ça!

Melchett fit non de la tête.

— Landormy ne le croit pas, expliqua-t-il. Il a posé la question à Redding, mais celui-ci n'a pas paru comprendre de quoi il retournait et il a soutenu dur comme fer qu'il n'avait pas employé une telle arme. Il me semble qu'on peut le croire.

» Ah! oui, quel pauvre idiot! Quel jeune fou! Non, on ne peut pas se faire à l'idée qu'il soit un meurtrier.

— A-t-on fini par trouver un mobile? demanda Haydock en absorbant une dernière gorgée de café.

— Il a déclaré qu'ils s'étaient disputés et qu'il avait perdu la tête.

— Il espère qu'on ne retiendra pas la préméditation.

Le docteur hocha la tête.

— Cette histoire ne tient pas debout. Car, enfin, il est arrivé par derrière alors que l'autre écrivait et il l'a tué d'une balle dans la tête. Il y a là-dedans quelque chose de contradictoire.

— En tout cas, ils n'auraient guère eu le temps matériel de se disputer, fis-je à mon tour, me souvenant des paroles de miss Marple. Entrer sans bruit, tirer, pousser les aiguilles de la pendule, tout cela a largement suffi à occuper les quelques instants qu'il est resté au presbytère.

» Et je n'oublierai jamais cette expression hagarde qu'il avait en passant la barrière ni la façon dont il m'a dit : « Vous voulez voir Prothéro? Eh bien! vous allez le voir! » Rien que cela aurait dû éveiller mes soupçons, me faire deviner ce qui venait de se passer.

Haydock me fixait.

— Qu'entendez-vous par « ce qui venait de se passer »? Quand croyez-vous donc que le crime a été commis?

— Quelques minutes à peine avant mon retour.

Le docteur secoua la tête.

— Impossible. Logiquement impossible. Prothéro était mort depuis plus longtemps.

— Mais, mon cher docteur, s'écria Melchett, vous avez vous-même fixé ce moment à une demi-heure, approximativement!

— Une demi-heure, trente-cinq minutes, vingt-cinq minutes, vingt minutes peut-être, mais pas moins. Car, sans cela, le corps aurait encore été chaud lorsque je suis arrivé.

Nous nous interrogions du regard. Le visage de Haydock avait changé. Il était devenu livide et vieux, si vieux...

— Mais dites-moi, Haydock, dit le colonel, qui avait retrouvé sa voix, si Redding lui-même reconnaît qu'il a tiré à sept heures moins le quart?

D'un bond, Haydock se leva.

— Je vous répète que c'est impossible! cria-t-il. Si Redding prétend avoir tué Prothéro à sept heures moins le quart, eh bien! Redding ment, voilà tout! Je suis médecin, je suppose ; ce que je vous dis, je le sais. Le sang avait commencé de se figer.

— Si Redding ment..., commença Melchett.

Mais il n'acheva pas et hocha la tête.

— Le plus simple, conclut-il, est d'aller voir Redding, au poste.

CHAPITRE VIII

LES AVEUX D'ANNE PROTHÉRO

Nous descendîmes en silence jusqu'au commissariat. Un peu avant d'arriver, Haydock, qui était resté en arrière, me dit tout bas :

— Voyez-vous : la tournure que prend cette affaire ne me plaît pas du tout, mais là, pas du tout. Il y a là-dessous quelque chose de louche.

Il semblait tourmenté et même absolument bouleversé.

L'inspecteur Landormy nous accueillit et nous nous trouvâmes bientôt devant Lawrence Redding.

Il avait un visage pâle et fatigué, mais ses traits exprimaient un grand calme — un calme surprenant, pensai-je à part moi, étant donné les circonstances.

Melchett, de plus en plus nerveux, renifla en grognant :

— Voyons, Redding, écoutez-moi. Vous avez, je crois, déclaré à l'inspecteur ici présent que vous étiez allé au presbytère vers sept heures moins le quart, que vous y aviez trouvé le colonel Prothéro, que vous vous étiez pris de dispute avec lui et que, l'ayant tué, vous aviez aussitôt quitté les lieux. Je ne lis pas votre rapport, mais c'en est bien le sens, n'est-ce pas?

— Oui, dit Lawrence.

— Je vais maintenant vous poser quelques questions. Vous savez que vous n'êtes pas obligé d'y répondre. Votre avocat...

Lawrence ne laissa pas achever la phrase.

— Je n'ai rien à cacher, dit-il. C'est moi qui ai tué Prothéro.

— Admettons! admettons! ricana Melchett. Comment se fait-il que vous ayez eu un revolver sur vous?

Lawrence hésita.

— Je l'avais dans ma poche.

— Vous l'aviez pris pour aller au presbytère?

— Oui.

— Pourquoi?

— Je le portais toujours sur moi.

De nouveau, il avait hésité avant de répondre et, de plus en plus, j'étais persuadé qu'il ne disait pas la vérité.

— Pourquoi avez-vous retardé la pendule? reprit Melchett.

— La pendule?

Il paraissait intrigué.

— Mais oui, elle marquait six heures vingt-deux.

Une expression de terreur se répandit tout à coup sur le visage déjà pâle.

— Oh! ça... oui... j'ai changé les aiguilles.

Haydock intervint brusquement :

— Où avez-vous tiré sur le colonel?

— Dans le bureau du presbytère.

— Non, je veux dire : sur quelle partie du corps?

— Oh! je... je... dans la tête, je crois. Oui, dans la tête.

— En êtes-vous bien sûr?

— Puisque vous prétendez le savoir, je ne vois pas très bien pourquoi vous me le demandez.

Visiblement, il essayait de plastronner. On frappa. Un agent casqué apportait une lettre.

— Pour le pasteur, dit-il. C'est très urgent.

Je déchirai l'enveloppe. Voici ce que je lus :

Je vous en prie... je vous en prie... venez me voir. Je ne sais que faire. C'est trop terrible. Il faut que je parle. Je vous en supplie, venez immédiatement et demandez à quelqu'un de vous accompagner.

Anne PROTHERO.

Je fis signe à Melchette du regard. Il comprit et nous partîmes ensemble. Au moment de sortir, je jetai un coup d'œil du côté de Lawrence. Il fixait avec obstination la lettre que je tenais à la main ; j'ai rarement vu sur une figure humaaine une telle expression d'angoisse et de désespoir.

J'évoquai Anne Prothéro assise sur mon sofa et disant, avec quel accent : « Je suis désespérée! » et je me sentis le cœur lourd. Je commençai à deviner pour quelle raison Lawrence s'était accusé héroïquement de cette chose affreuse. Car il ne pouvait plus y avoir de doute.

Melchette achevait une conversation avec l'inspecteur :

— Possédez-vous des détails sur l'emploi du temps de Redding avant l'heure du crime? Nous avons quelque raison de penser que celui-ci a été commis plus tôt qu'il ne le soutient. Renseignez-vous là-dessus.

Il se tourna vers moi et, sans dire un mot, je lui tendis la lettre d'Anne. Il la lut ; sa figure exprimait le plus grand étonnement. Puis il m'examina d'un œil presque inquisiteur.

— Est-ce à cela que vous faisiez allusion, ce matin? demanda-t-il.

— Oui, mais je n'étais pas certain alors que mon devoir fût de parler. Maintenant, j'en suis sûr.

Je me mis à lui raconter la scène dont j'avais été le témoin, l'autre soir, dans l'atelier.

Melchett échangea encore quelques mots avec l'inspecteur et nous partîmes pour Old Hall, accompagnés du docteur.

Un valet des plus stylés nous ouvrit : à peine laissait-il apercevoir juste ce qu'il fallait d'ennui.

— Bonjour, dit Melchett. Voulez-vous prévenir Mrs Prothéro que nous sommes là et que nous désirons la voir? Quand vous aurez fini, vous reviendrez : nous avons quelques questions à vous poser, à vous aussi.

L'homme disparut. Quelques instants après, il était de retour.

— Nous avons, commença Melchett, besoin de quelques renseignements sur ce qui s'est passé, hier, dans cette maison. Votre maître a-t-il déjeuné chez lui?

— Oui, monsieur.

— Il était dans son état normal?

— Je n'ai rien remarqué d'extraordinaire.

— Et après, que s'est-il passé?

— Aussitôt après le déjeuner, Madame est allée se reposer et le colonel est passé dans son bureau. Miss Lettice est partie en cabriolet jouer au tennis. A quatre heures et demie, Mr et Mrs Prothéro ont pris le thé dans le salon. Ils avaient commandé l'auto pour cinq heures et demie, ayant affaire dans le village. Ils venaient de sortir quand Mr Clément a téléphoné.

Il s'inclina vers moi.

— Hum! Hum! grommela Melchett. Et quand Mr Redding est-il venu ici pour la dernière fois?

— C'était mardi après-midi, monsieur.

— Ils se sont disputés?

— Oui, monsieur, je crois. En tout cas, le colonel me donna l'ordre de ne plus laisser Mr Redding entrer dorénavant.

— Avez-vous entendu le bruit de cette dispute? insista Melchett.

— Le colonel Prothéro avait une voix forte, surtout lorsqu'il était en colère. Alors, je n'ai pas pu faire autrement que d'entendre quelques mots, par-ci, par-là.

— Assez peut-être pour nous renseigner sur les motifs de la discussion.

— J'ai cru comprendre, monsieur, qu'il était question d'un portrait que faisait Mr Redding — un portrait de miss Lettice.

— Avez-vous vu Mr Redding lorsqu'il est parti?

— Oui, c'est moi qui l'ai reconduit jusqu'à la porte.

— Avait-il l'air en colère?

— Non, pas du tout ; j'oserais même dire qu'il paraissait plutôt amusé.

— Ah! Eh bien! est-il revenu?

— Non.

— Personne d'autre non plus?

— Non, pas hier.

— Mais avant-hier?

— Avant-hier, Mr Denis Clément est passé dans l'après-midi. Le docteur Stone est resté aussi un moment. Dans la soirée, il est venu une dame.

— Une dame? (Melchett semblait surpris.) Quelle dame?

Le domestique chercha le nom de la visiteuse, mais il ne put le retrouver. C'était une dame qu'il n'avait jamais vue, en tout cas. Elle avait donné son nom et, sur la réponse qui lui avait été faite que tout le monde était en train de dîner, elle avait dit qu'elle attendrait. Il l'avait alors conduite dans le petit salon. Il se souvenait qu'elle avait demandé le colonel Prothéro, et pas Mrs Prothéro. Enfin, lorsque le dîner terminé, il avait averti le colonel, celui-ci s'était aussitôt dirigé vers la pièce où la dame l'attendait.

Combien de temps était-elle restée? Au moins une demi-heure. Le colonel l'avait reconduite lui-même. Ah! ça y est! Il se rappelait le nom, maintenant. Mrs... oui, Mrs Lestrange.

Nous ne pûmes cacher notre surprise.

— Ça, c'est curieux, dit Melchett, c'est vraiment curieux!

Nous n'en sûmes pas davantage, car Mrs Prothéro nous fit dire qu'elle allait nous recevoir.

Anne était au lit. Elle était très pâle et ses yeux brillaient. Je fus frappé de son expression douloureuse et résolue.

Elle s'adressa à moi :

— Je vous remercie d'être venu aussi vite. Et je crois que vous avez compris ce que je voulais dire en vous priant d'amener quelqu'un avec vous.

Elle s'arrêta un instant.

— Le mieux est d'en finir tout de suite, n'est-ce pas? reprit-elle avec un mince sourire tout de même assez pathétique. C'est à vous que je dois parler, colonel Melchett. C'est moi, entendez-vous, c'est moi qui ai tué mon mari.

Melchett dit doucement :

— Ma pauvre Mrs Prothéro...

— Mais c'est la vérité! Je sais bien que je vous ai dit cela un peu brutalement ; ce n'est pas mon genre, voyez-vous, d'avoir des crises. Je le haïssais, il y a longtemps que je le haïssais, et hier, eh bien! oui, je l'ai tué.

Elle se renversa sur l'oreiller et ferma les yeux.

— C'est tout, fit-elle. Vous allez m'arrêter et m'emmener? Je vais me lever et m'habiller le plus vite possible. Mais je ne me sens pas bien.

Alors Melchett reprit :

— Ne savez-vous donc pas que Mr Lawrence Redding s'est déjà accusé d'avoir commis ce crime?

Anne ouvrit les yeux et elle remua la tête avec force.

— Je sais, dit-elle. Quel garçon stupide! Voyez-vous, messieurs : il est très amoureux de moi. C'est très généreux de sa part... mais c'est de la folie!

— Savait-il, continua Melchett, que c'était vous l'auteur du meurtre?

— Oui, fit Anne.
— Comment le savait-il?
Elle hésita.
— Le lui avez-vous donc dit?
Elle hésita encore. Enfin, elle parut prendre une décision :
— Oui, je le lui ai dit.
Elle haussa les épaules d'un air excédé.
— Est-ce que vous ne pourriez pas partir, messieurs, maintenant que je vous ai tout dit? Vous n'en saurez pas davantage.
Melchett fit comme s'il n'avait pas entendu.
— Où avez-vous pris ce revolver, madame? demanda-t-il doucement.
— Le revolver! C'était celui de mon mari. Je l'ai pris dans le tiroir de la table de toilette.
— Bon. Et vous l'avez emporté au presbytère?
— Oui. Je savais, en effet, qu'il serait là.
— A quelle heure cela se passait-il?
— Il était plus de six heures. Six heures un quart, six heures vingt, à peu près.
— Vous aviez emporté cette arme dans l'intention de tuer votre mari?
— Non... je... je...c'était pour moi-même.
— Bon. Mais c'est au presbytère que vous êtes allée?
— Oui. Je me suis approchée de la fenêtre. Je n'entendais aucun bruit de parole. J'ai regardé à l'intérieur. J'ai vu mon mari. Je ne sais pas ce qui s'est passé en moi. J'ai fait feu.
— Et après?
— Après? Eh bien! je suis partie...
— ... Dire à Mr Redding ce que vous veniez de faire.
Anne répondit avec quelque hésitation dans la voix :
— Oui.
— Quelqu'un vous avait-il vue rentrer au presbytère?
— Non... ou plutôt si : la vieille miss Marple. Je lui ai même dit quelques mots ; elle était dans son jardin.
Anne s'agitait nerveusement sur ses oreillers.
— Est-ce que ce n'est pas suffisant comme cela? Je vous

répète que je vous ai tout dit. Pourquoi voulez-vous m'ennuyer?

Haydock s'approcha d'elle et lui prit le pouls.

Il fit signe à Melchett.

— Je vais rester avec elle, dit-il à voix basse, pendant que vous ferez le nécessaire. Il ne faut pas la laisser seule : elle serait capable de se faire un mauvais parti.

Melchett approuva de la tête.

Nous quittâmes la chambre. Comme nous allions descendre l'escalier, j'aperçus un homme mince, lugubre, qui sortait d'une pièce voisine. Instinctivement, je remontai.

— Vous étiez au service du colonel Prothéro? lui dis-je.

L'homme parut surpris.

— Savez-vous, continuai-je, si votre pauvre maître possédait un revolver?

— Je n'en ai jamais vu, monsieur, se décida-t-il enfin à bredouiller.

— Même pas dans le tiroir de sa table de toilette? Réfléchissez.

Il secoua la tête d'un air décidé.

— Je suis absolument sûr que non. S'il avait eu un revolver, je l'aurais certainement vu.

Je descendis l'escalier quatre à quatre pour rejoindre Melchet.

Mrs Prothéro avait menti à propos du revolver.

Pourquoi?

CHAPITRE IX

OU UNE VIEILLE FILLE EN REMONTRE AU CHEF DE LA POLICE

Après avoir déposé une note au commissariat, Melchett me fit part de ses intentions d'aller voir miss Marple.

— Accompagnez-moi donc, pasteur, dit-il gentiment. Je

ne tiens pas du tout à provoquer une crise de nerfs chez une de vos ouailles. Prêtez-moi le concours de votre présence.

Ces craintes me firent bien rire. Malgré son apparence chétive, miss Marple est de taille à tenir tête à tous les agents du monde, et même au préfet de police.

— Quel genre de femme est-ce? demanda le colonel, comme nous sonnions au domicile de la vieille fille. Peut-on se fier à son témoignage?

Après un instant de réflexion :

— Je crois qu'on peut s'y fier, dis-je, et j'ajoutai prudemment : tout au moins pour ce qui concerne les choses qu'elle a vues, car, pour ce qui est de ses raisonnements et déductions, ça, c'est une autre affaire. Elle a beaucoup d'imagination et, en outre, une tendance à voir du mal partout.

— Le type même de la vieille fille, alors? fit Melchett en riant. Je connais cette engeance : thé, papotages, médisances.

Une toute jeune bonne nous introduisit dans un petit salon.

— Quel bric-à-brac! s'exclama Melchett. Mais beaucoup de jolies choses. Un appartement de femme seule, hein! Clément?

J'en tombai d'accord. Au moment même, la porte s'ouvrit et miss Marple fit son apparition.

— Excusez-moi de venir vous importuner, dit le colonel lorsque je l'eus présenté.

Et, prenant son air le plus martial, un air qu'il croyait, sans doute, capable de séduire les dames d'un certain âge :

— Que voulez-vous? ajouta-t-il, le devoir a de ces rigueurs...

— Mais parfaitement, parfaitement, fit miss Marple. Je comprends cela : c'est si naturel. Asseyez-vous donc, messieurs. Puis-je vous offrir un petit verre de cherry? C'est moi qui l'ai fait, d'après une recette de ma grand-mère.

— Non, merci, dit Melchett, mais je ne bois jamais rien avant le déjeuner : c'est un principe auquel je veux rester fidèle.

Maintenant, si vous le voulez bien, nous allons parler de cette triste affaire, de cette lamentable affaire. Car nous en sommes tous bouleversés, n'est-ce pas?

Nous avons pensé, étant donné la situation de votre maison et de votre jardin, que vous pourriez nous fournir quelques éclaircissements.

— J'étais, en effet, dans mon jardin, hier soir, et de là on voit tout ce qui se passe chez les voisins.

— Je crois savoir que Mrs Prothéro est venue par là.

— C'est tout à fait exact. Même, je lui ai parlé et elle s'est arrêtée pour admirer mes roses.

— Pourriez-vous nous dire à quelle heure cela se passait?

— C'était une ou deux minutes après six heures un quart. Oui, c'est bien cela. Je me rappelle que l'horloge de l'église venait de sonner pour le quart.

— Très bien! Et après?

— Mrs Prothéro m'a dit qu'elle allait chercher son mari au presbytère; ils devaient rentrer chez eux ensemble. Elle a pris le petit sentier qui conduit chez le pasteur, par la barrière de derrière, à travers le jardin.

— Elle a pris le petit sentier? insista Melchett.

— Oui, tenez, je vais vous faire voir.

Pleine d'ardeur, miss Marple nous emmena dans son jardin et nous désigna le petit chemin qui passe en bas.

— L'autre sentier, derrière la haie, conduit à Old Hall, expliqua-t-elle. C'est celui qu'ils devaient prendre pour rentrer chez eux. Mrs Prothéro venait du village.

— Bien! bien! dit le colonel. Alors, selon vous, elle allait au presbytère?

— Sûrement. Je l'ai vue tourner au coin de la maison. Le colonel Prothéro ne devait pas être là, car, aussitôt, je l'ai revue; elle traversait le jardin et se rendait à l'atelier — ce petit bâtiment que vous apercevez là-bas et que notre pasteur laisse à la disposition de Mr Redding.

— Je vois... Miss Marple, avez-vous entendu un coup de revolver?

— A ce moment-là, je n'ai pas entendu de coup de revolver.

— Mais à un autre moment?

— Oui, je crois avoir entendu un coup de feu dans le bois. Mais c'était au moins cinq minutes ou dix minutes après ce que je viens de vous raconter et, je le répète, cette détonation venait du côté du bois. Cela ne pouvait être... cela ne pouvait être...

Elle s'arrêta net, toute pâle d'émotion.

— C'est bon, c'est bon, nous verrons cela tout à l'heure, reprit Melchett. Continuez : Mrs Prothéro est donc descendue à l'atelier?

— Elle est entrée et elle a attendu. Mr Redding l'a rejointe peu après; lui aussi est arrivé par le sentier qui vient du village. Il est passé par la porte du presbytère, il a regardé alentour...

— Et il vous a vue...

— Non, je ne puis pas dire qu'il m'ait vue : juste à ce moment-là j'étais baissée, je voulais arracher un de ces sales pissenlits. Ce n'est pas facile, allez! Lui aussi s'est tout de suite dirigé vers l'atelier.

— Il ne s'est pas approché de la maison?

— Non, il est allé directement à l'atelier. Mrs Prothéro est venue à sa rencontre jusqu'à la porte et ils y ont pénétré ensemble.

A cet endroit de son discours, miss Marple fit une pause qui en disait long.

— Elle posait peut-être pour un tableau? suggérai-je timidement.

— Peut-être! dit miss Marple.

— Et quand sont-ils sortis?

— Au bout de dix minutes environ.

— Approximativement?

— L'horloge venait de sonner les deux coups de la demie. Comme ils allaient franchir la barrière pour prendre le sentier, le docteur Stone, qui suivait le chemin qui mène à Old Hall, a sauté par-dessus la haie et les a rejoints. Ils sont partis du côté du village. Je crois, mais je n'en suis pas tout à fait sûre, qu'au bout du sentier ils ont rencontré miss Cram. Si si, ça devait être miss Cram; il n'y a qu'elle pour avoir une robe aussi courte!

— Quelle vue vous avez, miss Marple, pour voir d'aussi loin.

— Je suivais des yeux un petit oiseau, dit tranquillement la vieille fille, un roitelet à tête dorée. Quelle gentille bestiole! J'avais mis mes lunettes : c'est comme cela que j'ai pu reconnaître miss Cram, car il n'y a pas de doute, c'était bien elle.

— C'est possible, coupa Melchett; mais, puisque vous avez de si bons yeux, avez-vous remarqué l'attitude de Mrs Prothéro et de Mr Redding lorsqu'ils sont passés près de vous?

— Ils causaient et riaient. Si vous voulez mon opinion, ils avaient l'air heureux d'être ensemble.

— Ils ne vous ont pas fait l'impression de gens ennuyés, préoccupés?

— Pas du tout. C'est même tout le contraire!

— Étrange, fit le colonel. Oui, il y a là-dedans quelque chose de vraiment étrange.

Miss Marple nous coupa brusquement la respiration en remarquant le plus tranquillement du monde :

— Mrs Prothéro se serait-elle accusée?

— Ah! ça, dit Melchett. Comment avez-vous pu deviner cela?

— Bah! c'était dans le domaine du possible. Je l'ai pensé et je crois que cette chère Lettice l'a dû penser aussi : c'est une jeune fille intelligente, Lettice, sinon toujours très scrupuleuse. Ainsi, Anne Prothéro s'accuse d'avoir tué son mari! Eh bien! voyez-vous, moi, je n'y crois pas beaucoup et je suis même à peu près certaine que ce n'est pas vrai. Non, pas une femme comme elle — bien qu'on ne puisse jamais être tout à fait sûr de qui que ce soit. Enfin, c'est mon opinion. Quand prétend-elle avoir commis cette chose affreuse?

— A six heures vingt. Miss Marple secoua lentement et tristement la tête.

Quel dommage, semblait dire ce geste, que ces deux hommes aient pu être assez stupides pour croire une pareille histoire!

Puis elle demanda :

— Avec quoi l'a-t-elle tué?
— Avec un revolver.
— Où l'a-t-elle trouvé?
— Elle l'avait apporté.
— Ça, ce n'est pas vrai, dit miss Marple d'une voix catégorique. Je puis jurer qu'elle ne portait aucune arme.
— Vous ne l'avez peut-être pas vue?
— Mais je l'aurais vue!
— Et si cette arme était dans son sac à main?
— Elle n'avait pas de sac à main.
— Elle l'avait peut-être cachée sur elle, quelque part, dans ses vêtements?
Miss Marple foudroya le colonel d'un regard triste et méprisant.
— Mon cher colonel Melchett, vous savez comment sont habillées les jeunes femmes d'à présent. Elles n'éprouvent nulle honte à faire voir à tout le monde comment le Créateur les a faites. Elle n'avait rien, vous dis-je.
Melchett s'entêtait.
— Pourtant, vous admettrez bien que tout cela tient : l'heure, la pendule arrêtée à six heures vingt-deux.
Miss Marple se tourna de mon côté :
— Ne l'auriez-vous donc pas encore mis au courant à propos de cette pendule?
— Quoi donc? Quoi donc? demanda Melchett.
Je lui dis à quoi miss Marple faisait allusion et cela sembla le contrarier beaucoup.
— Mon vieux Clément, pourquoi n'avez-vous pas dit ça à Landormy, hier soir?
— Parce que... parce qu'il n'a pas voulu me laisser placer un mot!
— C'est ridicule! Vous auriez dû insister.
— Il est probable, observai-je, que l'inspecteur n'a pas la même attitude avec vous qu'avec moi. Je n'ai pas pu prononcer une parole.
— Tout cela est de plus en plus extraordinaire, bougonna

Melchett. Si une troisième personne vient maintenant déclarer que c'est elle la coupable, il n'y aura plus qu'à m'enfermer chez les fous!

— Si vous m'autorisiez à donner mon avis..., murmura miss Marple.

— Eh bien?

— Si vous disiez à Mr Redding que Mrs Prothéro s'est accusée, mais que vous ne la croyez pas ; si vous alliez ensuite voir Mrs Prothéro pour lui dire que Mr Redding est hors de cause, eh bien! je crois qu'ils seraient assez près de vous dire la vérité, tous les deux. Mais ces deux malheureux savent-ils grand-chose?

— Pas mal raisonné, tout cela, fit Melchett. Pourtant, je ne vois guère que ces deux-là à avoir une raison de supprimer Prothéro.

— Ah! ça, colonel, ce n'est pas du tout mon avis.

— Mais pourquoi donc? Soupçonnez-vous une autre personne?

— Ma foi, oui. Tenez — elle se mit à compter sur ses doigts — une, deux, trois, quatre, cinq, six... oui, six, et peut-être même une septième. J'aperçois au moins sept personnes qui ont pu éprouver de la joie à être débarrassées de Prothéro.

Melchett regarda la vieille fille. Il était complètement démonté.

— Sept personnes à Saint-Mary Mead!

Miss Marple approuva d'un air victorieux.

— Remarquez bien que je ne cite aucun nom, dit-elle. Cela ne serait pas bien. Mais je crains qu'il n'y ait beaucoup de méchanceté par le monde. Un soldat intègre comme vous, colonel Melchett, ne s'en doute même pas!

Je crus que le chef de notre police allait tomber, frappé d'apoplexie.

CHAPITRE X

UN COUP DE FEU DANS UN BOIS

L'opinion de Melchett sur miss Marple, quand nous eûmes quitté la maison, était loin d'être flatteuse.

— Cette vieille fille desséchée s'imagine tout connaître! grogna-t-il. Et, de toute sa vie, elle n'est peut-être pas sortie de son village! C'est idiot! Je me demande ce qu'elle peut savoir de la vie!

Je fis doucement observer à Melchett que, s'il était parfaitement exact que miss Marple ignorait à peu près tout de la Vie avec un grand V, il n'en était pas moins certain, par contre, qu'elle savait tout ce qui se passait à Saint-Mary Mead!

Melchett dut le reconnaître. En somme, nous venions de trouver un témoin précieux, très précieux pour Mrs Prothéro.

— Naturellement, nous ne pouvons pas mettre en doute ses affirmations? dit-il.

— Allez, vous pouvez être tranquille : si miss Marple dit que Mrs Prothéro ne portait pas de revolver, vous pouvez la croire, car, si le moindre doute avait pu exister sur ce point, vous pouvez être sûr qu'elle se serait emparée de ce détail avec acharnement.

— C'est vrai. Le mieux, c'est encore d'aller nous-mêmes visiter l'atelier.

Ce que nous appelions de ce nom n'est autre qu'un simple hangar éclairé par le haut. Il ne possède pas de fenêtres et n'a qu'une porte pour toute ouverture. Quand nous eûmes terminé, Melchett, que cette visite semblait avoir satisfait, me fit part de son intention de revenir au presbytère avec l'inspecteur.

— Je file au commissariat, me dit-il ; à tout à l'heure!

A peine étais-je entré qu'un murmure de voix parvint à mes oreilles. J'ouvris la porte du salon. Miss Cram était assise sur le divan, à côté de Griselda, et elle parlait avec animation.

— Hello! Len, dit Griselda.

— Bonjour, Mr Clément, fit miss Cram, et elle ajouta : tous ces détails sur la mort de colonel sont vraiment terribles. Le pauvre homme!

— Miss Cram, reprit ma femme, est venue très aimablement nous proposer de nous aider pour nos scouts. Vous vous souvenez que, dimanche, nous avions fait appel à toutes les bonnes volontés.

Je m'en souvenais parfaitement. Mais j'étais convaincu et, au ton de sa voix, je compris que Griselda l'était comme moi, qu'il ne serait jamais venu à l'idée de miss Cram de nous apporter son concours si un drame ne s'était déroulé au presbytère.

Elle remit tout de suite la conversation sur ce sujet passionnant :

— La nouvelle m'a fait l'effet d'un coup de massue. Un crime! Un crime, dans ce petit village si paisible! Car, pour être paisible, le nôtre n'a pas son pareil. Pas même un cinéma! Pas un seul film parlant! Et quand j'ai su qu'il s'agissait du colonel Prothéro, je ne voulais pas le croire. Le cher homme! il ne donnait pas du tout l'impression de quelqu'un qui va être assassiné.

J'ignorerai, sans doute, toujours quelles sont les caractéristiques qui permettent à miss Cram de deviner si l'on sera ou non assassiné! Y aurait-il donc une classe spéciale de gens qui serait celle des futures victimes? En tout cas, miss Cram, elle, n'en doutait pas dans sa petite tête dorée et têtue!

— Et voilà, dit Griselda, pourquoi miss Cram est venue aux nouvelles!

Je craignis un instant que la franchise de Griselda n'indisposât notre visiteuse, mais elle se contenta de rejeter la tête en arrière en riant bruyamment, toutes ses dents découvertes.

— Ah! ça, ce n'est pas bien, Mrs Clément, ce que vous venez de dire. On ne peut donc rien vous cacher? Mais après tout, n'est-il pas naturel de chercher à connaître les circonstances d'une pareille affaire? Toutefois, croyez bien que je ne demande qu'à rendre service à vos scouts. C'est tellement passionnant! Moi qui passais mes journées à m'ennuyer! Si! Si! Oh! ce n'est pas que mon travail me déplaise et il est même bien rétribué. Et puis, le docteur Stone est si gentil! Mais une jeune fille a besoin de se distraire un peu en dehors des heures de bureau et, à part vous, Mrs Clément, qui peut-on fréquenter dans ce « trou », sinon un tas de vieilles bavardes?

— Il y a Lettice Prothéro, dis-je.

Gladys secoua la tête.

— Elle est trop méprisante pour des gens comme moi. Elle se prend pour quelqu'un, allez, et ne s'abaisserait pas à remarquer une jeune fille qui doit travailler pour gagner sa vie. Et pourtant, je l'ai entendue parler de gagner sa vie, elle aussi. Mais qui pourrait bien vouloir d'elle? Elle serait remerciée dans les huit jours. A moins de se faire mannequin et de parader dans de beaux atours. Oui, je crois que ça lui irait très bien.

— Elle ferait, en effet, un très joli mannequin, dit Griselda. Elle est si élégante! En tout cas, on ne peut pas dire qu'elle soit une mauvaise langue! Mais quand parlait-elle donc de gagner sa vie?

Miss Cram parut déconcertée, mais elle reprit bientôt son air espiègle.

— Cela vous semblerait assez significatif, n'est-ce pas? dit-elle. Oui, elle a bien tenu ces propos. Je crois qu'elle n'était pas très heureuse chez elle. Ah! ce n'est pas moi qui voudrais vivre à la maison avec une belle-mère! Je ne pourrais pas la supporter deux minutes.

— Oui, mais vous, vous avez du caractère, dit Griselda avec le plus grand sérieux.

Miss Cram était évidemment satisfaite.

— En effet, approuva-t-elle ; vous me connaissez bien : on peut me conduire, mais par la douceur. Du reste, c'est écrit dans mes lignes de la main : on l'a encore lu il n'y a pas longtemps. Je ne suis pas de celles qui supportent tout sans rien dire. D'ailleurs, j'ai prévenu le docteur que j'entendais avoir du temps à moi. Ces savants croient toujours qu'une jeune fille est une machine : c'est à peine s'ils remarquent votre présence!

— Est-ce intéressant de travailler avec le docteur? Si vous avez quelques notions d'archéologie, cela doit être passionnant?

— Oh! vous savez, moi, je n'y connais pas grand-chose. Et même, je trouve un peu, comment dire? un peu ridicule de déterrer des gens qui sont morts depuis des centaines d'années. Mais le docteur, lui, si je n'étais pas là, il en perdrait le boire et le manger!

— Est-il aux fouilles, ce matin? demanda Griselda.

— Non, il n'était pas bien, il ne se sentait pas de goût pour le travail. Et c'est pour cela que je suis libre.

— Je regrette de le savoir indisposé, fis-je.

— Oh! ce n'est pas grand-chose. Nous n'aurons pas une deuxième mort à déplorer. Mais, dites-moi, Mr Clément, il paraît que vous avez passé la matinée avec les enquêteurs. Que pensent-ils de tout cela?

— Eh bien! articulai-je lentement, il y a encore un peu... d'incertitude.

— Ah! s'écria miss Cram. Alors, ils ne croient pas que Mr Lawrence soit le coupable? Quel beau garçon, celui-là? On dirait un artiste de cinéma. Et il a un si joli sourire pour vous dire bonjour! Je ne pouvais en croire mes oreilles quand j'ai su qu'il avait été arrêté. On a bien raison de dire que nos policiers sont des imbéciles!

— Vous ne pouvez tout de même pas leur reprocher quelque chose, cette fois, puisque c'est Mr Redding qui s'est constitué prisonnier?

— Comment? Comment?

La jeune fille paraissait confondue.

— Le pauvre garçon! Eh bien! moi, si j'avais commis un crime, je n'irais pas me faire arrêter! J'aurais cru Lawrence plus raisonnable. Se rendre ainsi! A-t-il dit pourquoi il a tué Prothéro? Pas pour une querelle?

— Il n'est pas du tout prouvé qu'il l'ait tué, dis-je.

— Mais pourquoi? Enfin, s'il dit que c'est lui, il doit tout de même le savoir?

— Il le devrait certainement. Mais la police ne se contente pas de ses affirmations.

— Allons! Pourquoi dirait-il que c'est lui si ce n'était pas vrai?

Je n'avais pas du tout l'intention de renseigner miss Cram sur ce point. Je répondis vaguement :

— Il arrive souvent, dans ces sortes d'affaires, que la police reçoit de nombreuses lettres dans lesquelles les auteurs s'accusent ainsi.

— Il faut être complétement tapé! dit miss Cram d'un ton méprisant.

Elle ajouta :

— Ce n'est pas moi qui agirais ainsi, ah! non!

— J'en suis sûr, dis-je.

— Enfin! soupira-t-elle. Mais il est temps que je m'en aille.

Elle se leva :

— Mr Redding qui s'accuse du meurtre, ce sera vraiment une nouvelle pour le docteur!

— Il s'intéresse donc à cette histoire? demanda Griselda.

Miss Cram fronça les sourcils. Elle semblait perplexe.

— Il est si drôle. On ne peut jamais savoir ce qui l'intéresse. Il vit dans le passé. Il prendrait plus d'intérêt à regarder un de ces vieux couteaux tout rouillés qu'il rapporte de ses fouilles que celui avec lequel Landru a découpé ses fiancées.

— Eh bien! dis-je, je puis bien vous avouer que je suis de son avis.

Le regard de miss Cram exprimait beaucoup d'incompréhension et un peu de dédain. Elle nous quitta non sans de nombreux « Au revoir ».

— Elle n'est pas si mauvaise qu'on le dit, reprit Griselda. Elle est commune, certes, mais c'est une de ces bonnes grosses filles, bruyantes et gaies, qu'on ne peut arriver à détester. Je me demande encore ce qui a bien pu la décider à venir à la maison.

— La curiosité.

— Oui, ce doit être cela. Maintenant, Len, dites-moi tout ce que vous savez. Je meurs d'envie de l'apprendre.

Je m'assis et relatai à Griselda tous les événements de la matinée ; elle m'interrompait, de temps à autre, par de brèves exclamations de surprise et d'intérêt. Quand j'eus fini, elle dit simplement :

— Alors, Lawrence, c'était avec Anne? Ce n'était pas Lettice? Comme nous étions aveugles! Ça devait être à cela que miss Marple faisait allusion?

— Oui, dis-je en détournant les yeux.

Marie entra.

— Il y a deux hommes... ils viennent de la part des journaux, qu'ils disent. Voulez-vous les recevoir?

— Non, non, certainement pas. Envoyez-les donc à Landormy, au commissariat.

Marie hocha la tête et sortit. Je la rappelai :

— Quand vous en serez débarrassée, vous reviendrez ; j'ai quelque chose à vous demander.

Marie, de nouveau, hocha la tête.

Au bout de quelques minutes, elle était de retour.

— J'ai eu du mal à les faire partir, dit-elle. Ils insistaient, ils insistaient. Vous n'avez jamais vu ça. Ils prétendaient que « Non », ça n'est pas une réponse. Qu'est-ce qu'il leur faut, alors?

— Allez, Marie, nous serons souvent encore dérangés, je le crains. Mais voici ce que je veux savoir : êtes-vous sûre, absolument sûre de ne pas avoir entendu de coup de feu?

— Entendu le coup qui l'a tué? Bien sûr que non, je ne l'ai pas entendu ; autrement, je serais accourue dans la pièce, voir ce qui se passait.

— Oui, mais (je me rappelai qui Miss Marple croyait avoir entendu une détonation du côté des bois et je changeai la forme de ma question) n'avez-vous pas entendu un coup venant d'une autre direction, des bois par exemple?

— Oh! (elle s'arrêta) si, maintenant, voilà que ça me revient, je crois que j'ai entendu. Pas plusieurs coups. Un seul. Rien qu'un. C'était un drôle de bruit.

— Quelle heure était-il?

— L'heure?

— Oui, l'heure?

— Je ne pourrais pas vous dire au juste. C'était après le thé toujours.

— Tâchez de vous le rappeler.

— Non, je ne peux pas. J'ai mon ménage à faire, moi! Je ne peux pas passer mon temps à regarder l'heure qu'il est. Et, d'ailleurs, ça ne servirait pas à grand-chose : le réveil retarde d'au moins trois quarts d'heure tous les matins et puis cette manie que vous avez d'avancer la pendule! Ici, on ne sait jamais l'heure qu'il est!

Ceci explique peut-être pourquoi nos repas sont si irréguliers, souvent en retard et parfois très en avance.

— Était-ce longtemps après le départ de Mr Reedding? demandai-je encore.

— Non, il venait de partir. Dix minutes, un quart d'heure, pas davantage.

Je secouai la tête avec satisfaction.

— Monsieur, reprit Marie, est-ce tout ce que vous voulez savoir, parce que j'ai un rôti au four et mon pudding va bouillir trop vite.

— C'est tout, vous pouvez vous retirer.

Elle quitta la pièce et je me tournai vers Griselda :

— Il est sans doute tout à fait inutile de demander à Marie de dire « Monsieur » et « Madame »?

— Je lui en ai déjà fait l'observation, mais elle ne s'en souvient pas. C'est encore une débutante.

— Je m'en aperçois, dis-je. Mais les débutants ne doivent tout de même pas demeurer débutants toute leur vie! On pourrait peut-être aussi lui inculquer quelques éléments de cuisine.

— Là-dessus, je ne suis pas de votre avis, dit Griselda. Vous savez quelle dépense c'est pour nous d'avoir une bonne. Si elle était plus stylée, elle ne manquerait pas de nous quitter pour une place mieux payée. Au contraire, tant qu'elle continuera à ne pas savoir faire la cuisine et qu'elle conservera ses mauvaise manières, alors, nous pourrons être tranquilles, car personne ne voudra d'elle.

On voit que les méthodes de ma femme pour diriger la maison ne sont pas tout à fait dépourvues de logique. Reste à savoir s'il vaut mieux se passer de bonne ou en avoir une incapable de faire la cuisine et qui vous lance, avec la même désinvolture, plats ébréchés et remarques déplacées!

— En tout cas, dit Griselda, vous pourriez vous montrer plus indulgent pour elle en ce moment et vous devriez comprendre qu'elle ne peut guère s'apitoyer sur le colonel Prothéro qui avait fait emprisonner son fiancé.

— Il avait fait emprisonner son fiancé?

— Pour braconnage, oui. Vous le connaissez cet homme avec lequel Marie sort depuis bientôt deux ans.

— J'ignorais tout cela.

— Len, mon chéri, vous ne savez jamais rien!

— Il est vraiment étrange, repris-je, que tout le monde tombe d'accord pour dire que le coup venait du bois.

— Je ne vois rien d'extraordinaire là-dedans, dit Griselda , c'est tous les jours qu'on entend des coups de fusil dans cette direction. C'est à tel point que lorsqu'on entend une détonation quelque part, on est tout de suite porté à dire qu'elle vient du bois. Celui-là était peut-être un peu plus fort que d'habitude. Évidemment, s'il avait été tiré dans la pièce à côté, Marie se serait rendu compte qu'il se passait quelque chose d'anormal dans la maison. Mais de cette cuisine, avec les fenêtres qui donnent de l'autre côté!

La porte s'ouvrit de nouveau.

— Le colonel Melchett est de retour, m'annonça Marie. Il est avec l'inspecteur et il demande que vous alliez les rejoindre. Ils sont dans le bureau.

CHAPITRE IX

QUI EN VOULAIT A ANNE?

Dès le premier coup d'œil, je vis que les deux hommes n'étaient pas d'accord. Melchett était rouge et visiblement agacé ; l'inspecteur avait l'air maussade.

— J'ai le regret de vous apprendre, commença Melchett, que Landormy n'est pas du tout de mon avis sur le cas du jeune Redding.

— Si ce n'est pas lui, fit l'inspecteur d'un ton sceptique, pourquoi serait-il venu affirmer qu'il est coupable? Allons, allons!

— Mrs Prothéro n'a pourtant pas agi autrement, rappelez-vous, Landormy.

— Mais c'est tout différent, voyons! C'est une femme, elle, et les femmes agissent toujours de façon stupide! D'ailleurs, je ne l'ai pas crue une seule minute. Elle a entendu dire que Lawrence était accusé et elle a inventé une histoire. Nous connaissons ce petit jeu-là! Non, vous ne pouvez vous imaginer à quel point les femmes sont déraisonnables! Mais pour Redding, c'est différent : il a la tête trop solide, lui, et s'il dit que c'est lui, eh bien! moi, je crois ce qu'il dit. C'est l'histoire du revolver qui vous embarrasse. Enfin, grâce à Mrs Prothéro, nous n'ignorons plus le mobile du crime. J'avoue que c'était notre point faible, mais, maintenant que nous savons... eh bien! tout marche comme sur des roulettes.

— Alors, vous croyez qu'il l'a tué plus tôt? A six heures et demie?

— Impossible.

— Vous avez donc établi son emploi du temps?

L'inspecteur acquiesça :

— Il se trouvait encore dans le village, à deux pas du *Sanglier Bleu*, à six heures dix. C'est de là qu'il est venu à l'atelier par le petit chemin où vous dites que la vieille dame d'à côté l'a aperçu — entre parenthèses, rien ne lui échappe, à celle-là! Ils sont ressortis juste après la demie de six heures et ont pris le chemin du village. C'est alors que le docteur Stone les a rencontrés. Il m'a confirmé tout cela, car je l'ai vu. Ils ont bavardé quelques instants en face du bureau de poste et Mrs Prothéro s'est rendue ensuite chez miss Hartnell, à qui elle a emprunté une revue de jardinage. J'ai vérifié tous ces renseignements. J'ai vu miss Hartnell : Mrs Prothéro est restée là jusqu'à sept heures. C'est quand elle a entendu sonner l'heure qu'elle est rentrée chez elle. « Je n'aurais jamais pensé qu'il fût si tard », a-t-elle dit en partant.

— Comment était-elle à ce moment-là?

— L'air le plus naturel du monde, et même enjouée, au dire de miss Hartnell. Elle semblait d'excellente humeur et nullement préoccupée.

— Bon. Continuez.

— Je reviens à Redding. Il a accompagné le docteur Stone jusqu'au *Sanglier Bleu*, où ils ont bu ensemble. Il a quitté l'auberge à sept heures moins vingt et il a pris le chemin du presbytère, par le village. Plusieurs personnes ont remarqué qu'il marchait à grands pas.

— Il n'a pas pris le sentier du bas, cette fois? observa le colonel.

— Non, il est venu par l'entrée principale et il a demandé à voir le pasteur. On lui a dit que Prothéro était là; il était allé le rejoindre dans le bureau... et il l'a tué de la façon dont il l'a raconté. Voilà comment les choses se sont passées : ce n'est pas la peine de chercher midi à quatorze heures!

Melchett secoua la tête.

— Pourtant, il y a aussi le témoignage du docteur. Vous ne pouvez pas sortir de là. Prothéro n'a pas été tué après six heures et demie.

— Oh! les médecins! et l'inspecteur prit un air dédaigneux. Si vous croyez ce que racontent les médecins! Ils vous arrachent toutes vos dents — voilà à quoi ils sont bons par les temps qui courent! — et puis, quand c'est fini, ils s'aperçoivent que vous avez l'appendicite et ils s'excusent de s'être trompés! Ah! oui, les médecins!

— Voyons, Landormy, voyons : ce n'est pas une question de diagnostic. Haydock est absolument catégorique. Vous ne pouvez tout de même pas aller à l'encontre d'une évidence médicale?

Un petit fait que j'avais oublié me revint à l'esprit :

— Je vais vous faire part d'une constatation, qui peut avoir son intérêt, dis-je. Quand j'ai touché le corps, il était froid. Ça je peux le jurer.

— Vous voyez bien? triompha Melchett.

L'inspecteur se rendit de bonne grâce :

— Évidemment! Évidemment! S'il en est ainsi! Mais on avait là un cas tellement extraordinaire! On eût dit que Mr Redding était impatient d'être pendu.

— Rien que cela, déjà, ne me paraît pas très naturel, fit Melchett.

— Vous savez : des goûts et des couleurs... Depuis la guerre, beaucoup d'hommes sont revenus un peu drôles. Il ne nous reste plus qu'à reprendre l'affaire depuis le début.

Lardormy se tourna de mon côté :

— Pourquoi, continua-t-il, n'avez-vous pas fait tout de suite ce que vous deviez faire? Il fallait me prévenir que cette pendule... Au lieu de cela, vous me laissez m'engager sur une fausse piste! Vous avez gêné la marche de l'enquête.

J'étais stupéfait.

— Mais j'ai essayé, à trois reprises, de vous mettre au courant, et, chaque fois, vous m'avez coupé la parole, vous avez refusé de m'entendre.

— Oui, on dit ça! Mais si vous en aviez vraiment eu l'intention, vous auriez bien trouvé l'occasion de me renseigner. La pendule et la note, tout ça cadrait merveilleusement! Et voilà qu'à présent, si on vous écoute, cette pendule n'était pas à l'heure. Qu'est-ce que c'est que cette histoire? Pourquoi l'avez-vous avancée d'un quart d'heure?

— Dans le but d'être toujours à l'heure, tout simplement.

Landormy ricana :

— Je ne pense pas qu'il soit utile d'insister sur ce point, dit-il avec son tact habituel. Ce qu'il nous faut savoir, maintenant, c'est la version exacte de Mrs Prothéro et celle de Redding. J'ai téléphoné à Haydock pour lui demander de venir ici avec Mrs Prothero. Il seront là dans un quart d'heure. On pourrait peut-être amener d'abord Redding. Je vais appeler le commissariat.

Il décrocha l'appareil et prononça quelques paroles.

— Maintenant, dit-il en remettant l'écouteur, nous allons nous mettre au travail dans cette pièce.

Il me regarda.

— Vous désirez peut-être que je me retire? fis-je.

Aussitôt, il m'ouvrit la porte. Mais Melchett s'écria :

— Dites, pasteur, vous reviendrez quand Redding sera là. Vous êtes de ses amis : sans doute aurez-vous assez d'influence sur lui pour lui faire dire enfin la vérité.

Je trouvai ma femme en tête à tête avec miss Marple.

— Nous envisageons toutes sortes d'hypothèses, dit Griselda. Je voudrais bien que vous puissiez résoudre cette énigme aussi facilement que vous l'avez fait jadis pour le bocal de crevettes qui avait disparu de chez miss Wetherby. Vous vous souvenez, miss Marple? C'est une histoire de sac de charbon, qui n'avait rien à voir avec la première, qui vous a mis sur la bonne voie.

— Vous plaisantez, chère Griselda. N'empêche que c'est un excellent moyen d'arriver à la vérité. C'est ce qu'on appelle l'intuition, dont on parle tant. C'est comme si on lisait un mot sans avoir besoin de l'épeler : un enfant ne peut y parvenir, car il n'a pas assez d'expérience. Les grandes personnes, elles, reconnaissent le mot d'avance, si l'on peut dire, car elles l'ont déjà vu plusieurs fois. Vous voyez ce que je veux dire, pasteur?

— Oui, il me semble que j'ai à peu près compris. Vous voulez dire que si une chose vous en rappelle une autre, eh bien! c'est qu'il s'agit du même genre de choses?

— Exactement.
— Et que vous rappelle l'assassinat de Prothéro?
Miss Marple soupira :
— Voilà où commence la difficulté. Tant de comparaisons me viennent à l'esprit! Tenez, par exemple, le cas du major Hargraves, un marguillier, lui aussi, un homme très considérable à tous les points de vue. Cela ne l'empêchait pas, et depuis longtemps encore, d'entretenir un second ménage... et avec une ancienne bonne! Cinq enfants par là-dessus, oui, cinq enfants! Quel coup ce fut pour sa femme et sa fille!

J'essayai de me représenter le colonel Prothéro dans le rôle d'un pécheur secret, mais j'avoue que je ne pus y parvenir.

— Et cette histoire de blanchisserie! reprit miss Marple. Vous ne vous rappelez pas? Miss Hartnell avait oublié une broche en opale sur un corsage qu'elle donnait à blanchir. Or, la femme qui trouva cette broche ne savait qu'en faire et n'était pas une voleuse. Elle la cacha pourtant chez une de ses voisines et alla dénoncer celle-ci à la police. La haine, voyez-vous, la haine! Naturellement, il y avait un homme là-dessous, car il y a toujours un homme.

Je dois dire que je ne vis pas le moindre rapport entre cette histoire et l'affaire Prothéro.

Miss Marple continuait d'une voix presque immatérielle :
— Je pense encore à la fille de cette pauvre Eldwell... une jolie fille... on eût dit un ange... qui essaya d'étouffer son petit frère.

« Et cet organiste — c'était avant vous, pasteur — qui vola l'argent des enfants de chœur. Sa femme avait partout des dettes. Oui, cette histoire fait penser à tant de choses... à tant de choses... Ah! ce n'est pas facile de découvrir la vérité.

— Je voudrais bien, dis-je à mon tour, que vous me nommiez les sept personnes que vous soupçonnez.

— Je soupçonne sept personnes?

— Oui, vous avez dit que vous pouviez compter jusqu'à sept personnes qui... qui seraient capables de se réjouir de la mort du colonel.

— J'ai dit cela? Ah! oui, en effet.

— Alors, c'est vrai?

— Mais bien sûr que c'est vrai! Seulement, on ne doit pas citer des noms. Vous pouvez les trouver vous-même très facilement, allez.

— Non, cela est impossible. Ou alors, il faudrait penser à Lettice Prothéro, puisqu'elle va hériter. Mais c'est trop abssurde! Elle, faire une chose pareille! Et, à part elle, je ne vois personne.

— Et vous, chère amie? dit miss Marple en se tournant vers Griselda.

A ma plus grande surprise, Griselda rougit. Quelque chose qui ressemblait fort à des larmes passa dans ses yeux. Elle pétrissait nerveusement ses deux petites mains.

— Oh! s'écria-t-elle avec indignation. Les gens sont odieux! odieux! vous dis-je. Tout ce qu'ils racontent, toutes ces horribles choses.

Je la regardai avec curiosité. C'est si peu dans la manière de Griselda d'être à ce point bouleversée. Elle vit que je l'observais et essaya de sourire.

— Ne me regardez pas, Len, comme si j'étais un phénomène intéressant. Ne nous échauffons pas, ne nous laissons pas détourner du but à atteindre. Je ne crois pas Anne coupable- ni Lawrence non plus. Quant à Lettice, elle est tout à fait hors de cause. Mais il doit bien y avoir quelque part un indice, si petit soit-il, qui nous mettra sur la trace.

— Il y a la lettre, d'abord, dit miss Marple. Je vous le disais ce matin : cette lettre ne me dit rien qui vaille.

— Ce mot fixe, en effet, d'une façon bien précise l'heure de la mort, dis-je. Pourtant, si l'on réfléchit, est-ce possible? Mrs Prothéro aurait été à peine sortie du bureau. Elle n'aurait pas même eu le temps d'aller jusqu'à l'atelier. A mon avis, il aura consulté sa montre à lui. et cette montre était en retard. Cette solution n'est pas impossible, après tout.

— J'ai une autre idée, fit Griselda. Supposez, Len, que la

pendule ait déjà été retardée. Non, cela revient au même. Je suis sotte.

— Elle n'avait pas été retardée lorsque je suis parti. Je me rappelle fort bien avoir regardé ma montre en même temps. D'ailleurs, comme vous le dites, cela ne signifie rien.

— Et vous miss Marple, qu'en pensez-vous? demanda ma femme.

La vieille dame hocha la tête :

— Moi? Je dois d'abord vous dire que je n'envisagerais pas la chose du même point de vue. Ce qui me frappe le plus, et cela depuis le début, c'est le contenu même de cette lettre.

— Je ne comprends pas bien, dis-je. Le colonel Prothéro a écrit seulement qu'il ne pouvait pas attendre plus longtemps.

— Et ceci que vous oubliez, reprit miss Marple : *6 h 20*. Or, votre bonne l'avait prévenu que vous ne pouviez pas être rentré avant six heures et demie, et il avait, en somme, décidé de vous attendre. Et alors, à six heures vingt, il se serait installé à votre bureau pour vous écrire qu' « il ne pouvait attendre davantage ».

Je fixai la vieille dame. Je sentais mon respect augmenter pour ses facultés logiques. Sa perspicacité venait de découvrir ce qui nous avait échappé à tous. C'était bizarre, très bizarre.

— Si seulement, dis-je, la lettre n'avait pas mentionné d'heure.

— Bien sûr, fit-elle comme un écho, si elle n'avait pas mentionné d'heure.

Je revoyais en esprit cette feuille de calepin et son griffonnage illisible avec, en haut, *6 h 20* écrit avec une grande netteté. Ces chiffres ne ressemblaient pas du tout aux caractères du reste de la lettre.

— Admettons, continuai-je, que le mot n'ait pas indiqué l'heure. Et supposons encore que, vers six heures trente, le colonel, s'impatientant, se soit assis au bureau pour écrire qu'il ne pouvait attendre plus longtemps. Alors, pendant qu'il est ainsi en train d'écrire, quelqu'un entre par la fenêtre.

— Ou par la porte, coupa Griselda

— Il aurait entendu la porte s'ouvrir et se serait retourné.

— Mais souvenez-vous que Prothéro était un peu sourd, fit miss Marple.

— C'est vrai. Il aurait pu ne pas entendre, en effet. Quelle que soit la façon dont le meurtrier est entré, il a fallu qu'il parvienne à se faufiler derrière le colonel pour le tuer. Puis il a écrit six heures vingt en haut de la lettre de sa victime et a placé les aiguilles de la pendule sur six heures vingt-deux. C'était une idée ingénieuse. Cela lui procurait, du moins il le croyait, un alibi parfait.

— Et ce que nous devons chercher, dit Griselda, c'est la personne qui pourra fournir un bon alibi pour six heures vingt, mais qui n'en aura pas pour... Mais tout cela n'est pas si facile. Comment fixer une heure exacte?

— On peut tout de même la fixer dans des limites très précises, dis-je. Haydock prétend que l'on ne peut aller au-delà de six heures trente. Mettons six heures trente-cinq pour la raison qui vient d'être exposée, à savoir qur Prothéro n'avait aucun motif de s'impatienter avant six heures trente. Sur ce terrain, il me semble que nous sommes assez solides.

— Mais, et ce coup que j'ai entendu? fit miss Marple. Enfin, c'est possible. Dire que ça ne m'a pas donné l'éveil! C'est tout de même vexant! Et, pourtant, maintenant que je rappelle mes souvenirs, il me semble que ce coup ne ressemblait pas à ceux qu'on entend d'habitude. Oui, il devait y avoir une différence.

— Était-il plus fort? demandai-je.

Non, miss Marple ne croyait pas que cette détonation ait été particulièrement violente. Il lui fut, du reste, difficile de préciser en quoi elle se différenciait des autres. Elle n'en maintint pas moins son opinion.

Elle devait essayer de se persuader elle-même. Ce sont des choses qui arrivent. Pourtant, j'étais plein de respect à son égard : ne nous avait-elle pas permis d'envisager le problème d'une façon nouvelle?

Elle se leva en assurant qu'elle était dans l'obligation de

rentrer. Elle n'avait pu résister à l'envie de venir bavarder avec cette chère Griselda!

Je l'accompagnai jusqu'a la porte de derrière. Quand je rentrai, Grilselda paraissait absorbée dans ses méditations.

— C'est cette lettre qui vous tourmente? dis-je.

— Non.

Elle frissonna et haussa les épaules avec; quelque impatience.

— Len, dit-elle, je pense que quelqu'un doit nourrir contre Anne Prothéro une haine terrible.

— De la haine?

— Oui, vous ne comprenez donc pas? Contre Lawrence, il n'y a aucune preuve : les soupçons qu'on a pu avoir proviennent de ce qu'il a eu l'idée de venir ici. Sans cela, on n'aurait jamais pensé à le mêler à cette affaire. Mais, pourAnne, c'est bien différent. Supposez un instant que quelqu'un ait su qu'elle se trouvait au presbytère à six heures vingt — l'heure de la lettre et l'heure de la pendule — tout de suite, les soupçons devaient peser sur elle. C'était fatal. A mon avis, on n'a pas arrêté la pendule dans le seul but de se créer un alibi; on voulait compromettre Anne. Si miss Marple ne s'était pas trouvée là pour affirmer qu'elle ne portait pas de revolver et pour témoigner qu'elle s'était rendue pour ainsi dire directement à l'atelier, oui, si ce témoignage ne s'était pas produit...

Elle frissonna toute.

— Len, j'ai l'impression que quelqu'un haïssait Anne Prothéro, la haïssait terriblement. Et cela m'intrigue.

CHAPITRE XII

OU L'HISTOIRE SE COMPLIQUE

Lorsque Lawrence fut arrivé, on me demanda à l'atelier. Je lui trouvai l'air hagard et méfiant. Melchett l'accueillit pourtant avec beaucoup de cordialité.

— Nous vous avons fait venir sur les lieux pour vous poser quelques questions.

Lawrence eut un léger ricanement.

— La reconstitution du crime, dit-il. Ah! c'est une idée bien française.

— Mon cher garçon, fit Melchett, ne prenez pas ce ton vis-à-vis de nous. Croyez-moi : vous vous en trouverez bien. Répondez plutôt à mes questions. Savez-vous que quelqu'un s'est accusé d'avoir commis le meurtre dont vous vous prétendez coupable vous-même?

Ces paroles produisirent sur Lawrence un effet immédiat et pénible.

— Quelqu'un? bégaya-t-il. Qui? Mais qui donc?

— Mrs Prothéro, articula Melchett en le fixant dans les yeux.

— Mais c'est absurde! Ah! elle n'a pas fait cela! Elle en est incapable! Non, c'est impossible.

— En tout cas, et aussi surprenant que cela puisse paraître, nous n'avons pas cru son histoire. Pas plus d'ailleurs, je puis bien vous le dire, que nous ne croyons la vôtre. Le docteur Haydock est formel : le crime n'a pas pu être commis à l'heure que vous avez indiquée.

— Le docteur Haydock a dit cela?

— Oui. Aussi, voyez-vous, que cela vous plaise ou non, vous êtes hors de cause. Nous ne désirons plus qu'une chose, c'est que vous nous aidiez et que vous nous disiez exactement ce qui s'est passé.

Lawrence eut encore une hésitation :

— Vous ne me trompez pas à propos... à propos de Mrs Prothéro? C'est bien vrai que vous ne la soupçonnez pas?

— Je vous en donne ma parole d'honneur, dit le colonel.

Lawrence poussa un long soupir.

— J'ai agi comme un fou, finit-il par dire, comme un vrai fou. Comment ai-je pu croire une seule minute que c'était elle qui avait pu faire ça?

— Ne pourriez-vous pas vous expliquer un peu là-dessus, en effet? suggéra le chef de la police.

— Il n'y a pas grand-chose à dire. J'ai... j'ai rencontré Mrs Prothéro cet après-midi.

Il s'arrêta.

— Oui, oui, nous savons tout cela, dit Melchett. Vous ne croyez tout de même pas que vos sentiments pour Mrs Prothéro et les siens pour vous aient pu demeurer secrets? Tout le monde les connaissait; on en parlait partout. Et maintenant...

— Vous avez raison, colonel. Je continue. J'avais promis au pasteur, ici présent, de m'en aller, de partir définitivement. J'ai donc vu Mrs Prothéro, ce soir-là, à six heures un quart. Je lui ai fait part de ma décision. Elle l'approuva. C'était, disait-elle, la seule solution convenable. C'est dans ces conditions que nous nous sommes dit adieu.

» Nous sommes sortis de l'atelier et, presque aussitôt, le docteur Stone nous a rejoints. Anne fit tout son possible pour paraître calme. Moi, je n'y pus parvenir. J'ai accompagné Stone au *Sanglier Bleu*, où nous avons pris une consommation. Puis je décidai de rentrer chez moi, mais, en arrivant au coin de la rue, je changeai d'avis. L'idée m'était venue d'aller voir le pasteur : j'avais besoin de confier à quelqu'un ce qui venait de se passer.

En arrivant au presbytère, la bonne me dit que Mr Clément était sorti, mais qu'il serait bientôt de retour et que le colonel l'attendait déjà dans le bureau. Je n'ai pas voulu partir immédiatement : j'aurais paru vouloir l'éviter. J'ai donc dit que j'attendrais et je suis entré dans le bureau.

Il s'arrêta.

— Et alors? interrogea Melchett.

— Prothéro était assis devant le bureau... exactement dans la position où vous l'avez trouvé. J'allai vers lui. Je le touchai. Il était mort. Mes yeux se portèrent alors sur le plancher et je vis, à ses côtés, un revolver. Je le ramassai : c'était mon revolver.

» Cela m'a donné un grand coup. Mon revolver! Tout de

suite, une idée s'empara de mon esprit : Anne avait dû, un jour ou l'autre, emporter mon revolver dans l'intention de s'en servir contre elle-même, lorsque la vie lui serait devenue absolument insupportable. Oui, ce devait être cela. Et sans doute l'avait-elle pris avec elle aujourd'hui et était-elle revenue par ici après que nous nous étions quittés, dans le village... et... Mais j'ai été fou d'imaginer une chose aussi horrible! Enfin, je dois le dire, puisque je l'ai pensé.

Ensuite, j'ai glissé le revolver dans ma poche et je me suis enfui. A la grille, j'ai rencontré le pasteur. Il me parla amicalement et tout naturellement de Prothéro. J'éprouvai une envie de rire irrésistible : ce brave pasteur, il était si calme et si naturel, alors que j'étais tellement bouleversé! Je lui ai crié quelque chose de parfaitement idiot et j'ai vu son visage changer d'expression. J'avais à peu près perdu la tête. Je marchai... je marchai... Enfin, je n'y puis tenir plus longtemps, car, si Anne avait commis cette action épouvantable, c'est moi qui en étais responsable, au moins moralement. C'est dans ces conditions que je me suis constitué prisonnier.

Lawrence avait terminé sa confession. Il se fit un grand silence. C'est Melchett qui le rompit pour dire d'une voix brève:

— Je voudrais vous poser une ou deux questions, tout simplement. Celle-ci, d'abord : avez-vous touché le corps? L'avez-vous changé de place?

— Non, je n'ai touché à rien. Il était visible qu'il était mort.

— N'avez-vous pas remarqué sur le buvard un papier à moitié caché par le corps?

— Non.

— Vous n'avez pas touché à la pendule?

— Pas du tout; je me rappelle avoir vu une pendule renversée sur la table, mais, encore une fois, je n'ai touché à rien.

— Et votre revolver, quand l'aviez-vous vu pour la dernière fois?

Lawrence réfléchit.

— C'est un souvenir bien difficile à préciser, dit-il.

— Où le mettiez-vous?

— Avec un tas de bibelots, sur une des étagères de la bibliothèque, dans mon salon.

— Vous le laissiez ainsi, négligemment?

— Oui. A vous dire vrai, je n'y pensais même pas. Il était là; un point, c'est tout.

— En sorte que, si quelqu'un entrait chez vous, il pouvait le voir?

— Absolument.

— Et vous ne vous rappelez pas à quelle date vous l'avez vu pour la dernière fois?

Lawrence fronça les sourcils dans un effort évident pour se souvenir.

— Je suis à peu près certain qu'il était encore à sa place avant-hier. Je me souviens l'avoir dérangé pour prendre une vieille pipe. Je crois bien que c'était avant-hier... mais c'est peut-être le jour d'avant.

— Qui a pénétré dans votre salon, ces jours-ci?

— Oh! des tas de gens! Il y a toujours quelqu'un chez moi. Avant-hier même, j'ai donné une espèce de tea-party; il y avait là Lettice Prothéro, Denis et toute leur bande. De temps en temps aussi, je reçois la visite d'une de ces vieilles dames.

— Quand vous sortez, fermez-vous votre habitation à clef?

— Non, pourquoi la fermerais-je à clef? Il n'y a rien à voler, chez moi. Personne n'a l'habitude de verrouiller sa porte, par ici.

— Qui s'occupe de votre ménage?

— Une vieille bonne femme, la mère Archer.

— Croyez-vous qu'elle puisse se rappeler quelque chose au sujet du revolver?

— Je n'en sais rien... peut-être... Mais je ne crois pas que son point faible soit d'aimer épousseter. Alors...

— En somme, n'importe qui a pu prendre votre revolver?

— C'est tout à fait mon avis.

Sur ces mots, la porte s'ouvrit pour laisser passage au docteur Haydock et à Anne Prothéro.

Anne parut extrêmement surprise de voir Lawrence. Lui, fit un pas vers elle.

— Pardon, Anne, dit-il, pardon. C'est abominable que j'aie pu imaginer une chose pareille!

— Je... (elle hésita, puis jeta vers Melchett un regard suppliant.) Est-il possible que ce que m'a dit le docteur Haydock soit vrai?

— Que Mr Redding soit hors de cause? Oui, c'est la vérité même. Et, maintenant, arrivons à l'histoire que vous nous avez racontée. Madame Prothéro, parlez.

Elle eut un pauvre sourire plein de confusion.

— Vous devez trouver cela horrible...

— Horrible, oui, ou... stupide. Mais c'est fini. Ce qui nous importe à présent et uniquement, madame Prothéro, c'est la vérité, toute la vérité.

Elle approuva d'un air grave.

— Je vais vous la dire. Je suppose que vous savez déjà... tout.

— Vous ne vous trompez pas.

— Eh bien! voilà : j'avaix rendez-vous avec Lawrence, je veux dire avec Mr Redding, vers six heures quinze, à l'atelier. Mon mari et moi, nous sommes venus en voiture au village. J'avais quelques achats à faire. Lorsque nous nous sommes quittés, il m'a dit qu'il allait chez le pasteur; je ne pouvais pas prévenir Lawrence et cela me contrariait. Ce rendez-vous dans le jardin du presbytère, alors que mon mari se trouvait dans la maison, enfin, vous comprenez...

Elle rougit un peu. Ces aveux n'avaient rien d'agréable. Elle continua.

— Je pensai que peut-être mon mari ne resterait pas très longtemps. Pour m'en assurer, je suis venue par le petit chemin de derrière, à travers le jardin. Je croyais n'avoir été vue de personne, mais, naturellement, j'avais compté sans miss Marple. Elle m'arrêta et nous avons échangé quelques paroles. Je lui dis que j'allais chercher mon mari. Il fallait bien que je dise quelque chose. Je ne sais pas si elle a été très persuadée, elle avait plutôt l'air sceptique.

Je me suis alors dirigée vers le bureau du presbytère. Je marchais très doucement, espérant surprendre le bruit d'une conversation. Mais je n'entendis rien, à mon grand étonnement. Je jetai un coup d'œil à l'intérieur et je vis que la pièce était vide. Je me suis alors dépêchée de gagner l'atelier pour rejoindre Lawrence.

— Vous prétendez que la pièce était vide? demanda Melchett.

— Oui, mon mari n'y était pas.

— C'est extraordinaire.

— Vous voulez dire , madame, que vous ne l'avez pas vu? intervint l'inspecteur.

— C'est cela, je ne l'ai pas vu.

Landormy mumura quelques mots à l'oreille du colonel qui secoua la tête.

— Madame Prothéro, reprit Melchett, vous plairait-il de nous faire voir exactement ce que vous avez fait?

— Mais très volontiers.

Elle se leva : Landormy ouvrit la fenêtre et elle sortit sur la terrasse. Elle longea la maison sur la gauche.

Sur un ton de commandement, l'inspecteur me pria d'aller m'asseoir au bureau. Cela m'était assez désagréable et j'en éprouvai quelque ennui. Mais, naturellement, je m'inclinai. J'entendis bientôt au dehors des pas qui s'arrêtèrent un instant, puis s'éloignèrent. L'inspecteur me dit que je pouvais retourner à ma place. Et Mrs Prothéro rentra, toujours par la porte-fenêtre.

— C'était bien cela? demanda Melchett.

— Il me semble que oui.

— Pouvez-vous nous indiquer, à présent, madame, la place qu'occupait le pasteur dans la pièce, lorsque vous avez regardé à l'intérieur, tout à l'heure?

C'était l'inspecteur qui avait posé cette question.

— Le pasteur? Je... Non... Je ne peux pas vous répondre car je ne l'ai pas vu.

Landormy hocha la tête.
— Voilà pourquoi vous n'avez pas vu votre mari. Il était dans le coin, assis devant le bureau.
— Oh!
Elle s'arrêta. Ses yeux s'étaient emplis d'horreur.
— Oh! Oh! Ce n'est pas là que... que...
— Si, madame Prothéro. C'est pendant qu'il était assis là.
— Oh! fit-elle en frissonnant.
Le policier continuait son interrogatoire.
— Savez-vous que Mr Redding possédait un revolver?
— Oui, il me l'avait dit, un jour.
— Avez-vous eu ce revolver entre vos mains?
Elle secoua la tête négativement.
— Savez-vous où il le rangeait?
— Je ne puis être affirmative. Pourtant, je crois me rappeler l'avoir vu sur une étagère, chez lui. N'est-ce pas là que vous le rangiez, Lawrence?
— Quand êtes-vous allée, pour la dernière fois, au cottage de Mr Redding?
— Il y a à peu près trois semaines que j'y suis allée prendre le thé avec mon mari.
— Vous n'êtes pas revenue depuis?
— Non, je n'y allais jamais. Cela aurait fait jaser dans le village.
— Ça, il n'y a pas de doute, fit sèchement Melchett. Mais permettez-moi de vous poser une autre question, je m'en excuse : où aviez-vous l'habitude de rencontrer Mr Redding?
De nouveau, elle rougit.
— Il venait souvent chez moi, dit-elle. Il faisait le portrait de Lettice. Nous... nous retrouvions ensuite dans les bois.
Et comme Melchett hochait la tête :
— Cela n'est pas encore suffisant? dit-elle d'une voix soudain brisée. Il m'est si pénible de vous dire toutes ces choses. Et, je le jure, il n'y avait rien de répréhensible entre nous. Nous étions des amis. Nous... nous ne pouvions pas nous empêcher de nous aimer.

Mrs Prothéro regarda Haydock d'une façon si pressante que cet homme au cœur tendre ne put s'empêcher d'intervenir.

— Je crois, dit-il, que Mrs Prothéro en a assez dit. Elle a subi un choc tel...

Le chef de la police approuva de la tête.

— Je n'ai plus rien à vous demander, madame, et je vous remercie d'avoir si franchement répondu à mes questions.

— Alors... je puis partir?

— Votre femme est-elle là? demanda Haydock en se tournant de mon côté. Mrs Prothéro aurait certainement plaisir à la voir.

— Oui, dis-je, Griselda est là. Vous la trouverez au salon.

Anne quitta la pièce en compagnie du docteur et de Lawrence.

Melchett faisait la moue en jouant avec un coupe-papier. Landormy regardait minutieusement la fameuse lettre. J'en profitai pour leur faire part de l'hypothèse envisagée par miss Marple. L'inspecteur écouta très attentivement.

— Ma parole, s'écria-t-il, la vieille demoiselle doit avoir raison. Regardez et dites-moi si, en effet, ces caractères ne sont pas d'une encre différente. La date a été écrite avec un stylo, je le jurerais.

— Naturellement, dit Melchett, vous avez examiné ce document pour découvrir les empreintes digitales?

— A quoi pensez-vous, colonel? Il n'y a pas une seule empreinte sur la note et celles qu'on a recueillies sur le revolver sont celles de Mr Redding. Peut-être en existait-il d'autres avant qu'il n'ait commis la folie d'emporter l'arme dans sa poche, mais il est impossible de les discerner, maintenant.

— Au début, l'affaire se présentait plutôt mal pour Mrs Prothéro, fit le colonel tout songeur. Les charges paraissaient être plus contre elle que contre Redding. Il y a bien le témoignage de miss Marple qui affirme qu'elle ne portait pas d'arme, mais ces vieilles filles se trompent souvent.

Je gardai le silence, mais je n'étais pas de l'avis de Melchett. J'étais, moi aussi, persuadé qu'Anne n'avait pas de revolver : miss Marple ne fait pas partie de la catégorie des vieilles filles qui se trompent. Elle possède le don mystérieux d'avoir raison, toujours.

— Ce qui me semble extraordinaire, dit Melchett, c'est que personne n'ait entendu le coup de feu. S'il a été tiré, il n'est pas admissible qu'on ne l'ait pas entendu. Si vous m'en croyez, Landormy, vous interrogerez la bonne.

L'inspecteur se dirigea vers la bonne avec empressement.

— A votre place, dis-je, je ne lui demanderais pas si elle a entendu une détonation dans la maison, car elle le niera. Parlez-lui d'un coup venant du bois.

— Je sais comment m'y prendre avec ces témoins-là, grogna Landormy, qui disparut.

— Voyons, dit Melchett : miss Marple prétend, elle, avoir entendu un coup, mais plus tard. Il est important que nous fixions ce moment avec précision. Il peut d'ailleurs s'agir d'un coup de fusil qui n'ait rien à voir avec notre affaire.

— Peut-être, dis-je.

Le colonel arpenta la pièce de long en large.

— Clément, dit-il tout d'un coup, j'ai de plus en plus l'impression que cette histoire est en train de devenir plus embrouillée et plus difficile que nous ne l'imaginions. Tout cela n'est pas clair : il y a quelque chose là-dessous. (Il renifla.) Quelque chose que nous ignorons. Nous n'en sommes qu'au commencement, Clément! Écoutez bien ce que je vous dis : cela ne fait que commencer. La pendule, la lettre, le revolver, pour nous, c'est autant d'énigmes.

J'acquiesçai, car c'était également mon avis.

— Mais, continua-t-il, j'irai jusqu'au bout et je saurai le fin mot de l'affaire. Je n'aurai pas besoin de faire appel aux Services de Scotland Yard. Landormy est très fort. C'est une espèce de furet. Son flair lui fera découvrir la bonne piste. Il a déjà conduit remarquablement plusieurs enquêtes, mais cette affaire sera son chef-d'œuvre. Oui, je sais bien, il y en a qui feraient appel à Scotland; eh bien! pas moi. Nous en viendrons à bout ici, dans le Devonshire.

— Je le souhaite, dis-je, et même j'en suis sûr

J'essayai de donner à ma voix un accent chaleureux, mais j'avais tellement pris en grippe l'inspecteur que la perspective de son succès ne parvint pas à me rendre joyeux. Un Landormy triomphant serait encore plus odieux qu'un Landormy qui aurait échoué!

— Qui habite la maison d'à côté demanda brusquement Melchett.

— Celle du bout de la rue? C'est Mrs Price Ridley.

— Quand Landormy aura fini avec votre bonne, nous irons la voir. Elle a peut-être entendu quelque chose. Elle n'est pas sourde?

— Je croirais plûtôt qu'elle a l'oreille remarquablement fine, si j'en juge par le nombre de scandales qu'elle a soulevés en rapportant ce qu'elle avait entendu, comme ça, par hasard.

— C'est tout à fait le témoin qu'il nous faut! Tiens! voici Landormy.

L'inspecteur avait chaud. On eût dit qu'il venait de livrer un dur combat.

— En bien! monsieur Clément, j'ai trouvé à qui parler avec votre bonne.

— Marie est une fille très originale.

— En tout cas, elle n'aime guère la police. J'ai fait mon possible pour lui inspirer le respect qui est dû à la loi, mais il n'y a rien à faire. Elle m'a tenu tête.

— Elle ne manque pas de courage, dis-je en me sentant devenir plein de sympathie pour Marie.

— Peut-être, mais je l'ai bien clouée tout de même. Elle a entendu un coup de feu, un seul. Cela se passait un bon moment après l'arrivée du colonel Prothéro. Je croyais que je ne parviendrais pas à lui faire préciser l'heure, lorsqu'elle s'est rappelée que le poisson était en retard, ce soir-là, et que le livreur, qu'elle avait attrapé, lui avait répondu qu'il était à peine six heures et demie. Or, elle venait juste d'entendre la détonation. Évidemment, ce n'est pas très précis, mais c'est toujours une indication.

— Hum! fit Melchett.

— Je vais finir par croire que Mrs Prothéro n'est pas mêlée à cette affaire, conclut Landormy avec une note de regret dans la voix. D'abord, le temps lui aurait manqué et puis les femmes n'aiment pas se promener avec des armes à feu! Elles préfèrent l'arsenic. Non, ça ne doit pas être elle. C'est dommage!

Il soupira.

Melchett annonça qu'il allait faire un tour chez Mrs Price Ridley. L'inspecteur approuva.

— Me permettez-vous de vous accompagner? demandai-je. Je commence à m'intéresser sérieusement à cette histoire.

On me l'accorda volontiers et nous partîmes. Comme nous passions la barrière, nous entendîmes de grands cris. C'était Denis qui revenait du village et qui courait pour nous rejoindre.

— Eh bien! cria-t-il à l'inspecteur. Que dites-vous des empreintes que je vous ai montrées?

— Ce sont les pas du jardinier, répondit tranquillement Landormy.

— A moins que ce ne soient ceux de quelqu'un qui ait mis les chaussures du jardinier?

— Mais non, mais non, c'est invraisemblable, dit l'inspecteur d'un ton tout à fait décourageant.

Mais il en fallait davantage pour décourager Denis. Il brandit deux allumettes brûlées.

— Je les ai trouvées à la porte du presbytère, dit-il.

— Merci! dit Landormy en les mettant dans sa poche.

C'était fini sur ce chapitre.

— Est-ce que vous n'arrêterez pas oncle Len? reprit Denis par manière de plaisanterie.

— L'arrêter? Pourquoi? demanda l'inspecteur.

— Dame! N'y a-t-il pas un tas de présomptions contre lui? Demandez plutôt à Marie. La veille du crime, il souhaitait que le colonel Prothéro disparût de ce monde. N'est-ce pas, oncle Len?

— Euh...

Mais déjà Landormy me lançait un regard chargé de soupçons et je sentis un frisson parcourir tout mon être. Denis est vraiment ennuyeux! Il aurait dû se rendre compte qu'un policier n'est pas souvent un humoriste!

— Ne faites pas l'imbécile, Denis! dis-je avec quelque irritation.

Le pauvre garçon ouvrait de grands yeux.

— Mais bien sûr que c'est une blague, finit-il par dire. Oncle Len a seulement dit que celui qui ferait disparaître Prothéro rendrait au monde un fameux service.

— Ah! Ah! fit l'inspecteur. Je commence à comprendre ce qu' a voulu dire votre bonne.

Les domestiques aussi ont rarement le sens de l'humour. En mon for intérieur, je pestai contre Denis : quel besoin avait-il de rappeler de propos? Avec ça et l'histoire de la pendule, je serai à jamais suspect aux yeux de Landormy!

— Venez donc, Clément, dit Melchett.

— Où allez-vous? Puis-je vous accompagner? interrogea Denis.

Je répondis vivement :

— Non.

Nous le plantâmes là. Il nous regarda partir d'un air malheureux. Nous arrivâmes bientôt devant l'habitation, si propre et si nette, de Mrs Price Ridley. L'inspecteur frappa, puis sonna d'une façon que je qualifierai volontiers d'officielle.

La bonne — une jolie fille — parut sur le seuil.

— Mrs Price Ridley est-elle chez elle? s'informa le colonel.

— Non, monsieur.

La bonne prit son temps, puis :

— Elle est justement partie au commissariat.

C'était assez inattendu. Comme nous retournions sur nos pas, Melchett me prit par le bras et me dit à mi-voix :

— Pourvu qu'elle ne soit pas allée s'accuser d'avoir tué Prothéro, celle-là! Il y aurait de quoi devenir fou!

CHAPITRE XIII

AU BOUT DU FIL

J'aurais été plutôt surpris qu'une telle idée ait pu venir à l'esprit de Mrs Price Ridley ; tout de même, je me demandais ce qui avait bien pu la conduire au commissariat. Allait-elle apporter à l'enquête un témoignage décisif? Nous allions le savoir bientôt.

A notre arrivée, nous trouvâmes Mrs Price Ridley en conversation animée avec un agent qui paraissait tout décontenancé. On pouvait deviner son indignation au seul tremblement du nœud de son chapeau. Much Benham, la ville voisine, a la spécialité de ces « chapeaux de vieilles ». On peut les percher facilement sur le sommet d'un édifice de cheveux, équilibrés qu'ils sont par les larges nœuds du ruban. Griselda me menace toujours d'acheter un de ces galurins!

En nous voyant, Mrs Price Ridley mit un frein au flot de ses paroles.

— Mrs Price Ridley, sans doute? s'enquit le colonel en soulevant son chapeau.

J'intervins :

— Permettez-moi, madame, de vous présenter le colonel Melchett, qui est, comme vous le savez, le chef de notre police.

Mrs Price Ridley me regarda assez sévèrement et esquissa un sourire qui voulait être gracieux à l'adresse de Melchett.

— Nous venons justement de chez vous, expliqua celui-ci, et l'on nous a dit que vous étiez descendue jusqu'ici.

Mrs Price Ridley se remit à parler d'abondance.

— Ah! dit-elle, volubile, je suis contente qu'on ait enfin consenti à accorder un peu d'intérêt à tous ces événements! C'est une honte! Une véritable honte!

Certes, il ne fait doute pour personne, je pense, que le crime soit, en effet, une honte, et, pourtant, ce n'est pas l'épithète qui viendrait d'abord à l'esprit pour le qualifier. Je remarquai que Melchett était pareillement surpris.

— Avez-vous quelques lumières sur le drame? dit-il.

— Ça, répondit Mrs Price Ridley, ça, c'est votre affaire, c'est l'affaire de la police. Pourquoi payons-nous tant d'impôts et de taxes, je vous demande un peu?

Qui saura jamais combien de fois cette question-là peut être posée dans une année?

— Je vous assure, madame, dit Melchett, que nous faisons de notre mieux.

— Vous faites de votre mieux, mais cet homme-là — elle désignait l'agent — n'en avait même pas entendu parler avant que je ne lui en parle moi-même!

Mrs Price Ridley était indignée. Du regard, nous interrogeâmes le policier.

— Cette dame a été appelée au téléphone, dit-il. Si j'ai bien compris, on lui a tenu des propos obscènes.

— Je crois que je commence à comprendre, fit Melchett. Nous sommes en plein quiproquo! Vous êtes venue porter plainte, n'est-ce pas?

Melchett est un sage. Il sait que lorsqu'on se trouve devant une dame entre deux âges et en colère, il n'y a qu'une chose à faire : l'écouter. Et quand elle a fini de dévider son rouleau, alors, peut-être, consentira-t-elle à vous écouter à son tour.

Mrs Price Ridley était lancée :

— Des choses pareilles ne devraient jamais arriver, s'écria-t-elle. Être appelée au téléphone pour s'y entendre insulter dans sa propre maison! Oui, insultée! Je ne suis pas habituée à ça. Mais depuis la guerre, il y a un tel relâchement dans les mœurs! Personne ne fait plus attention à ses paroles! Quant aux vêtements que l'on ose porter...

— C'est tout à fait mon sentiment, coupa Melchett. Mais qu'est-il donc arrivé?

Mrs Price Ridley reprit sa respiration ; ce fut pour repartir de plus belle.

— On m'a demandée au téléphone...

— Quand?

— Hier après-midi, ou plutôt non, c'était hier soir, pour être tout à fait exacte : il était peut-être six heures trente. J'allai à l'appareil sans me douter de rien. Et, tout de suite, j'ai été grossièrement interpellée, on m'a menacée...

— Mais que vous a-t-on dit exactement?

Mrs Price Ridley rougit :

— Ce qu'on m'a dit, je me refuse à le répéter.

— Des paroles obscènes, ronchonna l'agent d'un air grave.

— Voyons, madame : des paroles grossières vous ont-elles été adressées? insista le colonel.

— Ça dépend de ce que vous entendez par grossier.

— Avez-vous compris ce que l'on disait? questionnai-je à mon tour.

— Mais naturellement, j'ai compris.

— Alors, observai-je en souriant, ce ne pouvait pas être un langage grossier.

Mrs Price Ridley me regarda d'un air courroucé :

— Une personne bien élevée, expliquai-je, est absolument incapable de saisir quoi que ce soit à des propos orduriers.

— Il ne s'agit pas de propos de ce genre. D'abord, je puis bien l'avouer, je m'y suis laissé prendre. Je croyais entendre une communication ordinaire. Puis, tout à coup, la personne est devenue injurieuse.

— Injurieuse?

— Oui, injurieuse, très injurieuse! J'étais effrayée...

— Des menaces, alors?

— Oui, et je ne suis guère habituée à entendre des menaces.

— Mais de quoi vous menaçait-on? De coups?

— Non, c'est-à-dire...

— Il me semble, madame, que vous pouvez vous décider à être plus explicite. Allons, dites-nous comment vous avez été menacée.

— Mrs Price Ridley s'obstinait à ne pas répondre clairement.

— Je ne m'en souviens pas très bien ; j'étais tellement bouleversée! Mais, à la fin, ce... misérable, il a éclaté de rire.

— Avez-vous remarqué, au moins, si c'était une voix d'homme ou de femme?

— C'était une voix contrefaite. Je ne puis mieux la définir qu'en disant qu'elle était déguisée. Par moments, rude, et à d'autres moments, aiguë. Une voix bien étrange.

— On a voulu vous faire une farce, conclut le colonel d'un ton bonhomme.

— Mais c'est criminel! J'aurais pu avoir une attaque de nerfs!

— Eh bien! nous allons nous occuper de ça. Inspecteur, je vous charge de rechercher l'origine de ce coup de téléphone. Et vous, madame, encore un mot : vous ne pouvez vraiment pas nous faire savoir ce qu'on vous a dit?

Il était visible qu'un combat se livrait dans la poitrine opulente de Mrs Price Ridley. La dissimulation l'emporterait-elle sur la vengeance? Ce fut la vengeance qui triompha.

— Cela ne sortira pas d'ici, naturellement? commença-t-elle.

— Vous avez notre parole.

— Cet individu m'a dit... Ah! j'ai de la peine à vous répéter ça.

— Bien sûr! dit Melchett d'un ton encourageant.

— Il m'a dit : « Vous êtes une vieille colporteuse de scandales!

Vous entendez bien, colonel Melchett : une vieille colporteuse de scandales! La voix a ajouté : « Cette fois, vous êtes allée trop loin, Scotland Yard est à vos trousses pour diffamation. »

— Évidemment, vous avez eu peur, dit encore Melchett en mordillant sa moustache pour refréner un sourire.

Mais Mrs Price Ridley continuait de faire parler la voix :

— « Si vous ne consentez à tenir votre langue à l'avenir, vous pouvez vous attendre au pire. » Ce qu'il m'est impossible de reproduire, c'est l'accent menaçant de ces paroles. J'eus tout juste assez de force pour demander, presque à voix basse, comme cela, tenez : « Mais qui êtes-vous? » La voix répondit : « Le Vengeur! » Je ne pus réprimer un cri. C'était terrible, n'est-ce pas? Et pourtant, là-bas, au bout du fil, l'inconnu riait... oui, je l'entendais rire. C'est tout. J'ai demandé à la poste quel numéro venait de m'appeler, mais, naturellement, ils n'en savaient rien! Vous les connaissez, à la poste : toujours désagréables.

— Ah! pour ça, oui, fis-je complaisamment.

— Je me sentais très mal, continua Mrs Price Ridley, très mal et très nerveuse, à tel point que lorsque j'ai entendu ce coup de fusil dans les bois, je n'ai pu m'empêcher de sursauter. Vous voyez dans quel état ils m'ont mise!

— Vous avez entendu un coup de fusil? demanda Landormy intéressé.

— Dans l'état d'énervement où j'étais, j'ai eu l'impression d'un canon qui éclatait. J'ai poussé un cri et je suis tombée sur le sofa, absolument prostrée. Clara a dû me donner un verre d'eau-de-vie de prune

— C'est honteux, dit Melchett, honteux! Mais ce coup, il vous a paru très fort, comme s'il avait été tiré tout près?

— Vous savez, j'étais tellement ébranlée.

— Naturellement, naturellement. Et quelle heure était-il? Dites-nous cela pour que nous puissions retrouver la trace de votre appel.

— Six heures et demie, à peu près.

— Vous ne pouvez pas être affirmative sur ce point?

— La petite pendule, sur ma cheminée, venait de sonner la demie et j'ai même fait cette réflexion : « Tiens! cette pendule est sûrement en avance. » C'est son habitude d'avancer. J'ai voulu comparer avec l'heure de la montre que j'ai sur moi : celle-là indiquait six heures dix, mais, en la portant à mon oreille, je me suis aperçue qu'elle était arrêtée. Je me suis dit : « Si la pendule est en avance, j'entendrai sonner la demie au clocher, dans un moment. » C'est alors que j'ai été appelée au téléphone et je n'ai plus pensé à regarder l'heure.

Mrs Price Ridley avait parlé tout d'un trait. Elle s'arrêta, essoufflée.

— Bon, dit Melchett. Nous allons nous occuper de votre affaire, soyez tranquille.

— Dites-vous qu'on a voulu vous faire une farce, dis-je, et ne vous tourmentez pas outre mesure.

Elle me jeta un regard sévère. Pas de doute : Mrs Price Ridley se souvenait encore du billet d'un livre!

— Il s'est passé dans ce village, ces derniers temps, des choses bien surprenantes, dit-elle encore en s'adressant à Melchett. Des choses très étranges. Le colonel Prothéro allait tirer tout cela au clair. Mais qu'est-ce qui lui est arrivé, au pauvre homme! Ce sera peut-être mon tour, la prochaine fois?

Sur ces mots, elle partit en secouant la tête tristement. Melchett me glissa tout bas :

— Nous n'aurons pas de chance!

Puis sa figure devint sérieuse et, du regard, il interrogea l'inspecteur.

Avec beaucoup de dignité, Landormy hochait la tête.

— Nous voilà à peu près fixés, finit-il par dire. Ainsi, trois témoins ont entendu ce coup de feu. Reste à savoir qui l'a tiré. Mr Redding nous a retardés avec ses aveux. Il existe plusieurs autres indices que je n'ai même pas pris la peine d'examiner tellement j'étais convaincu que c'était lui le coupable. Tout est à recommencer. La première chose à faire va être de retrouver la trace de ce singulier appel téléphonique.

— Celui de Mrs Price Ridley?

L'inspecteur fit une moue.

— Mais, non. Notez qu'il est préférable d'établir un rapport pour celui-là aussi, sans cela, la vieille viendra encore nous embêter. Non, je voulais parler de la communication vraiment extraordinaire qu'a reçue le pasteur.

— Oui, dit Melchett, c'est très important.

— Ensuite, nous rechercherons ce que chacun faisait, ce soir-là, entre six et sept heures. Chacun à Old Hall et même chacun dans le village.

Je m'exclamai :

— Quelle énergie il va vous falloir, inspecteur!

— J'ai toujours aimé les tâches difficiles, dit sentencieusement Landormy.

Et il ajouta :

— Nous allons commencer par prendre note de votre emploi du temps, Mr Clément.

— Mais très volontiers, dis-je. J'ai été appelé au téléphone vers cinq heures trente.

— Était-ce une voix d'homme ou une voix de femme?

— Une voix de femme. Du moins, j'ai eu l'impression que c'était une voix de femme. Évidemment, j'ai cru que c'était Mrs Abbott qui parlait.

— Vous n'avez pas reconnu la voix comme étant celle de Mrs Abbott?

— Non, je ne l'ai pas reconnue, en effet. Voyez-vous : l'idée ne m'est même pas venue de chercher de qui il s'agissait.

— Et vous êtes parti aussitôt?

— Oui.

— A pied? Vous n'avez pas de bicyclette?

— Non.

— C'est bien. Vous avez mis combien de temps?

— Il y a deux milles environ, par n'importe quel chemin.

— Mais le plus court est par les bois de Old Hall?

— C'est le plus court, en effet. Mais ce n'est pas le meilleur. Je suis allé et revenu par le petit chemin, à travers champs.

— Le sentier qui débouche en face de la barrière du presbytére?

— C'est cela même.

— Et Mrs Clément?

— Ma femme était à Londres. Elle est rentrée par le train de six heures cinquante.

— Cela suffit. J'ai vu votre bonne. J'en ai donc terminé avec le presbytère. Je vais continuer par Old Hall. Je tiens aussi à avoir un entretien avec Mrs Lestrange. Elle est allée voir

Prothéro la veille de l'assassinat : c'est curieux, cela ! Il y a beaucoup de choses bizarres dans cette affaire.

J'en tombai volontiers d'accord.

Un coup d'œil à la pendule m'avertit que l'heure du déjeuner était arrivée. J'invitai Melchett à partager notre repas à la fortune du pot, mais il s'excusa de ne pouvoir accepter : il devait aller au *Sanglier Bleu*. Le *Sanglier Bleu* vous sert de bons repas composés d'un rôti et de deux légumes. Je pensai à part moi que le choix de Melchett était d'un sage, car, après son interrogatoire par la police, Marie ne devait pas être à prendre avec des pincettes !

CHAPITRE XIV

LES IDÉES DU DOCTEUR

Comme je rentrais à la maison, je tombai sur miss Hartnell. Je dus, pendant dix bonnes minutes, subir ses propos sur ce qu'elle appelait l'imprévoyance et l'ingratitude des pauvres gens. La vérité, c'est que les pauvres n'aiment guère voir miss Hartnell s'occuper d'eux. Ma sympathie leur est complétement acquise. Mais ma situation m'oblige à une certaine réserve. Je calmai de mon mieux ma paroissienne et la quittai.

La voiture d'Haydock me rattrapa au tournant de la route du presbytère.

— Je viens de reconduire Mrs Prothéro chez elle, me criat-il en passant. Quand j'arrivai devant chez lui, il m'attendait à la barrière.

— Entrez donc une minute.

J'acceptai.

— C'est tout de même une drôle d'affaire, fit-il en jetant son chapeau sur une chaise.

Il ouvrit la porte de sa salle d'opération et s'affaissa plus qu'il ne s'assit sur un vieux siège de cuir. Il paraissait fatigué et perplexe à la fois.

Je lui racontai comment nous étions arrivés à fixer l'heure à laquelle le coup de feu avait été tiré. Il écoutait, l'air absent.

— Ainsi, Anne Prothéro est hors de cause, dit-il. Je suis heureux que ce ne soit pas elle, ni Lawrence. Je les aime bien tous les deux.

Je le crus sans peine. Et pourtant, j'eus un instant l'idée de lui demander pourquoi leur mise en liberté semblait le plonger ainsi dans le désespoir. Ce matin encore, il ressemblait à un homme auquel on vient d'enlever un gros souci ; or, il était à présent complétement abattu et déprimé.

Je le répète, j'étais convaincu de sa sincérité. Oui, il avait de l'amitié pour Anne et pour Lawrence. Qu'est-ce donc, alors, qui le rendait si sombre?

Il se leva avec effort.

— Je voulais vous parler de Hawes, dit-il. Cette histoire l'a absolument bouleversé.

— Est-il si malade?

— Il n'est pas malade à proprement parler. Vous savez probablement qu'il a fait de l'encéphalite léthargique, la maladie du sommeil, comme on dit?

— Non, dis-je, surpris. Je n'en savais rien. Il ne m'en a jamais parlé. Quand a-t-il eu cela?

— Il y a un an. Il s'en est très bien remis, autant qu'on puisse s'en remettre. C'est une maladie bien singulière et qui a un curieux effet sur le moral. Le caractère peut complètement changer par la suite.

Haydock demeura quelques instants silencieux, puis il reprit :

— C'est avec horreur, n'est-ce pas, que l'on songe aujourd'hui au temps où l'on brùlait les sorciers? J'ai la conviction profonde qu'un jour viendra où les hommes trembleront de même à la pensée des motifs qui ont fait pendre certains criminels à notre époque même.

— Je vois que vous n'êtes pas partisan de la peine de mort.

— Ce n'est pas tant cela. (Il s'arrêta.) Savez-vous, cher pasteur, articula-t-il lentement, que je préfère ma mission à la vôtre?

— Pourquoi donc?

— Parce que votre fonction consiste à distinguer le bien et le mal, et, voyez-vous, je ne suis pas toujours très sûr de leur existence. Je redoute que l'on confonde trop fréquemment les malades et les criminels. On ne pend pas un homme parce qu'il est tuberculeux.

— Sans doute, mais un tel homme n'est pas dangereux pour la communauté.

— A un certain point de vue, il l'est : il contamine ses semblables. Mais prenez le cas d'un individu qui prétend être, par exemple, l'empereur de Chine. Vous ne le considérez pas comme un criminel, celui-là? Notez que je pense comme vous au sujet de la société. Elle doit être protégée, défendue. Mais je dis : qu'on enferme ces gens-là, qu'on les empêche de nuire... que même on les fasse disparaître, s'il le faut... oui, oui, je vais jusque-là. Seulement, n'appelez pas ça châtiment et surtout que la honte ne retombe pas sur leur famille innocente.

Je regardai Haydock avec beaucoup de curiosité.

— C'est la première fois que je vous entends parler ainsi, lui dis-je.

— Je n'ai pas l'habitude de développer mes théories à tout bout de champ. Aujourd'hui, j'enfourche mon dada. Vous êtes un homme intelligent, Clément, et vous savez aussi bien que moi qu'on ne peut pas en dire autant de tous les pasteurs. Parbleu! vous n'allez pas admettre, vous, que le mal n'existe pas, mais vous avez l'esprit assez large pour envisager du moins que cette hypothèse puisse être formulée.

— Autant, dis-je, s'en prendre alors à toutes les idées admises.

— Mon Dieu, ne sommes-nous pas tous, plus ou moins, des esprits étroits et satisfaits et n'avons-nous pas une tendance à juger de tout, même de ce que nous ignorons? Je reviens à ma marotte : je crois sincèrement que le crime regarde autant le docteur que l'agent de police et le pasteur. A l'avenir, qui sait?..

— Vous aurez trouvé un remède?

— Pourquoi pas? C'est là une pensée sublime, Clément. Avez-vous étudié les statistiques de criminologie? Non... peu de personnes l'ont fait. Eh bien, moi, je les ai étudiées. Vous serez étonné de constater le nombre de meurtres commis par des adolescents. Rappelez-vous le jeune Neil qui tua cinq petites filles avant même d'être soupçonné : il avait été jusque-là un gentil garçon, pas difficile à élever, très sage. Et Lyli Rose, la petite Galloise, qui tua son oncle, vous vous en souvenez, sous prétexte qu'il l'avait privée de gâteaux! Elle le frappa d'un coup de merlin pendant son sommeil. Rentrée chez elle, quinze jours plus tard, elle tuait sa sœur aînée pour une peccadille. Des fous, vous dis-je! Ni l'un ni l'autre de ces deux-là ne fut pendu. On les a enfermés. J'ignore s'ils s'amenderont un jour. J'avoue que j'en doute pour la fille : la seule chose qui l'intéresse, à présent, c'est de voir égorger les porcs. Clément, savez-vous encore à quel âge le suicide est le plus fréquent? A quinze ou seize ans. Il n'y a peut-être pas une si grande différence entre le meurtre qu'on accomplit sur soi-même et le meurtre sur autrui. Et tout cela m'apparaît comme un problème plus médical que moral.

— C'est terrible.

— Non, Clément, c'est nouveau. Il faut regarder en face les vérités nouvelles. Mais, parfois, cela rend la vie bien difficile.

Il était resté assis, les sourcils froncés et cependant l'air las, si las.

— Haydock, dis-je à mon tour, si vous soupçonniez... si vous saviez qu'une personne a commis un crime, que feriez-vous? La dénonceriez-vous ou, au contraire, seriez-vous capable de la protéger?

Visiblement, il ne s'attendait pas à cette question directe. Il me lança un regard furieux.

— Qu'est-ce qui vous fait dire cela, Clément? Quelle est votre pensée de derrière la tête? Répondez.

— Rien du tout. Mais nous pensons beaucoup au crime,

ces temps-ci, et je me demandais tout simplement ce que vous feriez au cas où le hasard vous permettrait de découvrir la vérité. Un point, c'est tout.

La colère d'Haydock tomba. Il regarda en face de lui, fixement, comme un homme préoccupé de déchiffrer une énigme qui n'existe que dans son imagination.

— Si je soupçonnais... si je savais... je ferais mon devoir, Clément. Du moins, je l'espère.

— Reste à savoir comment vous le concevriez, ce devoir.

Il posa sur moi un long regard impénétrable.

— Ça, c'est une question que chaque homme se pose durant sa vie. Et chacun y apporte sa réponse.

— Vous ne savez pas?

— Non, je ne sais pas.

Je sentis qu'il valait mieux changer de conversation.

— En tout cas, dis-je, mon neveu se distrait fort de cette affaire. Il passe son temps à rechercher des pas et des cendres de cigarette!

Haydock sourit :

— Quel âge-at-il?

— Il vient d'avoir seize ans. On ne prend pas sérieusement les choses, à cet âge! On croit que c'est du Sherlock Holmes ou de l'Arsène Lupin.

Haydock dit d'un air pensif :

— C'est un beau garçon. Qu'allez-vous faire de lui?

— Mes moyens ne me permettent pas de l'envoyer à l'Université. Il veut entrer dans la marine marchande. Il a échoué à Navale.

— C'est bien, cela, c'est une vie dure. Mais il pourrait faire pis oui, il pourrait faire pis!

— Oh! mais il faut que je parte, m'écriai-je. Je suis en retard d'une demi-heure pour déjeuner.

Ma famille venait de s'asseoir autour de la table lorsque j'arrivai. On réclama et je fis le récit détaillé de mes occupations de la matinée. Denis fut extrêmement intéressé par l'histoire du coup de téléphone de Mrs Price Ridley. Il partit d'un franc éclat de rire lorsque je donnai des détails sur le choc qu'avait dû supporter le système nerveux de notre voisine et sur la nécessité dans laquelle on s'était trouvé de faire appel à l'eau-de-vie de prune pour la faire revenir à elle.

— C'est bien fait pour cette vieille commère! s'écria-t-il. C'est la plus mauvaise langue du pays. Je regrette que l'idée ne me soit pas venue, à moi, de l'appeler au téléphone. J'aurais aimé lui faire peur. Dites, oncle Len, si on lui donnait une seconde dose?

Je le priai immédiatement de n'en rien faire. Rien n'est plus dangereux que les efforts bien intentionnés des jeunes gens d'aujourd'hui pour nous aider et nous prouver leur bon vouloir

Mais déjà Denis avait repris son air d'homme du monde.

— J'ai passé une bonne partie de la matinée avec Lettice, dit-il. Savez-vous, Griselda, qu'elle est vraiment très ennuyée? Elle ne veut pas le laisser paraître, mais aucun doute n'est permis.

— Le contraire serait surprenant, dit Griselda en levant la tête.

Griselda n'aime pas beaucoup Lettice Prothéro.

— Je crois que vous n'avez jamais été très juste avec Lettice.

— Ah! vraiment? fit Griselda.

— Il ne manque pas de gens pour ne pas porter le deuil.

Griselda gardait le silence et je fis comme elle. Denis continua :

— Elle ne se confie pas à tout le monde, mais elle s'est confiée à moi. Elle est très ennuyée et elle pense qu'il faudrait agir.

— Elle va s'apercevoir, dis-je, que Landormy partage absolument cet avis. Il doit aller à Old Hall cet après-midi et il leur en fera voir de dures. Il veut découvrir la vérité par tous les moyens.

— Mais qu'appelez-vous la vérité, Len? demanda brusquement ma femme.

— C'est bien difficile à dire, ma chérie. Et je n'ai, pour ma part, aucune opinion sur ce point.

— Vous avez bien dit que l'inspecteur allait rechercher l'origine du coup de téléphone qui vous a appelé chez Abbott?

— Parfaitement.

— Il ne pourra pas y arriver. C'est tellement difficile!

— Mais pas du tout! La poste possède un registre de communications.

— Ah!

Ma femme se replongea dans ses pensées.

— Oncle Len, dit Denis, pourquoi étiez-vous si furieux contre moi, ce matin? En rappelant que vous aviez souhaité la mort de Prothéro, je plaisantais, voyons.

— Oui, fis-je, mais il y a un temps pour chaque chose. Et Landormy n'a pas le sens de l'humour. Il a pris au sérieux vos stupidités, il va interroger Marie et il obtiendra contre moi un mandat d'arrêt. Vous verrez.

— Il a bien vu que je plaisantais!

— Non, il est incapable de s'apercevoir qu'on plaisante. Il est arrivé à la situation qui est la sienne par un travail acharné et beaucoup de zèle. Il n'a pas eu le temps de faire de la psychologie.

— L'aimez-vous, oncle Len?

— Non, je ne l'aime pas. Je l'ai détesté dès que je l'ai vu. Mais je ne doute pas qu'il ne soit appelé à obtenir de grands succès dans sa carrière.

— Vous croyez qu'il finira par découvrir l'assassin du colonel?

— S'il n'y parvient pas, ce ne sera toujours pas faute d'avoir essayé!

Marie entra.

— Mr Hawes désire vous voir, dit-elle. Je l'ai fait entrer au salon. Et voici une lettre pour Monsieur. On attend la réponse. Une réponse verbale suffira.

Je déchirai l'enveloppe et lut :

Cher monsieur Clément,

Je vous serais très reconnaissante de venir me voir, cet après-

midi, le plus tôt possible. Je suis dans un grand embarras et je désire avoir votre avis.
Sincèrement vôtre.

ESTELLE LESTRANGE.

— Dites que j'irai dans une demi- heure.
Je me levai et passai au salon.

CHAPITRE XV

OU LANDORMY FAIT CHOU BLANC

Je trouvai Hawes dans un état qui m'attrista profondément. Ses mains tremblaient et son visage se contractait nerveusement. Évidemment, il aurait dû être au lit et je lui en fis la remarque. Il persista à soutenir qu'il se sentait très bien.

— Je vous assure, monsieur, que je ne me suis jamais mieux porté de ma vie.

C'était d'une façon si évidente le contraire de la vérité que je ne sus quoi lui répondre. J'ai une certaine admiration pour l'homme qui ne se laisse pas abattre par la maladie, mais Hawes, à mon avis, dépassait la mesure.

— Je suis venu pour vous dire combien j'étais ennuyé... qu'une chose pareille soit arrivée au presbytère.

— Oui, ce n'est guère plaisant.

— C'est terrible... tout à fait terrible. Alors, ils n'ont pas maintenu l'arrestation de Mr Redding?

— Non, c'était une erreur. Ses déclarations étaient... absurdes, insensées.

— Et la police est maintenant tout à fait convaincue de son innocence?

— Tout à fait.

— Puis-je vous demander pour quelle raison? Est-ce que... Je veux dire... Soupçonne-t-on quelqu'un d'autre?

Je n'aurais jamais cru Hawes capable de s'intéresser autant aux circonstances d'un crime. Était-ce parce que celui-là s'était passé au presbytère, mais il paraissait aussi avide de savoir qu'un reporter.

— Je ne suis pas dans les confidences de l'inspecteur, mais, autant que je sache, non, il ne soupçonne personne en particulier. Il procède seulement à des enquêtes.

— Oui... oui... bien sûr. Mais qui peut-on accuser d'avoir commis un pareil forfait?

Je hochai la tête.

— Je sais bien que Prothéro n'était pas très populaire. Mais un crime! pour commettre un crime... il faut un motif bien puissant.

— C'est aussi mon avis, répondis-je.

— Qui pouvait avoir un pareil motif? La police n'en a-t-elle aucune idée?

— Je l'ignore.

— Il avait, sans doute, des ennemis, voyez-vous. Plus j'y pense, et plus je suis convaincu que c'était un homme à avoir des ennemis. Au tribunal, il avait la réputation d'être sévère.

Oui, je crois.

— Mais ne vous souvenez-vous pas, monsieur, qu'hier matin encore, il vous disait avoir été menacé par Archer?

— En effet, je m'en souviens, maintenant. Oui, je me le rappelle. Vous vous trouviez même, à ce moment-là, tout près de nous.

— Oui, et j'entendais ce qu'il disait; on ne pouvait guère faire autrement avec le colonel Prothéro, sa voix était si forte. J'ai même été très frappé par vos paroles quand vous lui avez dit que, son heure venue, il se pourrait qu'on lui appliquât, à son tour, la justice au lieu de la miséricorde.

— Ai-je dit cela? demandai-je en fronçant le sourcil. Il me souvenait de quelque chose d'assez différent.

— Vous l'avez dit d'une façon fort impressionnante et cela m'a frappé. La justice est une chose terrible.

— Et quand je pense que le pauvre homme a été tué peu de temps après... C'est comme si vous aviez eu un pressentiment.

— Il n'en était rien, dis-je sèchement.

Je n'aime pas les tendances mystiques de Hawes. Il y a chez lui du visionnaire.

— Avez-vous parlé à la police des menaces de cetArcher?

— Je ne sais rien de lui.

— Je veux dire : avez-vous répété ce que le colonel Prothéro vous a dit... qu'Archer l'avait menacé?

— Non, dis-je lentement, je ne l'ai pas fait.

— Mais vous allez le faire?

Je gardai le silence. Je n'aime pas charger un homme qui a déjà contre lui les forces de la loi. Et pourtant je ne défendais pas la cause d'Archer. C'était un braconnier invétéré — un de ces joyeux propres à rien comme il s'en trouve dans toutes les paroisses. Malgré tout ce qu'il avait pu dire sous le coup de la colère lors de sa condamnation, je n'avais aucune raison de penser qu'il fût dans les mêmes dispositions à sa sortie de prison.

— Vous avez entendu la conversation, dis-je enfin. Si vous croyez que c'est votre devoir d'aller le dire à la police, il faut y aller.

— Votre témoignage aurait plus de poids, monsieur.

— Peut-être, mais pour vous parler franchement... eh bien, je n'en ferais rien. J'aurais trop peur d'aider à passer la corde au cou d'un innocent.

— Pourtant, si c'est lui qui a tué le colonel Prothéro?

— Oh! avec des si! Il n'y a aucune sorte de preuve que ce soit lui.

— Ses menaces...

— Pour dire la vérité, elle ne venaient même pas de lui; c'est Prothéro, au contraire, qui a menacé Archer des foudres de sa vengeance la prochaine fois qu'il le rattraperait.

— Je ne comprends pas votre attitude, monsieur.

— Vraiment? dis-je avec lassitude. C'est que vous êtes jeune. Vous apportez beaucoup de zèle à la cause de la justice. Lorsque vous aurez mon âge, vous verrez qu'il faut toujours accorder aux gens le bénéfice du doute.

— Ce n'est pas... Je veux dire...

Il s'arrêta et je le regardai avec surprise.

— Je veux dire... vous, personnellement, vous ne soupçonnez personne d'être l'assassin?

— Mon Dieu, non.

Hawes insistait :

— Et le mobile?

— Je ne le vois pas davantage. Et vous?

— Moi non plus. Seulement, je me demandais si le colonel Prothéro s'était confié à vous, s'il vous avait fait part de quelque chose.

— Ses confidences, si confidences il y a, ont été entendues par tout le village hier matin, dis-je sèchement.

— Oui. Oui... naturellement... Et vous ne croyez pas qu'Archer...

— La police connaîtra toujours assez tôt ce qui concerne Archer! Si je l'avais moi-même entendu menacer le colonel Prothéro, ce serait tout à fait différent, Mais vous pouvez être certain que si vraiment il l'a fait, c'est au vu et au su de la moitié du village et la nouvelle en parviendra vite à la police. Mais, naturellement, cela vous regarde et vous ferez comme il vous plaira.

Aussi étrange que cela puisse paraître, Hawes ne semblait pas désireux d'agir lui-même.

Pour tout dire, il était nerveux et son attitude était assez bizarre. Il me rappelait ce qu'Haydock m'avait dit de son état de santé. C'était là, sans doute, qu'il fallait chercher l'explication.

Il partit à regret, comme s'il avait encore quelque chose à dire, quelque chose qu'il ne savait comment exprimer.

Avant son départ, je le chargeai de s'occuper de l'Union des Mères et de la réunion des Visiteuses du district, car j'avais moi-même d'autres occupations pour l'après-midi.

Chassant de mon esprit Hawes et ses histoires, je partis chez Mrs Lestrange.

Sur la table du hall, j'aperçus des journaux qui n'avaient pas encore été dépliés.

Au moment d'entrer, je me rappelai que Mrs Lestrange avait eu une entrevue avec le colonel Prothéro dans la soirée qui avait précédé la mort de celui-ci. Il était possible que, de ce fait, Mrs Lestrange eût appris quelque chose qui jetterait un peu de lumière sur cette énigme.

Je fus tout de suite introduit au salon, et Mrs Lestrange se leva pour me recevoir. De nouveau, je fus frappé par l'atmosphère merveilleuse que cette femme créait autour d'elle. Elle portait une robe d'un noir mat qui faisait ressortir la blancheur extraordinaire de sa peau. Seuls dans ce visage étrangement impassible, les yeux brillaient de l'éclat d'une vie intense et c'est à peine si une espèce d'inquiétude attentive s'y lisait aujourd'hui.

— Vous êtes très bon d'être venu, Mr Clément, dit-elle en me tendant la main. Je voulais vous parler l'autre jour. Et puis, j'y ai renoncé. J'ai eu tort.

— Comme je vous l'ai dit alors, je me ferai un plaisir de vous rendre service.

— Oui, vous me l'avez dit, et vous l'avez dit avec conviction. Il y a peu de gens, Mr Clément, qui ont vraiment désiré le faire.

— J'ai peine à le croire, Mrs Lestrange.

— C'est pourtant la vérité. La plupart des gens, la plupart des hommes surtout ne pensent qu'à eux.

Il y avait une grande amertume dans sa voix.

Je ne répondis pas et elle continua :

— Asseyez-vous, je vous prie.

J'obéis; elle prit une chaise en face de moi. Après un instant d'hésitation, elle commença à parler très lentement, avec réfléxion, comme si elle pesait chaque mot avant de le prononcer.

— Je me trouve dans une situation très délicate, Mr Clément, et je désire connaître votre opinion. Je veux avoir votre avis sur ce que je dois faire désormais. Ce qui est passé est passé, on n'y peut rien. Vous comprenez?

Avant que j'aie pu répondre, la bonne qui m'avait fait entrer, ouvrit la porte et s'écria avec un air affolé :

— Oh! madame, c'est un inspecteur, et il dit qu'il veut vous parler.

Le visage de Mrs Lestrange ne changea pas, elle ferma seulement les yeux, lentement, et les rouvrit. Elle avala sa salive une fois ou deux, puis dit de sa même voix claire et calme :

— Faites-le entrer, Hilda.

Je fus sur le point de me lever, mais elle me fit signe de me rasseoir d'un geste impérieux de la main.

— Si cela ne vous fait rien... Vous m'obligerez en restant.

Je me rassis.

— Mais certainement, si vous le désirez, murmurai-je, pendant que Landormy entrait d'un pas alerte.

— Bonjour, madame, commença-t-il.

— Bonjour, inspecteur.

A ce moment, il m'aperçut et son visage se renfrogna. Il n'y a aucun doute, Landormy ne m'aime pas.

— J'espère que vous ne voyez aucun inconvénient à ce que le pasteur reste ici?

Landormy ne pouvait guère dire le contraire.

— N...on, répondit-il en grognant, encore qu'il serait préférable.

Mrs Lestrange ne prit même pas garde à cette insinuation.

— Que puis-je faire pour vous, inspecteur? demanda-t-elle.

— Eh bien, voilà. C'est au sujet du meurtre du colonel Prothéro. Je suis chargé de l'enquête.

Mrs Lestrange approuva de la tête.

— Et, pour la forme, je vérifie l'emploi du temps de chacun, hier au soir, entre six heures et sept heures. Seulement pour la forme, vous comprenez.

Mrs Lestrange ne semblait aucunement troublée.

— Vous désirez savoir où j'étais hier soir, entre six et sept?

— Oui, madame, s'il vous plaît.

— Voyons... Elle réfléchit un instant. J'étais ici, à la maison.

— Ah! (Je vis les yeux de l'inspecteur itinceler.) Votre bonne..., car vous n'avez qu'une bonne, n'est-ce pas? peut confirmer votre déclaration?

— Non, car c'était le jour de sortie d'Hilda.

— Ah! oui.

— Il faudra malheureusement que vous me croyiez sur parole, dit gravement Mrs Lestrange.

— Vous prétendez être restée chez vous tout l'après-midi?

— Vous m'avez demandé entre six et sept, énspecteur. Je suis sortie faire une promenade au début de l'après-midi et je suis rentrée un peu avant cinq heures.

— Bon. Mais, s'il se trouve qu'une dame — Miss Hartnell en la circonstance — déclare être venue ici vers six heures, avoir sonné et, n'obtenant pas de réponse, être repartie, vous direz sans doute qu'elle s'est trompée.

— Pas du tout, dit Mrs Lestrange en secouant la tête.

— Ah!

— Quand votre bonne est là, elle peut répondre que vous n'y êtes pas. Mais si vous êtes seule et que vous ne vouliez pas recevoir les visiteurs... eh bien, la seule chose à faire, c'est de laisser sonner...

L'inspecteur parut déconcerté.

— Les vieilles dames m'ennuient terriblement, dit encore Mrs Lestrange, et miss Hartnell particulièrement. Elle a sonné au moins une demi-douzaine de fois avant de se résigner à partir.

L'inspecteur rapprocha un peu sa chaise.

— Maintenant, je crois savoir, Mrs Lestrange, que vous avez fait une visite au colonel Prothéro à Old Hall, le soir qui a précédé sa mort.

Mrs Lestrange répondit avec calme :

— C'est exact.

— Pouvez-vous m'indiquer la nature de cette entrevue?

— Il s'agissait d'une affaire personnelle.

— Je suis désolé, mais je suis obligé de vous demander quelle était cette affaire personnelle.
— Je ne vous répondrai pas. Tout ce que je puis vous affirmer, c'est qu'au cours de cette entrevue nous n'avons rien dit qui puisse avoir quelque rapport avec le crime.
— C'est une chose que vous n'êtes pas à même d'apprécier.
— En tout cas, il faudra bien que, là encore, vous me croyiez sur parole.
— En fait, il faut que je vous croie sur parole pour pas mal de choses.
— Cela m'en a tout l'air, répondit-elle, toujours avec le même sourire calme.
L'inspecteur devint très rouge.
— Il s'agit d'une chose sérieuse, Mrs Lestrange. Je veux savoir la vérité... (il frappa du poing sur la table) et je la saurai.
Mrs Lestrange garda le silence.
— Ne voyez-vous pas, madame, que vous vous mettez dans une mauvaise situation?
Mrs Lestrange continuait à se taire.
— On vous demandera de déposer à l'instruction.
— Eh bien! je déposerai.
Elle avait articulé ces derniers mots d'un air absolument détaché, comme indifférent. L'inspecteur changea de tactique.
— Vous connaissiez le colonel Prothéro?
— Oui, je le connaissais.
— Vous le connaissiez bien?
Elle hésita un instant avant de répondre.
— Je ne l'avais pas vu depuis des années.
— Connaissiez-vous Mrs Prothéro?
— Non.
— Vous m'excuserez de vous le dire, mais c'était une heure insolite pour faire une visite.
— Je ne suis pas de cet avis.
— Qu'entendez-vous par là?
Elle répondit clairement et distinctement :
— Je voulais voir le colonel Prothéro seul. Je ne voulais pas

voir Mrs ou miss Prothéro. J'ai donc agı en conséquence.

— Pourquoi ne vouliez-vous pas voir Mrs ou miss Prothéro?

— Ça, c'est mon affaire.

— Alors, vous refusez de vous expliquer davantage?

— Absolument.

L'inspecteur se leva.

— Vous vous mettez en mauvaise posture, madame, si vous n'y prenez garde.

Elle se mit à rire. J'aurais pu prévenir Landormy que Mrs Lestrange n'était pas de ces femmes qu'on effraie facilement.

— En tout cas, dit-il encore, comme s'il eût voulu sauvegarder sa dignité, vous ne direz pas que je ne vous ai pas avertie. Au revoir, madame, et prenez garde : nous découvrirons la vérité.

Il partit. Mrs Lestrange se leva et me tendit la main.

— Je vais vous renvoyer, oui, cela vaut mieux. Voyez-vous, je n'ai plus besoin de conseils, maintenant. J'ai pris mon parti.

Elle répéta d'une voix désespérée :

— Oui, j'ai pris mon parti.

CHAPITRE XVI

DEUX DÉTECTIVES AMATEURS ET UN TROISIEME

Sur le seuil, je croisai Haydock. Désignant du regard Landormy qui sortait de la grille :

— L'a-t-il interrogée? questionna-t-il.

— Oui, dis-je.

— Il a été poli, j'espère?

La politesse est un art que l'inspecteur n'a jamais beaucoup cultivé; je suppose néanmoins qu'il avait dû être convenable, de son point de vue à lui, s'entend, et, d'ailleurs, je ne voulais pas contrarier Haydock à ce sujet. Il semblait suffisamment soucieux comme cela! Je l'assurai donc que Landormy avait été parfait.

Haydock hocha la tête et je le vis entrer dans la maison. En descendant la rue du village, j'eus tôt fait de rattraper l'inspecteur. Il marchait lentement, sans doute à dessein. Bien qu'il me déteste, il n'est pas homme à faire entrer un tel sentiment en ligne de compte lorsqu'il s'agit pour lui d'obtenir un renseignement utile.

— Que savez-vous de cette dame? me demanda-t-il à brûle-pourpoint.

Je répondis que je ne savais rien.

— Elle n'a jamais fait allusion à la raison qui l'a décidée à venir habiter ici?

— Non.

— Pourtant, vous la voyez de temps en temps?

— Visiter mes paroissiens constitue l'un des devoirs de ma charge.

Je ne voulais pas qu'il sût qu'on m'avait envoyé chercher.

— Oui, naturellement.

Il demeura silencieux une minute ou deux, mais l'envie de parler de sa déconvenue fut la plus forte.

— Tout ça me paraît bien louche, dit-il.

— Croyez-vous?

— Si vous voulez mon opinion, eh bien, je ne serais pas surpris que ce soit une affaire de chantage.

Une telle hypothèse paraît absurde, si l'on songe à la réputation du colonel Prothéro, mais il ne faut jurer de rien. Après tout, il ne serait pas le premier marguillier à avoir mené une double existence! D'ailleurs, miss Marple n'avait-elle pas fait là-dessus des observations presque identiques?

— Cela vous paraît probable? dis-je.

— Je ne sais pas si c'est probable, Mr Clément, mais ça cadre tout à fait avec ce que vous savons. Pourquoi une femme aussi élégante serait-elle venue s'enfermer dans notre petit « trou »?

Pourquoi est-elle allée chez le colonel à une heure aussi incongrue? Pourquoi a-t-elle évité de rencontrer Mrs et miss Prothéro? Oui, tout ça se tient. Évidemment, c'est délicat à avouer. Et le chantage est sévèrement puni. Mais nous finirons bien par lui faire dire la vérité.

Ça peut avoir une grosse importance pour la suite de l'enquête. Si le colonel Prothéro avait dans sa vie un secret, quelque chose de déshonorant... vous rendez-vous compte des perspectives que ça nous ouvrirait?

Au fond, Landormy raisonnait avec assez de logique.

— J'ai essayé de faire parler le domestique, reprit-il. Il aurait pu saisir quelques bribes des conversations entre le colonel et Mrs Lestrange. Vous savez, les domestiques... Mais il a juré ses grands dieux qu'il n'avait rien entendu. Figurez-vous qu'il allait être mis à la porte à propos de cette satanée visite! Oui, le colonel l'a attrapé, il était furieux qu'il ait laissé entrer cette femme. L'autre a répondu en donnant son congé. La place ne lui plaisait pas et il songeait depuis longtemps à la quitter.

— Vraiment?

— Ça fait une personne de plus qui en voulait au colonel!

— Vous ne soupçonnez tout de même pas cet homme? A propos, comment se nomme-t-il.?

— Il s'appelle Rives. Je ne dis pas que je le soupçonne; ce que je dis, c'est qu'on ne sait jamais. Et puis je n'aime guère ses façons mielleuses.

A part moi, je me demandais ce que Rives pouvait bien penser des manières de l'inspecteur!

— Au tour du chauffeur, maintenant, poursuivit celui-ci.

— Eh bien, dis-je, vous allez peut-être pouvoir me faire une petite place à vos côtés dans votre voiture. J'ai quelques mots à dire à Mrs Prothéro.

— A quel sujet?

— Pour les funérailles.

— Ah! (Landormy parut déçu.) L'enquête reprendra demain samedi.

— Oui. Les obsèques pourront sans doute avoir lieu mardi.

L'inspecteur était un peu confus de sa brusquerie. Il me tendit le rameau d'olivier sous forme d'une invitation à assister à l'interrogatoire du chauffeur.

Manning est un gentil garçon de vingt-cinq à vingt-six ans. La présence de Landormy l'emplissait d'une crainte respectueuse.

— Dites-moi, mon ami..., commença celui-ci. Je désirerais obtenir de vous un petit renseignement.

— Oui, m'sieu... certainement, m'sieu..., bégaya le malheureux.

Il aurait commis le crime qu'il n'eût pas paru plus troublé.

— Vous avez conduit votre maître au village, hein?

— Oui, m'sieu.

— A quelle heure?

— A cinq heures et demie.

— Mrs Prothéro y est allée également?

— Oui, m'sieu.

— Vous êtes allé directement au village?

— Oui, m'sieu.

— Vous ne vous êtes pas arrêté en chemin?

— Non, m'sieu.

— Qu'avez-vous fait, une fois arrivés?

— Le colonel est descendu; il m'a dit qu'il n'aurait plus besoin de la voiture et qu'il rentrerait à pied. Madame avait quelques commissions à faire. Elle a mis les paquets dans l'auto. Je suis rentré seul à la maison.

— Vous avez donc laissé Mrs Prothéro dans le village?

— Oui, m'sieu.

— Quelle heure était-il?

— Six heures et quart, m'sieu. Six heures et quart tout juste.

— A quel endroit l'avez-vous quittée?

— En face de l'église, m'sieu.

— Le colonel vous avait-il dit où il se rendait?

— Il a laissé entendre qu'il allait chez le vétérinaire pour un de ses chevaux.

— C'est bien. Vous êtes revenu ici directement?

— Oui, m'sieu.
— Hum! grogna Landromy. Je crois que c'est tout... Tiens, voici miss Prothéro.
Lettice venait vers nous. Elle marchait avec lenteur.
— Sortez la voiture, Manning, dit-elle. Mettez-la en marche pour moi, voulez-vous?
— Parfaitement, mademoiselle.
Il s'approcha de la torpédo et souleva le capot.
— Une seconde seulement, miss Prothéro, dit l'inspecteur. Je dois vérifier l'emploi du temps de tout le monde, hier après-midi. Ne voyez là rien d'offensant.
Lettice le regarda bien en face.
— Je ne sais jamais l'heure de rien, dit-elle.
— Voyons cela : je crois que vous êtes sortie après déjeuner
De la tête, elle fit signe que oui.
— Où êtes-vous allée, s'il vous plaît?
— Faire du tennis.
— Avec qui?
— Avec les Hartley Napiers.
— A Much Benham?
— Oui.
— Et vous êtes rentrée?
— Je n'en sais rien. Je vous ai dit que je ne savais jamais ces choses-là.
— Vous êtes revenue, dis-je, vers sept heures et demie.
— C'est cela, dit Lettice. Quand je suis rentrée, Anne avait une crise de nerfs et Griselda la soutenait.
— Merci, mademoiselle, conclut l'inspecteur. C'est tout ce que je voulais savoir.
— Comme c'est curieux! fit encore Lettice. C'est tellement dépourvu d'intérêt!
Et elle se dirigea vers la voiture.
L'inspecteur se frappa le front :
— Il lui manque quelque chose! dit-il.
— Pas le moins du monde, corrigeai-je. Mais il lui plaît de passer pour une originale.

— Je vais interroger les bonnes, maintenant, décida Landormy.

Je ne crois pas qu'on puisse vraiment aimer l'inspecteur, mais il faut s'incliner devant son énergie et sa ténacité.

Nous nous séparâmes. Je demandai à Rives si Mrs Prothéro était visible.

— Elle se repose, Monsieur, répondit-il.

— Dans ces conditions, il vaut peut-être mieux que je ne la dérange pas.

— Monsieur peut toujours attendre un instant. Je sais que Madame désire beaucoup voir Monsieur. Elle le disait encore à déjeuner.

Il me fit entrer dans le salon et tourna le commutateur, car les stores étaient baissés.

— Tout cela est bien triste, dis-je.

— Oui, monsieur.

Il m'avait répondu avec un respect glacé. Je le regardai. Quels sentiments pouvaient bien agiter cet homme, sous ses dehors impassibles? Savait-il des choses? Aurait-il pu les dire? Rien n'est aussi peu humain que le masque d'un bon serviteur.

— Y a-t-il du nouveau, monsieur? demanda-t-il encore.

Derrière cette phrase correcte, pouvait-on deviner même un peu d'inquiétude?

— Non, dis-je, on ne sait rien de plus.

Je n'attendis pas longtemps Anne Prothéro. Nous discutâmes et prîmes quelques décisions, puis, tout à coup :

— Quel homme aimable que le docteur Haydock! s'écria-t-elle.

— Haydock est le meilleur homme que je connaisse.

— Il a été parfait pour moi. Mais, Dieu, qu'il a l'air triste!

L'idée ne m'était jamais venue qu'Haydock pût être triste. Je le dis à Anne.

Je ne l'avais jamais remarqué non plus avant aujourd'hui, expliqua-t-elle.

— Le malheur rend parfois perspicace.

— Ah! comme c'est vrai!

Elle s'arrêta, puis reprit :

— Mr Clément, il y a une chose que je n'arrive pas à comprendre. Si mon mari a été tué dès que je l'ai eu quitté, comment se fait-il que je n'aie pas entendu de coup de feu?

— On a quelques raison de penser que le coup a été tiré un peu plus tard.

— Mais l'heure indiquée sur la lettre : six heures vingt?

— Cette indication a peut-être été ajoutée par une autre main, par celle du meurtrier, qui sait?

Elle pâlit.

— Ah! c'est épouvantable!

— Vous n'avez pas remarqué que l'heure n'était pas écrite de sa main?

— Le reste de la lettre, dit-elle, ne ressemblait pas davantage à son écriture.

Il y avait du vrai dans cette observation. C'était un griffonnage illisible, bien moins net que l'écriture habituelle de Prothéro.

— Vous êtes sûr qu'on ne soupçonne plus Lawrence?

— Je le crois tout à fait hors de cause.

— Ah! Mr Clément, qui cela peut-il bien être? Lucius n'était guère aimé, mais je ne pense pas qu'il ait eu de vrais ennemis. Du moins, pas cette sorte d'ennemis.

Je hochai la tête.

— C'est un mystère.

Je songeais à part moi aux sept personnes de miss Marple. Qui pouvaient-elles bien être?

Quand j'eus pris congé d'Anne, mon intention était de réaliser un plan que j'avais. Je pris par le petit sentier, mais lorsque je fus à la barrière, je revins sur mes pas et, choisissant un endroit où il m'apparut que les broussailles avaient été dérangées, je me frayai un chemin à travers les buissons. A cet endroit, le bois était épais : un véritable roncier! J'avançai lentement, et bientôt j'entendis remuer non loin de moi. Je venais de m'arrêter quand j'aperçus Lawrence. Il tenait une grosse pierre à la main. Je devais avoir l'air ahuri, car il éclata de rire.

— Non, dit-il, ce n'est pas une borne, mais une offrande en signe de paix!

— En signe de paix?

— Si vous préférez, c'est une base de négociations. Il me faut un prétexte pour aller voir miss Marple et l'on m'a dit que rien ne lui ferait plus plaisir qu'une pierre pour son jardin japonais.

— C'est vrai, dis-je, mais que lui voulez-vous donc?

— Voilà. S'il y avait quelque chose à voir, hier soir, miss Marple l'a vu. Je ne parle pas seulement de quelque chose qui puisse avoir des rapport avec le crime, mais j'entends le moindre incident un peu bizarre, le plus petit événement qui nous mettrait — on ne sait jamais — sur le chemin de la vérité. Quelque chose même qu'elle aurait jugé inutile de signaler à la police.

— Ma foi, c'est bien possible.

— En tout cas, ça ne coûte rien d'essayer. Voyez-vous, Mr Clément, je veux suivre cette affaire jusqu'au bout, pour l'amour d'Anne! Car je n'ai guère confiance en Landormy : il est zélé, mais le zèle n'a jamais remplacé l'intelligence!

— Tiens! tiens! dis-je. Vous êtes ce qu'on appelle un détective amateur.

Dans les romans, ils sont toujours très bien. Mais dans la vie réelle, je me demande s'ils sont de taille à lutter avec les professionnels.

Il me regarda malicieusement et se mit à rire :

— Et vous, pasteur, que faisiez-vous dans les bois?

J'eus l'amabilité de rougir.

— Je parie, dit-il, que vous faisiez la même chose que moi. Nous avons eu la même idée, n'est-ce pas? Comment le meurtrier est-il arrivé au bureau? Deux hypothèses : par le sentier et la barrière, ou bien par la porte d'entrée. Une troisième... Mais il y en a-t-il une troisième? J'ai voulu savoir si les buissons avaient été dérangés autour de votre mur.

Je convins volontiers que j'avais eu la même idée.

— Je n'ai pas encore commencé mes recherches, continua

Lawrence. Je préfère voir d'abord miss Marple et m'assurer que personne n'est passé par le sentier, hier soir, tandis que nous étions dans l'atelier.

Je secouai la tête.

— Elle a affirmé que personne n'était passé par là.

— Oui, personne qui en vaille la peine à son point de vue. Ça paraît idiot, ce que je vous dis là, mais vous me comprenez, parfaitement. Il a pu passer quelqu'un comme, je ne sais pas moi, comme le facteur, ou le laitier, ou encore le garçon boucher, quelqu'un dont la présence était si naturelle qu'elle n'a même pas songé à la signaler.

— Vous avez lu Chesterton? dis-je.

Lawrence ne s'en défendit pas.

— Vous ne croyez pas qu'il puisse y avoir quelque chose dans cette voie?

— Mais si, pourquoi pas?

Nous prîmes ensemble le chemin qui conduit chez miss Marple. Elle travaillait à son jardin et nous appela dès qu'elle nous aperçut à la barrière.

— Hein! dit Lawrence, elle voit tout le monde!

Miss Marple nous reçut très aimablement et parut enchantée de la grosse pierre que Lawrence lui offrit avec la solennité convenable.

— C'est vraiment très gentil de votre part, Mr Redding.

Encouragé par cet accueil, Lawrence s'embarqua dans son questionnaire. La vieille dame l'écoutait dans une grande attention.

— Oui, oui, je vois ce que vous voulez dire, et, ma foi, je reconnais qu'il ne me serait même pas venu à l'esprit de mentionner d'aussi petits événements. Mais je puis vous rassurer; il n'est passé personne, absolument personne.

— Vous en êtes sûre, miss Marple?

— Tout à fait sûre.

— Avez-vous vu quelqu'un prendre le sentier à travers bois, cet après-midi? demandai-je.

— Oh! oui, plusieurs personnes. Le docteur Stone et miss

Cram : c'est le plus court chemin pour aller aux fouilles. C'était un peu après deux heures. Et le docteur est revenu par là : d'ailleurs, vous le savez bien, Mr Redding, puisqu'il vous a rejoint, vous et Mrs Prothéro.

— A propos, dis-je, cette détonation que vous avez entendue, Mr Redding et Mrs Prothéro doivent l'avoir entendue également?

Je regardai Lawrence.

— Oui, fit-il en fronçant les sourcils. Il me semble avoir entendu des coups; mais combien... un, deux?

— Je n'en ai entendu qu'un, dit miss Marple.

— Oh! mes souvenirs sont très vagues sur ce point, dit Lawrence. Je voudrais tant me souvenir. Si j'avais pu deviner... Mais j'étais alors très absorbé par... par...

Il s'arrêta, embarrassé.

Je toussai avec tact. Miss Marple changea de conversation :

— L'inspecteur a essayé de me faire préciser si j'avais entendu le coup après ou avant que Mr Redding et Mrs Prothéro eurent quitté l'atelier. Je n'ai pas pu lui répondre d'une façon très affirmative, mais plus j'y songe, plus j'ai l'impression que c'était après.

— Alors, soupira Lawrence, le célèbre docteur Stone est, lui aussi, hors de cause. Il n'y avait, d'ailleurs, aucune raison de le soupçonner d'avoir tué ce pauvre vieux Prothéro.

— Moi, dit miss Marple, je juge plus prudent de soupçonner un peu tout le monde. On ne sait jamais...

A ce trait, je reconnus miss Marple. Je demandai à Lawrence s'il était d'accord au sujet du coup.

— Je ne peux vraiment pas vous répondre : c'était un bruit tout à fait normal. Je serais plutôt tenté de croire qu'il a été tiré pendant que nous étions dans l'atelier, car le son aurait été assourdi par les murs et nous aurions moins fait attention.

— Et pour d'autres raisons aussi, pensai-je *in petto*.

— Il faudra que je demande à Anne, reprit Lawrence. Peut-être se souviendra-t-elle. A propos, il s'est produit ici, ces jours derniers, un fait assez curieux et qui demande des explications.

Mrs Lestrange, la dame mystérieuse de Saint-Mary Mead, a fait une visite au vieux Prothéro, mercredi soir, après dîner. A quel sujet? Le bonhomme n'en a rien dit à sa femme ni à Lettice.

— Le pasteur sait peut-être quelque chose, insinua miss Marple.

Comment la vieille dame pouvait-elle savoir que j'étais allé, cet après-midi, chez Mrs Lestrange? Cette façon d'être au courant de tout restera pour moi une énigme.

Je secouai la tête en affirmant que je ne pouvais apporter aucune lumière sur cet événement.

— Et l'inspecteur, qu'en pense-t-il? demanda encore miss Marple.

— Il a essayé d'intimider le valet de chambre, mais celui-ci n'était pas assez curieux, paraît-il, pour écouter aux portes. Personne ne sait rien là-dessus.

— Je serais bien surprise que personne n'ait rien entendu. Il y a toujours quelqu'un pour écouter aux portes! A mon avis, c'est le seul espoir qu'ait Mr Redding de savoir quelque chose.

— Mais, dit Lawrence, Mrs Prothéro ne sait rien.

— Je ne faisais pas allusion à Mrs Prothéro, poursuivit miss Marple. Je voulais parler des bonnes. Ces gens-là ont horreur de dire quelque chose à la police. Mais un beau jeune homme — excusez-moi, Mr Redding — un beau jeune homme qui a été atrocement soupçonné... Je suis sûre qu'à celui-là elles raconteraient tout.

— J'essaierai dès ce soir, fit Lawrence d'un air résolu. Merci, miss Marple, de m'avoir donné cette idée.

Le mieux était de nous en tenir là. Je dis au revoir à miss Marple et nous reprîmes le chemin des bois...

Nous suivîmes le sentier jusqu'à un endroit où il était visible que quelqu'un l'avait quitté pour prendre à droite. Lawrence me dit qu'il avait déjà suivi cette piste et qu'elle ne conduisait nulle part, mais nous pouvions toujours tenter notre chance.

Il ne s'était pas trompé. Au bout de quelques mètres, la piste se perdait. C'était de là que Lawrence était redescendu sur le sentier, lorsque je l'avais rencontré, tout à l'heure.

Nous reprîmes le petit chemin. Un peu plus loin, nous observâmes que les buissons avaient été dérangés. Cela s'apercevait à peine, pourtant il ne pouvait y avoir de doute. Cette nouvelle piste promettait davantage : par un long détour, elle conduisait au presbytère! Nous arrivâmes bientôt près du mur, où les buissons sont si épais. Ce mur est très haut et l'on a planté sur le faîte des tessons de bouteilles. Si quelqu'un avait a ppliqué une échelle à cet endroit, nous ne pouvions manquer de nous en apercevoir.

Nous allions lentement le long du mur lorsqu'un bruit de branches cassées parvint à nos oreilles. Je me frayai vivement un passage à travers un enchevêtrement d'arbustes et de ronces. Ce fut pour me trouver face à face avec l'inspecteur.

— Tiens, c'est vous, dit-il, vous et Mr Redding. Que faites-vous là tous les deux?

Nous le lui expliquâmes.

— Vous avez raison, dit Landormy. J'ai eu la même idée. Voilà une heure que je cherche. Voulez-vous que je vous dise quelque chose?

— Quoi donc?

— Celui qui a tué le colonel Prothéro n'a pas pris ce chemin. Il n'y a pas de trace de ce côté du mur, ni de l'autre. Celui qui a tué le colonel Prothéro est entré par la grande porte. Il n'a pas pu prendre un autre chemin.

— C'est impossible! m'écriai-je.

— Pourquoi impossible? Vous laissez votre porte ouverte. N'importe qui peut entrer chez vous. On ne voit rien de la cuisine. On vous sait absent, on sait que Mrs Clément est à Londres, on sait que Mr Denis est invité dehors pour un thé. Mais c'est clair comme le jour! Et, de cette façon, on n'a pas besoin de passer par le village. Juste en face de la barrière, il y a un petit chemin qui vous permet de vous retrouver dans les bois, bien tranquille. A moins que Mrs Price Ridley ne sorte juste à ce moment-là, il n'y a rien à craindre, beaucoup moins à craindre qu'en escaladant les murs. Car n'oubliez pas que les fenêtres de Mrs Price Ridley donnent sur ce mur. Je vous le dis : il n'y a pas de doute, c'est par la grande porte qu'il est entré.

Oui, ce devait être ainsi que les choses s'étaient passées.

CHAPITRE XVII

CE QUE MISS MARPLE VIT DE SA FENÊTRE

Le lendemain matin, je reçus la visite de Landormy. Il est un peu plus aimable avec moi. Il finira peut-être un jour par oublier l'histoire de la pendule!

— Vous savez, me cria-t-il, j'ai trouvé d'où venait votre coup de téléphone!

— Ah! vraiment? fis-je.

J'étais très intéressé.

— C'est curieux, reprit-il. Cette communication est partie du pavillon nord de Old Hall. En ce moment, ce pavillon est vide; les concierges ont pris leur retraite et leurs successeurs ne sont pas encore là. C'est un endroit inhabité et, donc, tout à fait propice : une des fenêtres était ouverte sur le derrière. Nous n'avons pas relevé une seule empreinte digitale sur l'appareil; elles ont certainement été effacées. Rien que cela suffirait à donner l'éveil.

— Dans quel sens?

— Dans ce sens que cela prouve, clair comme le jour, que ce coup de téléphone n'a pas eu d'autre but que de vous éloigner. Le crime a été soigneusement préparé, allez! Si c'était une bonne blague qu'on vous avait faite, on n'aurait pas songé à prendre tant de précautions.

Évidemment!

— Cela prouve, en outre, que le meurtrier connaissait parfaitement Old Hall et ses environs. Ce n'est oas Mrs Prothéro qui a demandé cette communication. J'ai vérifié l'emploi de son temps, cet après-midi-là, minute par minute. Une bonne demi-douzaine de domestiques peuvent jurer qu'elle est restée chez elle jusqu'à cinq heures et demie. La voiture l'a conduite au village avec le colonel qui allait voir Quinton, le vétérinaire, pour l'un de ses chevaux. Elle a fait quelques achats chez l'épicier et le marchand de poissons; enfin, elle est venue directement à l'atelier par le sentier de derrière. C'est alors que miss Marple l'a vue. Tous les commerçants sont d'accord pour dire qu'elle n'avait pas de sac à main. La vieille dame avait raison.

— Ça lui arrive souvent, observai-je.

— Quant à miss Prothéro, à la même heure, elle était à Much Benham.

— C'est exact : mon neveu s'y trouvait aussi.

— On ne peut donc pas songer à la soupçonner. De leur, côté, les bonnes ont l'air comme il faut, un peu agitées, peut-être, mais comment voulez-vous qu'il en soit autrement? Naturellement, je surveille le valet de chambre : il a donné congé, tout ça n'est pas très clair... mais, entre nous, je crois qu'il ne sait pas grand-chose.

— Il me semble, inspecteur, que, jusqu'à présent, vos enquêtes ont plutôt un résultat négatif?

— Oui et non, Mr Clément. Il s'est aussi passé une chose bien bizarre... et si inattendue!

— Vraiment?

— Vous nous souvenez de la comédie qu'a faite Mrs Price Ridley parce qu'on s'était moqué d'elle au téléphone?

— Certes.

— Eh bien, nous avons aussi recherché la trace de cet appel. Savez-vous d'où il venait, celui-là? Je vous le donne en mille.

— D'une cabine téléphonique!

— Non, Mr Clément, il ne venait pas d'une cabine téléphonique. Il venait du cottage de Mr Lawrence Redding.

— Vous dites? m'écriai-je, stupéfait.

— Oui, du cottage de Mr Redding. C'est curieux, ça aussi,

n'est-ce pas? Notez que Mr Lawrence n'a rien à voir dans cette histoire. A cette heure-là, six heures et demie, il était sur le chemin du *Sanglier Bleu* avec le docteur Stone : tout le monde les a vus. Pourtant c'est ainsi... Significatif, n'est-ce pas? Quelqu'un a pénétré dans la maison, où il n'y avait personne, et s'est servi du téléphone. Oui, mais qui? Voilà deux coups de téléphone bien singuliers pour une seule journée! On peut admettre, je pense, qu'ils ne sont pas sans rapport entre eux. Je serais bien étonné s'ils ne viennent pas de la même personne.

— Mais dans quel but?

— C'est ce qu'il nous reste à établir. *A priori*, on n'imagine pas la raison du second appel, mais il doit bien en exister une, tout de même! Et avez-vous remarqué ceci : on s'est servi du téléphone de Mr Redding comme on s'est servi de son revolver. Tout a été mis en œuvre pour que les soupçons se portent sur lui.

— Ce serait encore plus probant, fis-je, si le premier appel était parti de chez lui, car celui-là se rapporte directement au drame.

— J'ai réfléchi à cela, moi aussi, continua l'inspecteur. Que faisait Mr Redding, d'habitude, l'après-midi? Il allait à Old Hall travailler au portrait de miss Prothéro. Il partait toujours à motocyclette et passait par la barrière du nord. Comprenez-vous maintenant pourquoi l'appel est parti de là? Le meurtrier n'était pas au courant de la dispute entre Prothéro et le peintre, et il ignorait que celui-ci n'allait plus à Old Hall.

Il me fallut un moment de réflexion pour permettre aux arguments de l'inspecteur de pénétrer dans ma tête. Maintenant, ils me semblaient logiques et, pour tout dire, irréfutables.

— A-t-on relevé des empreintes sur l'appareil de Mr Redding? demandai-je.

— Pas une, dit Landormy avec quelque dépit. La vieille bonne femme qui fait son ménage était passée par là! Elle est à moitié folle, avec ça! Elle ne peut même pas se rappeler à quel moment elle a vu le revolver pour la dernière fois. Il était peut-être encore là le matin du crime, mais il n'y était peut-être pas! Vous voyez ça d'ici. Ah! elles sont bien toutes les mêmes!

Je suis allé aussi voir le docteur Stone, oh! pour la forme simplement. Il a été on ne peut plus aimable avec moi. Il était allé avec miss Cram à ce tas de terre, à ces... comment appelez-vous ça?... à ces fameuses fouilles, vers deux heures et demie, et il y a passé tout l'après-midi. Il est revenu seul. Sa secrétaire est rentrée plus tard. Il n'a pas entendu la moindre détonation, mais il est très distrait. Enfin, tout ça confirme assez nos hypothèses.

— Oui, dis-je; seulement, vous n'avez pas découvert l'assassin.

— Hum! Hum! fit Landormy. C'est une voix de femme que vous avez entendue au téléphone. C'est à peu près sûrement une voix de femme qu'a entendue Mrs Price Ridley. Si le coup de feu n'avait pas été perçu à si peu d'intervalle de l'appel téléphonique, je saurais bien de quel côté orienter mes recherches.

— Ah! çà, dis-je, peut-on savoir?

— Il vaut mieux garder ça pour soi, Mr Clément.

Sur ces fortes paroles, j'offris à l'inspecteur un verre de vieux porto. J'ai du très bon porto. Dans le monde, on ne boit peut-être pas de porto à onze heures du matin, mais, avec Landormy, ça n'a pas d'importance. J'aurais, sans doute, mieux fait de ne pas boire, mais, dans de telles occasions, il ne faut pas faire le dégoûté!

Lorsqu'il eut vidé son second verre, l'inspecteur se redressa, tout guilleret. C'est l'effet naturel du vieux porto.

— Avec un homme comme vous, monsieur, dit-il, on peut avoir confiance. Vous garderez ça pour vous, hein? Il ne faut pas que ça fasse le tour du village.

Je le rassurai. Il continua :

— D'ailleurs, le drame s'est passé sous votre toit, vous avez bien de droit d'être renseigné, il me semble?

— C'est assez mon aivs.

— Eh bien, je vais vous dire, monsieur! Que pensez-vous de la dame qui est allée chez le colonel la veille du crime?

— Mrs Lestrange? m'écriai-je d'une voix forte, tellement j'étais surpris.

Landormy me lança un regard de reproche :

— Pas si fort, monsieur! Oui, je surveille Mrs Lestrange. Rappelez-vous ce que je vous ai dit hier : chantage, Mr Clément, il y a du chantage là-dessous!

Ce n'est tout de même pas une raison pour commettre un crime. Et puis, ce serait tuer la poule aux œufs d'or! Je me place das le cas où cette hypothèse serait fondée, ce que je ne puis admettre.

L'inspecteur cligna de l'œil d'une façon vulgaire.

— Ah! c'est bien le genre de femmes que les hommes soutiendront toujours!... Écoutez-moi bien, monsieur. Admettez qu'il fut un temps où elle exerça son chantage sur le vieux Prothéro, avec succès. Des années passent; un beau jour, elle apprend qu'il est retiré à Saint-Mary Mead; elle vient habiter près de lui et elle recommence. Seulement, entre-temps, les choses ont changé. La loi n'est plus la même. Elle est favorable aux victimes des maîtres chanteurs et ne permet plus de donner de noms, comme elle le faisait. Admettez encore que le colonel Prothéro ait menacé cette femme de poursuites. Elle se trouve dans une situation intenable. Le chantage est puni sévèrement. Et c'est lui le plus fort. La seule chose qui lui reste à faire pour sortir de ce mauvais pas, c'est de le faire disparaître, vite et bien.

Je gardai quelque temps le silence. Je dus convenir que cette hypothèse était plausible. Une seule chose la rendait inadmissible à mes yeux : la personne même de Mrs Lestrange.

— Je ne suis pas de votre avis, inspecteur, dis-je; Mrs Lestrange ne me fait pas l'effet d'un maître chanteur, pas du tout. C'est — le mot que je vais employer est bien démodé — c'est une *dame*.

Landormy me considéra avec pitié.

— C'est vrai, monsieur, fit-il, c'est vrai, vous êtes pasteur. Vous ne savez pas la moitié de ce qui se passe! Une dame! Si vous saviez ce que je sais, vous seriez plutôt surpris.

— Je ne fais pas seulement allusion à la position sociale. Voyez-vous : j'imagine très bien que Mrs Lestrange puisse être une déclassée. Ce que je veux dire, c'est sa distinction, son charme.

— Vous ne la voyez pas avec les mêmes yeux que moi, monsieur. Pourtant, je suis un homme. Mais je suis aussi un officier de police. Elles ne m'ont pas, moi, avec leur distinction! Elle est de ces femmes qui vous planteraient un couteau dans le cœur sans que bouge un seul de leurs cheveux.

— Ce que je vais dire surprendra peut-être, pourtant c'est ainsi : je crois Mrs Lestrange capable de commettre un crime, pas un chantage.

— Naturellement, reprit l'inspecteur, elle n'a pas pu téléphoner à la vieille dame d'à côté et, en même temps, tuer le colonel.

Il venait à peine de prononcer ces derniers mots qu'il frappa du pied le parquet.

— J'ai trouvé! J'ai trouvé! s'écria-t-il. L'appel téléphonique, c'est un alibi. Parbleu! elle savait qu'on ne manquerait pas de le rapprocher du premier. Il faut que je tire ça au clair. Elle aura soudoyé un garçon du village pour qu'il téléphone à sa place. Celui-ci n'y aura vu que du feu!

L'inspecteur me quitta précipitamment.

Griselda passa la tête par l'entrebâillement de la porte :

— Miss Marple désire vous voir, dit-elle. Elle vient de nous envoyer un billet presque incohérent, à peine griffonné, plein de mots soulignés. Je n'ai pu en déchiffrer les trois quarts. Je crois comprendre qu'elle ne peut pas quitter sa maison. Dépêchez-vous d'y aller.

J'attends mes vieilles bonnes femmes d'un moment à l'autre; sans cela, j'y serais allée moi-même. J'ai horreur de ces vieilles; elles ont toujours à vous raconter un tas de choses sur le mauvais état de leurs jambes, quand elles n'insistent pas pour vous les montrer, encore!

Quelle chance que l'enquête ait lieu tantôt! Cela vous dispensera d'aller au match de cricket du Boy's Club.

Je me dépêchai, inquiet de connaître le motif de cet appel inattendu.

Je trouvai miss Marple dans tous ses états. Elle était très rouge et ses propos paraissaient plutôt incohérents.

— Mon neveu, expliqua-t-elle, mon neveu, Raymond West, l'écrivain, arrive aujourd'hui. Quelle histoire! C'est moi qui dois m'occuper de tout. Allez donc vous fier à une bonne pour faire un lit convenablement! Et, naturellement, ce soir, il faudra de la viande. Et à boire! Il me faut quelque chose à boire...

— Si je puis vous aider...

— C'est très aimable à vous. Mais il ne s'agit pas de cela. J'ai bien le temps. Du reste, il apporte sa pipe et son tabac; j'en suis bien contente; ça m'évite de savoir quelles cigarettes je devrais acheter. Mais aussi, ça m'ennuie : l'odeur du tabac est tellement persistante; elle s'accroche aux rideaux. Naturellement, j'ouvrirai les fenêtres et je secouerai tout, chaque matin. Raymond se lève tard : je crois que tous les écrivains sont comme lui. Vous savez : il écrit des livres intéressants, mais les gens qu'il dépeint sont bien antipathiques! Les jeunes gens de talent ne connaissent pas la vie.

— Voudrez-vous venir dîner avec lui au presbytère? demandai-je dans l'incapacité où j'étais de deviner pourquoi elle m'avait fait venir.

— Vous êtes trop aimable, Mr Clément, non, je vous remercie.

— Je croyais que vous désiriez me parler? ajoutai-je en désespoir de cause.

— Oh! mais oui, excusez-moi : dans tout ce bouleversement, ça m'était sorti de la tête.

Elle s'arrêta pour appeler sa bonne :

— Émilie! Émilie! pas ces draps-là! Les très fins, avec les lettres brodées; surtout, ne les approchez pas du feu!

Elle revint vers moi sur la pointe des pieds.

— C'est drôle, ce qui s'est passé cette nuit, commença-t-elle. J'ai pensé que vous seriez heureux de l'apprendre, bien que, pour le moment, cela ne signifie pas grand-chose. Donc, hier soir, je ne pouvais pas m'endormir; je songeais à cette triste affaire. A un moment donné, je sortis de mon lit pour regarder par la fenêtre. Devinez ce que j'ai vu.

Je la considérai avec la plus vive attention.

— Gladys Cram! (Et miss Marple prononça ces mots avec majesté.) Gladys Cram, qui s'en allait dans les bois avec une valise. Oui, cher pasteur, aussi vrai que je suis là.

— Avec une valise?

— N'est-ce pas extraordinaire? Qu'allait-elle faire dans les bois, avec une valise, à minuit?

Nous nous regardions.

— Voyez-vous, reprit miss Marple, cela n'a peut-être rien à voir avec le crime, mais c'est tout de même une chose étrange. Et, pour le moment, il ne faut pas négliger les choses étranges.

— C'est, en effet, absolument extraordinaire, dis-je. Serait-elle allée dormir dans les fouilles, par hasard?

— Non, car quelques instants plus tard, elle est repassée sous mes fenêtres. Elle n'avait plus de valise.

De nouveau, nos regards se croisèrent longuement.

CHAPITRE XVIII

LES CONCLUSIONS DU CORONER

A deux heures, cet après-midi, on a procédé, au *Sanglier Bleu*, à la reconstitution du crime. Inutile de dire que l'animation n'a cessé de régner dans tout le village. Pensez donc! il y a plus de quinze ans qu'un crime a été commis à Saint-Mary Mead! Qu'on ajoute à cela la personnalité de la victime, le lieu même où elle fut abattue, et l'on aura une idée du régal qu'une telle opération devait représenter pour les habitants de notre petite paroisse!

En circulant dans les groupes, des réflexions, qui ne m'étaient sans doute pas destinées, me parvenaient aux oreilles :

— Regardez donc le pasteur. Comme il est pâle! C'est à se demander s'il n'a pas.... Dame! ça s'est passé au presbytère...

— Comment pouvez-vous parler de la sorte, Marie Adam? Quand c'est arrivé, il était allé voir Henri Abbott.

— Oui, oui... mais on dit qu'il s'était disputé avec le colonel. Tiens! voilà Marie Hill : elle en fait des manières! C'est parce qu'elle sert ici qu'elle se croit importante... Chut! voici le coroner.

Le coroner de Much Benham est le docteur Roberts. Il toussa, mit ses lunettes et prit son air le plus digne.

Mais je ne vais pas relater dans tous ses détails cette opération judiciaire. Cela ne manquerait pas de vous ennuyer. Naturellement, Lawrence soutint qu'il avait découvert le corps et reconnu le revolver comme étant le sien. Autant qu'il pouvait se le rappeler, il avait encore vu l'arme, chez lui, le mardi, sur l'étagère de sa bibliothèque, mais il ne fermait jamais à clef son cottage.

Mrs Prothéro raconta, une fois de plus, comment elle avait vu son mari pour la dernière fois vers six heures moins le quart, au moment où ils s'étaient quittés dans le village. Elle devait aller le prendre, un peu plus tard, au presbytère. Elle s'était effectivement rendue chez le pasteur vers six heures et quart, en passant par le sentier du bas et le jardin. N'ayant entendu aucun bruit de conversation dans le bureau, elle en avait conclu qu'il n'y avait personne, mais il était permis de penser que son mari était alors assis à mon bureau et, dans ce cas, elle avait pu ne pas le voir. D'après elle, le colonel était dans un état physique et mental tout à fait normal. Au surplus, elle ne lui connaissait pas d'ennemis susceptibles de se livrer contre lui à de telles extrémités.

Ce fut, ensuite, mon tour de déposer. Je rappelai que j'avais rendez-vous, chez moi, avec Prothéro, et que j'avais été brusquement appelé chez les Abbott. Je racontai dans quelles conditions j'avais trouvé le cadavre et dû faire appel au docteur Haydock.

— Qui pouvait savoir que le colonel Prothéro devait venir au presbytère, ce soir-là? demanda le coroner.

— Plusieurs personnes, sans doute. Ma femme le savait ainsi que mon neveu; et le matin même, lorsque je l'avais rencontré dans le village, le colonel m'avait rappelé sa visite. On a pu alors l'entendre, car il était un peu sourd et parlait toujours très fort.

— Autrement dit tout le monde pouvait être au courant.

J'acquiesçai.

On entendit Haydock. C'était un témoin important. Il décrivit minutieusement d'une façon technique la position du corps et les blessures qu'il avait constatées. Son opinion était nette : on avait tiré sur le colonel alors qu'il était en train d'écrire. Pour lui l'heure de la mort devait être fixée approximativement entre six heures vingt et six heures trente, mais certainement pas après six heures trente-cinq. Il fut très affirmatif et très catégorique sur ce point. Par ailleurs le suicide ne pouvait être envisagé : il était évident que le défunt n'avait pu se faire une blessure de cette nature.

La déposition de l'inspecteur fut discrète et brève. Il dit simplement comment il avait été appelé au presbytère et dans quelles circonstances il avait trouvé le corps.

Après quoi on examina la lettre et on releva l'heure qui y était indiquée. On tint également compte de l'avance de la pendule et l'on tomba d'accord pour fixer le décès à six heures vingt-deux. Les policiers gardèrent pour eux ces renseignements. Anne Prothéro me raconta plus tard qu'on lui avait demandé d'indiquer que sa visite avait eu lieu un peu avant six heures vingt.

Le témoin suivant fut notre Marie. Ele fit une curieuse déposition. Elle n'avait rien entendu et ne voulait rien entendre! On n'avait pas l'habitude de tuer les gens qui venaient chez le pasteur! Elle avait son travail à faire, un point, c'est tout. Le colonel Prothéro était arrivé exactement à six heures un quart. Non, elle n'avait pas regardé la pendule, mais elle avait entendu le quart sonner à l'horloge de l'église alors qu'elle venait de le faire entrer dans le bureau. Elle y tenait : elle n'avait pas entendu le coup, et si le coup avait été tiré, elle l'aurait certainement entendu! Évidemment, elle comprenait qu'un coup avait dû être tiré, puisque le pauvre monsieur avait été tué, mais elle, elle n'avait rien entendu!

Le coroner n'insista pas. Je remarquai que le magistrat et Melchett travaillaient en plein accord.

Mrs Lestrange avait été convoquée, mais elle avait envoyé un certificat signé de Haydock, disant que tout déplacement lui était interdit.

On n'avait plus qu'un témoignage à recueillir : celui d'une vieille femme qui faisait le ménage de Lawrence Redding. Elle s'avança, toute tremblante. On lui montra le revolver : elle le reconnut parfaitement. C'était bien celui qui se trouvait d'ordinaire dans le salon de son maître.

— Il le laissait toujours traîner sur la bibliothèque, dit-elle.

La mère Archer avait vu l'arme pour la dernière fois le jour même du crime. Sur une question plus pressante, elle précisa que c'était le jeudi, à une heure moins le quart, comme elle s'en allait.

Je fus un peu surpris de cette affirmation si catégorique, car je me rappelai que la bonne femme avait été autrement hésitante quand Landormy avait procédé à son interrogatoire.

Le coroner résuma ces diverses dépositionsavec la plus grande assurance. Il qualifia ainsi le crime : « Meurtre commis par inconnu — ou inconnus. »

Évidemment!

En quittant la salle, je croisai une véritable petite armée de jeunes gens à la figure éveillée qui avaient tous entre eux je ne sais quel air de ressemblance. Certains ne m'étaient pas tout à fait inconnus; je les avais fréquemment vus rôder autour du presbytère, depuis quelques jours. Je tenais beaucoup à les éviter. Je rentrai donc au *Sanglier Bleu* où je tombai sur notre archéologue. Je m'accrochai à lui.

— Il y a là des journalistes, dis-je. Si vous pouviez m'en débarrasser.

Il me fit monter par un étroit escalier dans son appartement. Miss Cram tapait avec agilité sur sa machine à écrire. Elle m'accueillit avec un large sourire et profita de l'aubaine pour s'arrêter de travailler.

— C'est curieux, dit-elle, qu'on ne sache pas encore quel est l'assassin. Cette enquête est vraiment une déception! Ces confrontations ont été sans intérêt, d'un bout à l'autre.

— Vous étiez donc là, miss Cram?

— Bien sûr que j'y étais! C'est drôle que vous ne m'ayez pas vue! Car vous ne m'avez pas vue? J'en suis vexée, car un homme, même un pasteur, devrait avoir des yeux.

— Et vous, étiez-vous là aussi? demandai-je au docteur Stone pour échapper à ce badinage.

(Les jeunes femmes comme miss Cram me font éprouver une véritable gêne.)

— Non, dit Stone, car je ne m'intéresse pas à ces histoires-là. Ma marotte me suffit.

— Une marotte bien intéressante!

— Vous vous y connaissez?

Je fus contraint d'avouer que je n'entendais à peu près rien à l'archéologie.

Mais Stone n'est pas de ceux que l'ignorance désarme. Et le résultat fut exactement le même que si je lui eusse répondu que les fouilles étaient mon unique passion. Il était remonté! Fouilles en profondeur, fouilles circulaires, âge de pierre, âge de bronze, paléolithique, néolithique, il ne tarissait pas! Je ne pouvais que, de temps à autre, hocher la tête et prendre un air intelligent... ce qui est peut-être au-dessus de mes forces! Littéralement Stone mugissait. Il est petit. Sa tête est ronde et chauve; son visage rond et rose. Ses yeux souriaient derrière les grosses lunettes. Je n'ai, je crois bien, jamais connu un homme capable de s'enthousiasmer à ce point et sans qu'on ait besoin de l'exciter. Il ne me fit grâce d'aucun des arguments favorables à sa théorie et n'omit même pas les arguments contraires. Bref — soit dit en passant — je n'y compris rien du tout.

Cette conférence terminée, il se mit en devoir de m'expliquer, dans ses moindres détails, le caractère de Prothéro, si différent du sien.

— Un rustre têtu! s'écria-t-il. Oui, oui, je sais, il est mort et on ne devrait pas dire de mal des morts. Mais il n'est pas au pouvoir de la mort de modifier le vrai. Un rustre têtu, cela le dépeint exactement. Parce qu'il avait ouvert quelques livres, il se faisait passer pour une compétence en archéologie. Une compétence en face d'un homme qui a passé tout sa vie à piocher cette ingrate matière! Oui, Mr Clément, toute ma vie, j'y ai consacré toute ma vie.

Son agitation finissait par le faire bredouiller. Miss Cram le ramena à la réalité d'une phrase innocente :

— Si vous n'y prenez garde, vous allez manquer votre train.

— Ah!

Le petit homme s'arrêta net au milieu de son discours; puis il tira une montre de sa poche.

— Mon dieu! dit-il, il est moins le quart : ce n'est pas possible!

— Quand vous commencez de parler, vous oubliez toujours l'heure. Ah! je ne sais pas ce que vous feriez sans moi.

— Ça, c'est vrai! (Il lui donna affectueusement quelques petites tapes sur l'épaule.) Gladys est une jeune fille exceptionnelle, Mr Clément. Elle n'oublie jamais rien; je suis très heureux de l'avoir rencontrée.

— Que dites-vous, docteur? fit miss Cram. Vous me comblez!

Je pensais, à part moi, que ceux qui prédisent le mariage du docteur et de miss Cram pourraient bien être de bons prophètes. En tout cas, elle est habile.

— Vous devriez partir, dit-elle encore.

— Oui, oui, je m'en vais.

Il passa quelques instants dans la pièce à côté et reparut avec une valise.

— Vous partez! demandai-je un peu surpris.

— Oui, je vais passer deux jours à Londres. Demain, je dois

aller voir ma vieille maman; lundi, j'ai quelques affaires à régler avec mes notaires : je rentrerai mardi.

» A propos, je ne pense pas que la mort du colonel change quoi que ce soit au sujet des fouilles. Mrs Prothéro ne verra, sans doute, pas d'inconvénients, à ce que nous poursuivions nos travaux.

— Je ne le crois pas non plus.

Tandis qu'il parlait ainsi, je me demandais qui allait, désormais, régner sur Old Hall. Il était bien possible que Prothéro ait pris des dispositions en faveur de Lettice. Il serait intéressant de connaître le testament qu'il avait dû faire.

— La mort apporte bien des troubles dans une famille, observa mélancoliquement miss Cram.

— Allons! il faut que je m'en aille! fit Stone.

Il essayait, mais en vain, de rassembler sa valise, une couverture de voyage et un immense parapluie. Je voulus l'aider; il protesta :

— Ne prenez pas cette peine... Ne prenez pas cette peine. Je saurai m'arranger. Je trouverai bien quelqu'un en bas.

Mais, en bas, il n'y avait pas de garçon, ni personne. Le personnel devait se régaler aux frais des journalistes! Le temps passait; nous partîmes ensemble à la gare, Stone portant la valise, moi, la couverture et le parapluie.

Nous marchions vite. Le docteur parlait d'une voix essoufflée :

— C'est vraiment trop aimable de votre part; je m'excuse de vous déranger ainsi. Pourvu que nous ne manquions pas... le train... Ah! Gladys est très bonne, ah!... C'est une jeune fille extraordinaire, ah!... une excellente nature, ah!... je crois qu'elle n'est pas très heureuse chez elle, ah!... elle a un cœur d'enfant, ah!... un cœur d'enfant, je vous dis, et malgré notre différence d'âge, ah!... il y a entre nous, ah!... beaucoup de points communs.

Si miss Marple s'était trouvée là, elle n'eût pas manqué de faire à ce sujet quelques allusions à des personnes de ma connaissance.

Comme nous allions tourner pour aller à la gare, nous aperçûmes le cottage de Lawrence Redding; il est absolument isolé. Je vis deux jeunes gens sur le seuil de la porte et deux autres qui regardaient par les fenêtres. C'était vraiment un grand jour pour les reporters.

— C'est un gentil garçon, ce jeune Redding, dis-je pour voir ce que répondrait mon compagnon.

Il soufflait tellement qu'il dut prendre le temps avant de pouvoir parler; pourtant, il laissa échapper un mot que je ne compris pas tout d'abord.

— Dangereux! éclata-t-il, absolument hors d'haleine, lorsque je l'eus prié de répéter ce qu'il venait de dire. Très dangereux! Il est la coqueluche des jeunes filles. Comment peuvent-elles se laisser prendre par un garçon de cette espèce? Il tourne toujours autour des femmes. Ce n'est pas bon signe, ça!

Je conclus de ce propos que le seul jeune homme de notre village avait dû être remarqué par la blonde Gladys elle-même!

— Mon Dieu! s'écria Stone. Voilà le train!

Nous nous mîmes à courir. Un train descendant était en gare et celui de Londres y entrait. Près du guichet, nous nous heurtâmes à un charmant jeune homme en qui je reconnus le neveu de miss Marple. C'est un monsieur qui n'aime pas beaucoup qu'on le bouscule. Il est fier de sa personne et il faut bien dire que la fréquentation des foules est préjudiciable à l'esthétique vestimentaire. Il faillit tomber. Je lui fis de rapides excuses et nous passâmes sur le quai. Le docteur grimpa dans son compartiment, je lui tendis ses bagages juste au moment où le convoi s'ébranlait. Je lui fis des signaux d'adieu et je m'en retournai.

Raymond West était déjà parti, mais je rencontrai le pharmacien — il répond au doux nom de Chérubin! — et nous fîmes route ensemble.

— Il s'en est fallu de peu qu'il manque son train, dit-il pour entrer en conversation.

Et, aussitôt :

— A propos, Mr Clément, comment l'enquête a-t-elle marché?

Je lui fis part des conclusions du coroner.

— Alors, c'est tout ce qu'ils ont trouvé? Ce n'était pas difficile à deviner. Mais où va donc le docteur Stone?

Je le lui dis.

— Il a eu de la chance de ne pas rater son train! Sur cette satanée ligne, on n'est jamais sûr de rien. Je vous le dis, Mr Clément, c'est une honte. Oui, une honte! Le train que j'ai pris pour rentrer avait dix grandes minutes de retard, et un samedi encore, un jour où personne ne voyage! Et mercredi donc... Non, jeudi... oui! c'était jeudi. Je me rappelle que c'était le le jour du crime : je voulais adresser une plainte à la Compagnie, et à cause de cette histoire, j'ai oublié de le faire. Donc, jeudi, j'étais allé à une réunion de la Société des Pharmaciens. Savez-vous quel a été le retard du train de six heures cinquante, ce jour-là? Une demi-heure! Exactement une demi-heure. Dix minutes, ça va encore. Mais un train qui n'arrive qu'à sept heures vingt, je me demande pourquoi on s'obstine à l'appeler le train de six heures cinquante!

— Vous avez raison, dis-je avec un grand désir d'échapper à cet intarissable monologue. Mais, excusez-moi : j'aperçois Lawrence Redding et je dois lui parler.

Je laissai mon pharmacien à ses récriminations.

CHAPITRE XIX

OU LES MURS ONT DES OREILLES

— Je suis bien content de vous voir, dit tout de suite Lawrence. Venez donc jusque chez moi.

Nous entrâmes par la petite barrière et nous prîmes le sentier.

Il prit de sa poche une clef qu'il introduisit dans la serrure.

— Vous fermez votre porte à clef, maintenant? remarquai-je.

— Oui, dit-il avec un amer sourire. Comme on ferme une écurie d'où le cheval est parti! Voyez-vous, pasteur, ajouta-t-il en s'effaçant pour me laisser entrer, voyez-vous : il y a dans toute cette histoire, quelque chose que je ne puis pas admettre. Tout s'est bien passé — comment dire pour bien me faire comprendre? — tout s'est passé trop à l'intérieur. Quelqu'un savait que je possédais ce revolver. Autrement dit, le criminel était déjà entré dans cette maison, il avait trinqué avec moi, peut-être...

— Pas nécessairement. Tout Saint-Mary Mead sait, sans doute, où vous mettez votre brosse à dents et quel dentifrice vous employez!

— Mais quel intérêt cela peut-il bien avoir?

— Je n'en sais rien, mais c'est ainsi. Si vous changez de savon à barbe, soyez sûr que c'est encore un sujet de conversation!

— Il faut qu'ils soient bien à court de nouvelles!

— Mais oui! Il ne se passe jamais rien d'intéressant ici.

— Ce n'est plus le cas, maintenant! Mais qui va raconter dans le village ces histoires de concierge?

— La mère Archer, probablement.

— Cette vieille-là? Mais elle est à moitié loufoque!

— Vous n'en savez rien. Les pauvres gens sont parfois obligés de porter un masque, si je puis ainsi parler. Un jour, peut-être, vous vous apercevrez que celle-là est en possession de tous ses moyens. A ce propos, vous savez qu'elle affirme maintenant, de la façon la plus catégorique, que votre revolver était encore à sa place, jeudi matin? Qu'est-ce qui a bien pu lui faire prendre cette attitude, tout à coup?

— Je n'en ai pas la moindre idée.

— Mais croyez-vous que ça puisse être vrai?

— Je n'ai pas non plus la moindre idée là-dessus. Je ne fais pas un inventaire tous les jours.

Je jetai un regard circulaire. Les étagères, les tables étaient chargées d'objets, de bibelots. Lawrence vivait au milieu d'un désordre qui m'aurait rendu fou. Ah! ces artistes!

— C'est parfois un fameux travail de retrouver quelque chose dans tout ce fouillis! dit-il. Mais aussi, on a tout à portée de la main. Quand c'est enfermé...

— En effet, rien n'est enfermé, chez vous : il aurait peut-être été préférable que le revolver l'eût été.

— Savez-vous que je m'attendais à ce que le coroner me fasse une observation à ce sujet? Les coroners sont de tels ânes! Oui, je pensais qu'il allait me le reprocher.

— Mais, dis-je, ce pistolet était-il chargé?

Lawrence secoua la tête.

— Je ne suis pas aussi imprudent. Il n'était pas chargé, mais il y avait à côté une boîte de cartouches.

Les six chambres paraissaient chargées, mais on n'avait tiré qu'un coup. Seulement, ce coup, qui l'a tiré? On aura beau dire, Mr Clément, mais, à moins qu'on ne découvre le meurtrier, je serai soupçonné jusqu'au jour de ma mort.

— Ne dites donc pas de bêtises!

— Mais si, mais si, c'est comme ça!

Il se tut et parut réfléchir. Puis il se leva et dit :

— Laissez-moi vous raconter ce que j'ai fait, hier soir. Vous savez que miss Marple est une personne assez bien renseignée

— Oui, et c'est même la raison qui l'a rendue si peu populaire.

Lawrence se mit donc en devoir de me raconter son histoire. Il était monté à Old Hall sur le conseil de la vieille dame. Là, il avait interrogé la femme de chambre à laquelle Anne s'était contentée de dire :

— Rose, Mr Redding va nous poser quelques questions.

Elle-même avait quitté très discrètement la pièce.

Lawrence s'était senti un peu ému, il le reconnaissait. Rose était une jolie fille de vingt-cinq ans, qui fixait sur lui un regard limpide. Il était presque intimidé.

— C'est... C'est au sujet de la mort du colonel Prothéro, avait-il fini par dire.

— Oui, monsieur.
— Je veux passionnément connaître la vérité.
— Oui, monsieur.
— J'ai l'impression que peut-être... quelqu'un pourrait... qu'il devait y avoir...
Bref, Lawrence avait bafouillé. De tout son cœur, il avait maudit miss Marple. Car c'était elle qui l'avait poussé à faire cette démarche. Enfin, il avait continué :
— Je me demandais si vous ne pourriez pas m'aider.
— Oui, monsieur.
Rose observait une attitude correcte, en domestique bien stylée, mais, au fond, elle semblait tout à fait indifférente.
— N'avez-vous pas parlé de l'affaire entre vous? se décida-t-il à demander.
Rose rougit à peine à cette attaque brusquée. Elle paraissait ébranlée.
— Avec le personnel? répéta-t-elle.
— Oui, avec la concierge, par exemple, ou avec d'autres.
Cette fois, on eût dit que la jeune fille avait envie de rire. Lawrence s'en sentit encouragé.
— Dites-moi, Rose, reprit-il, vous êtes une bonne fille. Vous devez comprendre dans quel état je me trouve. Je ne veux pas être pendu, entendez-vous. Je n'ai pas tué votre maître, mais beaucoup de gens croient encore que c'est moi qui l'ai tué. Voyons, Rose, aidez-moi.
Quand Lawrence fut parvenu à ce point de son récit, je me pris à l'imaginer, sa belle chevelure rejetée en arrière et ses yeux d'Irlandais, magnifiques et éplorés. Comme je comprenais que Rose se fût attendrie et qu'elle ait capitulé!
— Oh! monsieur, je suis sûre que si quelqu'un pouvait vous aider... Personne, dans cette maison, ne croit que c'est vous qui avez fait une chose pareille!
— Je le sais, dit Lawrence, mais cela ne sert pas à grand-chose vis-à-vis de la police.
— La police! la police! Je puis bien vous avouer que nous n'aimons guère l'inspecteur, nous autres! Comment l'ap-

pelez-vous? Landormy! Eh bien! si c'est ça, la police!

— Tout cela est bel et bon, Rose, mais la police est très puissante. Vous venez de dire que vous vouliez bien me venir en aide. Vous allez pouvoir me fournir la preuve de cette bonne volonté. Il y a tant de choses que nous ne savons pas encore. Ainsi, tenez, cette dame qui est venue voir le colonel la veille de sa mort...

— Mrs Lestrange?

— Oui, Mrs Lestrange. On ne me retirera pas de l'idée que cette visite n'est pas naturelle.

— Ah! certes, non, monsieur, et nous l'avons tous pensé.

— Vraiment?

— La façon même dont elle s'est présentée. Son insistance à réclamer le colonel. Naturellement, on en a parlé : pensez donc, personne ne la connaissait. Mrs Simmons — c'est la concierge — n'a pas caché que c'était une mauvaise femme. Mais, après ce que m'a dit Gladdie, je ne sais plus qui croire.

— Que vous a donc dit Gladdie?

— Oh! rien, monsieur. Un bavardage sans importance.

Lawrence regarda Rose. Il avait l'impression qu'elle lui cachait quelque chose...

— Je me demande, poursuivit-il, à quel sujet elle est venue voir le colonel Prothéro?

— Oui, monsieur.

— Et je crois bien que vous le savez, Rose?

— Moi? Oh! non, monsieur. Comment voulez-vous que je le sache?

— Voyons, Rose. Vous m'avez promis de m'aider. Si vous avez entendu quelque chose, n'importe quoi, même sans importance, je vous aurais tellement de reconnaissance... Après tout, quelqu'un a très bien pu, par hasard, tout à fait par hasard, entendre...

— Pas moi, en tout cas, monsieur. Je vous jure que, moi, je n'ai rien entendu.

— Alors, un autre?

— Eh bien, monsieur...

— Je vous en supplie, Rose, dites-moi tout ce que vous savez
— Oui, mais que va dire Gladdie?
— Mais, Rose, Gladdie n'hésiterait pas, elle, j'en suis sûr! Et d'abord, qui est-ce, Gladdie?
— C'est la bonne qui aide à la cuisine. Elle était sortie pour voir un ami, et, comme elle passait sous les fenêtres du bureau... Monsieur s'y trouvait avec la dame. Il parlait fort, selon son habitude. Et Gladdie fut curieuse, je veux dire...
— Mais c'est bien naturel, voyons! Tout le monde aurait fait la même chose.
— Elle n'en a, d'ailleurs, soufflé mot à personne qu'à moi. Nous avons été aussi étonnées l'une que l'autre. Mais Gladdie ne pouvait pas parler, car si on avait su qu'elle était sortie pour voir un ami, elle aurait eu les pires histoires avec Mrs Pratt, la cuisinière. Mais je suis sûre qu'à vous, monsieur, elle raconterait tout, de bon cœur, encore!
— Puis-je aller la voir à la cuisine?
Rose, à cette idée, avait paru horrifiée.
— Oh! non, monsieur, il ne faut pas... Et puis, elle est tellement timide!
Il fallait en finir. Après encore de longs palabres, un rendez-vous fut fixé dans un bosquet du parc.
Lawrence avait donc rencontré la curieuse Gladdie. Elle tremblait comme un pauvre petit animal. Il fallut dix bonnes minutes pour la mettre en confiance : la malheureuse assurait qu'elle ne pourrait jamais... qu'elle ne devait pas... qu'elle n'aurait jamais supposé que Rose eût pu la dénoncer... qu'elle avait agi sans mauvaise intention... et surtout, qu'elle allait être terriblement grondée, si cette histoire parvenait aux oreilles de Mrs Pratt. Lawrence avait tout de même réussi à la rassurer et à la convaincre. Gladdie s'était décidée à parler.
— Vous êtes sûr, monsieur, que cela restera entre nous?
— Mais, naturellement!
— Je ne serai pas conduite en justice?
— Bien sûr que non.
— Et vous ne direz rien à Madame?

— Non.

— Si jamais Mrs Pratt venait à l'apprendre...

— Elle ne saura rien, je vous en réponds. Allons! Gladdie, racontez-moi ça...

— Vous êtes bien sûr que ce n'est pas mal?

— Au contraire, Gladdie. Un jour, vous vous féliciterez que, grâce à vous, je ne sois pas pendu.

— Oh! monsieur, je ne veux pas qu'une chose pareille vous arrive! Mais, vous savez, je n'ai pas entendu grand-chose... et bien par hasard encore...

— Oui, oui, je comprends.

— Mon maître était certainement très en colère... « Après tant d'années, criait-il, vous osez vous présenter ici... C'est une infamie!... » Je n'entendis pas ce que répondait la dame, mais, au bout d'un moment, il reprit : « Je refuse catégoriquement... ca-té-go-ri-que-ment... » Je ne me rappelle pas toute la phrase, mais il était clair qu'ils se disputaient comme chien et chat, elle demandant quelque chose, lui refusant. J'entendis encore : « C'est une honte, votre visite, oui, vous, ici!... Mais vous ne la verrez pas... Ça, je le défends... » Ces derniers mots m'avaient fait dresser l'oreille : on eût dit que la dame voulait parler à Mrs Prothéro et le colonel semblait craindre qu'elle n'y parvînt. Tout cela m'étonnait d'un homme comme Monsieur : il est si scrupuleux! Et puis, entre nous, il n'était guère séduisant! Je dis à mon ami, plus tard, à ce propos : « Les hommes sont bien tous les mêmes. » Mais il ne fut pas de cet avis. Pourtant, cette histoire l'a beaucoup étonné, lui aussi. Dame! monsieur, le colonel Prothéro, un marguillier, un homme qui fait la quête et qui lit l'Évangile, tous les dimanches, à l'église!

Gladdie s'était arrêtée, à bout de souffle. Avec beaucoup de tact, Lawrence avait essayé de la ramener à son véritable objet.

— C'est tout ce que vous avez entendu? C'est bien tout?

— Je ne peux pas me rappeler tout, monsieur, mais c'étaient toujours les mêmes paroles qui revenaient. Il a dit, une fois ou deux : « Je ne le crois pas... je ne le crois pas », et encore :

« Peu importe ce que dit Haydock, je ne le crois pas... »

— Il a bien dit : « Peu m'importe ce que dit Haydock? »

— Oui, monsieur ; il criait que tout ça c'était un complot.

— Vous n'avez pas entendu ce que disait la dame?

— Non... Ou plutôt à la fin, seulement à la fin. Elle avait dû s'approcher de la fenêtre, en parlant, sans doute, et j'ai pu saisir quelques mots. Ah! monsieur, mon sang s'est glacé dans mes veines! Elle disait... je n'oublierai jamais ce qu'elle a dit : « *A cette heure-ci, demain, il se peut que vous soyez mort.* » Elle a dit cela, Mr Lawrence, et sa voix avait un accent de dureté terrible. Je l'ai tout de suite répété à Rose. Et voilà!

Lawrence réfléchit longuement. Jusqu'à quel point pouvait-il accorder foi aux révélations de Gladdie? Son récit devait être vrai, dans le fond, mais, depuis le crime, ne l'avait-elle pas arrangé et, si l'on peut dire, enjolivé? Les dernières paroles de la visiteuse, surtout, lui paraissaient sujettes à caution.

Il n'en avait pas moins remercié la jeune bonne, l'assurant, une fois encore, que Mrs Pratt ignorerait tout. Puis il avait quitté Old Hall, la tête pleine de sombres pensées.

Une chose, du moins, apparaissait comme certaine : l'entretien de Mrs Lestrange et du colonel n'avait pas été calme, et Prothéro n'avait pas mis sa femme au courant.

L'histoire du marguillier de miss Marple, qui menait, sans qu'on le sût, une double existence, me revint à la mémoire. Nous trouvions-nous en présence d'un cas semblable?

Quelque chose ne cessait de m'intriguer : quel pouvait être le rôle de Haydock dans tout cela? C'est lui qui avait évité à Mrs Lestrange de venir déposer à l'instruction. C'est lui qui avait tout fait pour la protéger contre les curiosités de la police. Jusqu'où cette étrange protection s'étendait-elle? S'il soupçonnait Mrs Lestrange d'être l'auteur du meurtre, irait-il jusqu'à se taire?

Quant à cette dernière, ah! c'était vraiment une femme singulière! Et ce charme qu'elle possédait, ce magnétisme... Moi-même, je me refusais à admettre qu'elle pût être mêlée à ce drame. Une voix intérieure me disait : « Il n'est pas possible que ce soit elle ! » Mais pourquoi n'était-ce pas possible? Et une autre voix — celle du diable! — répondait : « Parce qu'elle est une femme si séduisante. C'est bien une raison cela! »

Comme ne manquerait pas de le dire miss Marple, la nature humaine garde toujours ses droits.

CHAPITRE XX

UNE BOUCLE D'OREILLE EN LAPIS LAZULI

Quand je rentrai au presbytère, nous étions au beau milieu d'une crise domestique.

Griselda vint à ma rencontre dans le hall et, les larmes aux yeux, me poussa dans le salon.

— Elle s'en va.

— Qui, elle?

— Marie. Elle vient de donner son congé.

Je ne pouvais tout de même pas prendre cette nouvelle au tragique.

— Eh bien, il ne nous reste plus qu'à trouver une autre bonne.

N'était-ce pas tout à fait raisonnable? Quand une domestique s'en va, on en cherche une autre. Et ma foi, je ne parvenais pas à comprendre pourquoi Griselda me regardait avec cet air de reproche.

— Len, vous n'avez pas de cœur. Alors, cela vous est égal?

La vérité, c'est que je me sentais joyeux à la pensée que nous ne mangerions plus de puddings brûlés et de légumes pas cuits.

Mais Griselda continuait de se lamenter.

— Chercher quelqu'un, comme c'est facile! Et la nouvelle. il faudra la mettre au courant.

— Croyez-vous donc que Marie était au courant?

— Mais bien sûr!

— Je vois comment cela a dû se passer ; en l'entendant nous donner du Monsieur et du Madame, on l'aura prise pour une perle et on nous l'a immédiatement enlevée. Pour une déception, ce sera une déception!

— Vous n'y êtes pas, personne ne veut d'elle. D'ailleurs, qui pourrait en vouloir? C'est une question d'amour-propre qui la fait nous quitter. Elle a été vexée parce que Lettice Prothéro lui a dit qu'elle n'époussetait pas comme il faut.

Ce n'était pas la première foi que Griselda me surprenait par ses propos, mais ceux-là me parurent si étonnants que je demandai des détails. Je trouvais extraordinaire que Lettice se fût permis de s'occuper de ce qui ne la regardait pas et qu'elle ait poussé l'incorrection jusqu'à réprimander notre bonne. C'était si peu dans sa manière! Je crus devoir le faire remarquer à Griselda.

— Je ne vois pas ce que notre poussière peut faire à Lettice Prothéro.

— Mais rien du tout, dit ma femme ; c'est vraiment insensé! Je voudrais que vous alliez vous-même parler à Marie. Elle est dans la cuisine.

Je n'avais pas l'intention de poursuivre cette discussion avec Marie, mais Griselda, d'un geste énergique et rapide, me poussa dans la cuisine avant que j'aie eu le temps de protester.

Marie pelait des pommes de terre sur l'évier.

— Bonjour, dis-je assez brusquement.

Elle leva la tête, renifla, mais ne fit pas d'autre réponse.

— Mrs Clément me dit que vous désiriez nous quitter, commençai-je.

Cette fois, Marie daigna répondre.

— Il y a des choses, dit-elle sourdement, qu'on ne peut pas endurer.

— Voyons, expliquez-vous.

— Heu!

— Voulez-vous me raconter exactement ce qui vous a contrariée?

— Je vais vous le dire en deux mots. (Elle se vantait!) Il y a des gens qui viennent ici fureter partout dès que j'ai le dos tourné. Je me demande un peu si ça les regarde que le bureau soit épousseté et nettoyé.

Si vous-même et Madame ne vous plaignez pas, ça n'intéresse personne. Si vous êtes satisfaits de moi, c'est le principal.

Jamais Marie ne m'a donné satisfaction. J'avoue que j'aimerais qu'une pièce soit époussetée soigneusement et bien rangée tous les matins. L'habitude qu'elle a de donner quelques petits coups à ce qui se trouve le plus en vue est, à mon avis, tout à fait insuffisante. Pourtant, je me rendis compte que ce n'était pas le moment de se perdre dans les détails.

— Et puis, il a fallu que j'aille à l'instruction! Une jeune fille qui se respecte, se présenter devant douze hommes! Et Dieu sait tout ce qu'on peut vous demander! Je vous le dis, monsieur : c'est la première fois que je me trouve dans une maison où il se commet un crime, mais c'est bien la dernière.

— Je l'espère pour vous, et si l'on considère les statistiques, c'est en effet, assez probable!

— Je n'en tiens pas pour la Loi, moi, et lui, c'était un magistrat. Combien de pauvres malheureux ont été emprisonnés pour avoir pris un lapin. Avec ses faisans et toutes ses histoires! Et, alors qu'il n'est pas encore enterré, sa fille vient dire ici que je ne fais pas mon travail comme il faut.

— Miss Prothéro est donc venue au presbytère?

— Je l'ai trouvée lorsque je suis revenue du *Sanglier Bleu.* Elle était dans le bureau. « Je cherche mon petit béret jaune, m'a-t-elle dit, mon petit chapeau jaune. Je l'ai laissé là l'autre jour. » Alors, je lui ai dit : « Je n'ai pas vu de chapeau. Il n'y était pas lorsque j'ai fait la pièce, jeudi matin. » Elle m'a répondu : « Cela ne m'étonne pas que vous ne l'ayez pas vu, car vous ne mettez pas beaucoup de temps pour faire une pièce », et en disant cela elle a passé son doigt sur le manteau de la cheminée, puis elle l'a regardé. Comme si j'avais eu le temps, un matin comme celui-là, d'enlever tous les bibelots et de les replacer, alors que la plolice venait seulement d'ôter les scellés. « Si le pasteur et sa dame sont contents de moi, c'est le principal, mademoiselle », lui ai-je dit. Alors, elle a éclaté de rire et s'en est allée en disant : « Êtes-vous sûre qu'ils sont contents de vous? »

— Je comprends, dis-je.

— Et voilà! On a son amour-propre. Je me mets en quatre pour vous et Madame! Quand Madame désire que je lui prépare un nouveau plat, je suis toujours prête.

— J'en suis persuadé, dis-je pour l'apaiser.

— Pourtant, il a bien fallu qu'elle entende quelque chose, miss Prothéro, autrement elle ne m'aurait pas parlé comme elle l'a fait. Eh bien, si je ne vous donne pas satisfaction, je préfère m'en aller. Ce n'est pas que je fasse attention à ce qu'elle dit. On ne l'aime guère au Hall. Jamais « s'il vous plaît », ni « merci », et elle laisse tout traîner derrière elle. Je ne ferais pas autrement cas de miss Lettice, si Mr Denis ne s'en occupait tant. Ah! c'est bien le genre de femme qui sait conduire un homme par le bout du nez.

Pendant tout ce discours. Marie enlevait les germes des pommes de terre avec tant d'énergie qu'ils tombaient dru comme grêle à travers la cuisine. J'en reçus un dans l'œil, et la conversation s'arrêta un instant.

— Ne croyez-vous pas, dis-je en me frottant avec un mouchoir, que vous vous êtes vexée d'une chose qui a été dite sans intention? Savez-vous, Marie, que votre maîtresse sera très ennuyée de vous perdre?

— Je n'ai rien à vous reprocher, ni à Madame... ni à vous, monsieur.

— Eh bien, alors, il serait stupide de votre part...

Marie renifla.

— J'étais un peu énervée... après l'enquête et toutes ces histoires. Et puis, on a son amour-propre! Mais je ne voudrais pas causer d'ennuis à ma patronne.

— Allons! c'est très bien!

Je quittai la cuisine pour retrouver Griselda et Denis qui m'attendaient dans le hall.

— Alors? s'écria Griselda.

— Elle reste, dis-je en soupirant.

— Len, que vous êtes habile!

J'étais plutôt disposé à penser le contraire. Je ne trouvais pas que j'avais été habile, car je demeure persuadé qu'il n'y a pas une bonne pire que Marie. Un changement quel qu'il fût ne pouvait que nous être avantageux.

Mais j'aime à faire plaisir à Griselda. Je racontai, dans ses détails, notre conversation.

— Ça, c'est bien Lettice! s'écria Denis. Elle n'a pas pu laisser ici son béret jaune, mercredi, car elle l'avait jeudi pour faire du tennis.

— C'est encore possible.

— Elle ne sait jamais où elle laisse ses affaires, continua Denis avec une sorte d'orgueil affectueux et une admiration que je trouvai tout à fait déplacée. Elle perd tous les jours un tas d'objets.

— C'est une particularité on ne peut plus séduisante, observai-je.

Denis ne comprenait pas l'ironie.

— Oui, elle est très séduisante, dit-il avec un profond soupir. On la demande souvent en mariage, elle me l'a dit.

— Ce sont des propositions illicites, si on les lui fait ici, remarquai-je, car nous n'avons pas un seul célibataire dans le village.

— Il y a le docteur Stone, dit gaiement Griselda.

— Il lui a, en effet, demandé d'aller voir ses fouilles, l'autre jour.

— Cela ne m'étonne pas, elle est ravissante, Len ; vous voyez, les archéologues chauves eux-mêmes s'en aperçoivent.

— Elle a beaucoup de charme, dit Denis sentencieusement.

— Et cependant Lawrence est complètement insensible au charme de Lettice, expliqua Griselda, comme une qui sait à quoi s'en tenir. Lawrence a lui-même beaucoup de séduction. Cette espèce d'homme préfère le genre... comment dirais-je?... le genre quaker, le type de femmes qu'il est convenu d'appeler froides. Ah! oui, Anne était bien la seule femme capable de retenir Lawrence. Je ne crois pas qu'ils se lassent jamais l'un de l'autre. Pourtant, je trouve que, dans toute cette histoire, il s'est montré franchement stupide. Lettice lui aurait mieux convenu. Jamais il ne s'est seulement douté qu'elle l'aimait ; il est tellement modeste qu'il ne s'aperçoit pas de ces choses-là. Mais, moi, j'ai l'impression qu'elle l'aime.

Alors Denis, d'un ton catégorique :

— Elle ne peut pas le sentir ; elle me l'a assez dit!

Je n'ai jamais rien vu de comparable au silence méprisant avec lequel Griselda accueillit cette remarque.

Là-dessus, je regagnai mon cabinet de travail. Il me semblait que quelque chose de tragique flottait encore dans la pièce. Il me fallait chasser cette idée, car si elle s'implantait en moi, je ne pourrais plus travailler dans ce bureau. Tout pensif, je me dirigeai vers le fauteuil. Oui, c'était là que Prothéro s'était assis : je le revoyais avec son visage coloré, si sûr de lui, si plein de vigueur. Et c'était là qu'il avait été abattu! Un ennemi s'était tout à coup dressé à cette place même. Une détonation... Et... et... plus de Prothéro!

Partout où je porte mes yeux... Voilà le porte-plume que ses doigts ont tenu. Sur le plancher, une tache noirâtre est encore visible. On a dû faire nettoyer le tapis, mais le sang l'avait traversé.

Je frissonnai.

— Je ne peux plus travailler dans cette pièce, dis-je à haute voix ; non, je ne peux plus.

Alors? — comment est-ce arrivé au juste? — quelque chose attira mon regard : une toute petite tache d'un bleu clair. Je me baissai et je découvris, sur le parquet, au pied du bureau, un petit objet que je ramassai.

Je l'examinais dans le creux de la main lorsque Griselda entra :

— J'ai oublié de vous dire, Len, que miss Marple nous attend ce soir, après dîner. Elle veut distraire son neveu ; elle a peur qu'il s'ennuie! J'ai répondu que nous irions.

— C'est entendu, ma chérie.

— Mais que regardez-vous donc là?

— Rien.

Je refermai la main et je dis à ma femme en la regardant :

— Si vous n'arrivez pas à distraire Mr Raymond West, c'est qu'il est difficile.

Griselda rougit.

— Ne soyez donc pas ridicule, Len!

J'avais sous les yeux une boucle d'oreille en lapis-lazuli sertie de toutes petites perles.

C'est un bijou peu commun. Je savais parfaitement où je l'avais vu pour la dernière fois.

CHAPITRE XXI

LE POETE MODERNE ET L'ARCHÉOLOGUE

Je ne peux pas dire que j'aie jamais eu une grande admiration pour Mr Raymond West. Je sais pourtant qu'il a la réputation d'un romancier de talent et il s'est fait un nom comme poète. Ses vers ne commenceent jamais par des majuscules, et c'est, je crois, le comble du modernisme. Quant à ses personnages, antipathiques au possible, ils mènent toujours une existence aussi ennuyeuse que banale.

Mr West affecte de la condescendance pour celle qu'il appelle « tante Jeanne » et qu'il considère, même en sa présence, comme me une « ancêtre ». Elle écoute la conversation de son neveu avec une attention flatteuse et, s'il lui arrive d'avoir un clignement d'œil amusé, je suis bien sûr qu'il ne s'en aperçoit même pas.

Ce garçon s'est attaché à Griselda avec une rapidité extraordinaire. Ils sont toujours en train de parler de pièces « modernes » et d'ensembles décoratifs « modernes ». Griselda fait semblant de s'amuser de Raymond, mais, au fond, je la crois très sensible à ses propos.

Pendant que je causais avec miss Marple, j'entendais, comme un refrain, cette phrase qui revenait toujours dans la bouche du jeune homme : « ... enterrée comme vous l'êtes ». Cela finit par m'agacer. Et je dis brusquement :

— Alors, vous vous imaginez que nous sommes tout à fait perdus, à Saint-Mary Mead?

Mr. West secoua sa cigarette.

— Je considère votre village, proféra-t-il d'un air important, comme une espèce de mare stagnante.

Il s'attendait visiblement à ce que nous nous récriions, mais personne ne laissa voir la moindre émotion.

— Votre comparaison n'est pas fameuse, mon cher Raymond, dit seulement miss Marple, car je ne sais rien d'aussi vivant, quand on la regarde au microscope, que la simple goutte d'eau d'une mare stagnante.

— Vivant... si l'on veut, admit l'illustre romancier.

— C'est bien toujours la même chose, dit miss Marple.

— Vous vous comparez à un habitant d'une mare, tante Jeanne?

— Mais non, mon cher. si j'ai bonne mémoire, vous avez dit vous-même quelque chose d'approchant dans votre dernier livre.

Les écrivains de talent n'aiment pas qu'on leur oppose leurs propres livres, Raymond West ne faisait pas exception.

— C'était tout à fait différent, fit-il avec vivacité.

— La vie est la même partout, prononça miss Marple de sa voix calme. On naît, puis on grandit, on rencontre ses semblables, on se heurte plus ou moins, et ce sont le mariage, les enfants...

— ...Et puis on meurt, acheva Raymond. Et d'une mort

pour laquelle on n'obtient pas toujours de certificat. La mort en pleine vie...

— À propos de mort, coupa Griselda, vous savez que nous avons eu un crime, ici!

Mr Raymond West chassa le crime avec la fumée de sa cigarette.

— Un crime? C'est tellement grossier, un crime! Cela ne m'intéresse pas du tout.

Je ne le crus pas un seul instant. Personne ne peut s'empêcher de s'intéresser à un crime. Des gens simples, comme Griselda et comme moi, ne font pas de difficulté pour le reconnaître, mais un Raymond West se doit d'affirmer que cela l'ennuie... du moins, pendant cinq minutes.

D'ailleurs, miss Marple s'était chargée de tout remettre au point en remarquant un peu ironiquement :

— Raymond et moi, pendant tout le dîner, nous n'avons pas parlé d'autre chose.

— Évidemment, je m'intéresse à toutes les nouvelles locales, dit le jeune homme en regardant miss Marple avec un sourire plein de condescendance.

— Avez-vous au moins une opinion? interrogea Griselda.

— Logiquement, dit-il (et il secouait de nouveau sa cigarette), logiquement, une seule personne peut avoir tué Prothéro.

— Vraiment? fit Griselda.

Nous étions suspendus à ses lèvres avec une attention flatteuse.

— C'est le pasteur! affirma Raymond, et il me désignait d'un doigt accusateur.

Je frémis.

— Naturellement, ajouta-t-il aussitôt pour me rassurer, je sais que ce n'est pas vous. Ah! la vie n'est jamais ce qu'elle devrait être. Mais imaginez le drame : le marguillier assassiné dans le bureau du presbytère par le pasteur. C'est merveilleux!

— Pour quelle raison? demandai-je.

— Le mobile? Ça, c'est le plus intéressant.

Il se redressa et laissa s'éteindre sa cigarette.

— Un conflit d'autorité, peut-être? J'aimerais écrire cette histoire. Je la vois très compliquée. Pendant des semaines et des semaines, des mois et des mois, le pasteur avait été en rapport avec cet homme à toutes les cérémonies ; ils quêtaient ensemble à l'église. Mais il l'avait toujours détesté et toujours aussi il avait refoulé ce sentiment. C'était si peu chrétien! Pourtant, cette haine augmentait, l'idée prenait corps et, un jour...

Raymond West ponctua sa phrase d'un geste pittoresque.

— Avez-vous jamais ressenti rien de semblable, Len? demanda Griselda.

— Jamais, dis-je le plus sincèrement du monde.

— Cependant, remarqua miss Marple, on m'a dit que vous avez souhaité qu'il disparaisse, il n'y a pas encore si longtemps.

(Ce maudit Denis,! Mais, après tout, c'était bien ma faute. Pourquoi avais-je fait une aussi sotte réflexion?)

— C'est vrai, dis-je ; j'ai été complètement stupide, mais il m'avait tellement agacé, ce matin-là!

— C'est vraiment dommage! dit Raymond West. Voyez-vous : si votre subconscient avait vraiment formé le projet de supprimer Prothéro, il vous eût été impossible de faire une telle réflexion.

Il soupira.

— Ma théorie ne tient plus. Il doit s'agir d'un crime tout à fait ordinaire. Une vengeance de braconnier, peut-être, ou quelque chose dans ce goût-là.

La conversation n'alla pas plus loin sur ce sujet.

— Miss Cram est venue me voir tantôt, dit miss Marple; je l'avais rencontrée dans le village et lui avais demandé si ça lui ferait plaisir de venir voir mon jardin.

— Elle s'intéresse donc au jardinage? demanda Griselda.

— Je ne crois pas, fit miss Marple en clignant légèrement de l'œil, mais c'était un bon prétexte pour avoir l'occasion de bavarder.

— Et que vous a-t-elle raconté? Je ne la crois pas si mauvaise langue que ça.

— Un tas de choses que je ne lui demandais pas ; sur elle, sur les siens, qui sont tous morts ou aux Indes, que sais-je encore? Mais savez-vous qu'elle est allée passer le week-end à Old Hall?

— Non?

— Mais si; je crois même que c'est miss Prothéro qui l'a invitée... ou c'est elle qui a suggéré à Mrs Prothéro de l'inviter, je ne sais pas au juste sous quel prétexte, pour lui servir de secrétaire, peut-être... Mrs Prothéro doit répondre à tant de lettres!... Ça tombait à pic, car le docteur Stone n'étant pas là, elle n'avait rien à faire. Quelle agitation ces fouilles auront causée!

— Stone? s'enquit Raymond. Est-ce l'archéologue?

— Oui, il fait des fouilles dans le parc des Prothéro.

— C'est un excellent homme, dit encore Raymond. Je l'ai rencontré, il y a peu, à un dîner; nous avons eu une conversation très intéressante. Il faudra que je le voie.

— Vous n'avez pas de chance, fis'je à mon tour, car il vient de partir passer la fin de la semaine à Londres. Vous l'avez même bousculé, cet après-midi, à la gare.

— Mais c'est vous, pasteur, que j'ai bousculé. Vous étiez avec un petit gros qui portait des lunettes.

— Oui, Stone.

— Mais non, cher pasteur, ce n'était pas Stone, ce type-là!

— Comment? comment? ce n'était pas Stone?

— En tout cas, pas l'archéologue. Je le connais très bien. Non, cet homme n'était pas Stone et, même il ne lui ressemblait pas du tout.

Nous nous regardâmes, sidérés. Je fixai miss Marple :

— C'est extraordinaire! dis-je.

— La valise..., commença miss Marple.

— Mais pourquoi? questionna Griselda.

Miss Marple reprit :

— Cela me rappelle le temps où un homme qui se faisait

passer pour l'employé du gaz venait dans les maisons...

— Un imposteur, dit Raymond West. Ah! mais ça devient intéressant!

— Le tout est de savoir si cette histoire a quelque rapport avec l'assassinat de Prothéro, dit Griselda.

— Pas nécessairement. Mais...

Et je regardai miss Marple.

— C'est une Chose Étrange, fit celle-ci. Une *autre* Chose Étrange.

— Oui, dis-je en me levant. Et je crois qu'il faut en prévenir l'inspecteur sans tarder.

CHAPITRE XXII

LE PORTRAIT GARDE SON SECRET

Dès que j'eus Landormy à l'appareil, je le mis au courant. Il me donna avec emphase des ordres brefs. A l'entendre, il ne fallait laisser « rien transpirer » et miss Cram, en particulier, devait tout ignorer. Il allait faire immédiatement rechercher la valise dans les parages des fouilles.

Griselda et moi rentrâmes à la maison assez émus par ce nouvel incident. Comme nous avions promis à l'inspecteur de ne rien dire, la présence de Denis nous gênait pour parler. Au reste, celui-ci paraissait assez préoccupé par ses ennuis personnels. Il entra dans mon bureau, toucha à tout, l'air très embarrassé.

— Que se passe-t-il? demandai-je.

— Oncle Len, je ne veux plus entrer dans la marine.

J'étais très surpris. Jusqu'à ce jour, Denis s'était montré absolument décidé sur le choix de sa carrière.

— Cela vous plaisait pourtant beaucoup?

— Oui, mais j'ai changé d'avis.

— Et que voulez-vous faire, maintenant?

— De la finance.

J'étais de plus en plus interloqué.

— Qu'entendez-vous par « finance »?

— Voilà : je veux aller à Londres.

— Mais, mon pauvre enfant, je suis sûr qu'une telle vie ne vous plairait pas, même si j'obtenais pour vous une place dans une banque.

Denis m'expliqua qu'il ne s'agissait pas de ça, Il ne voulait pas entrer dans une banque. Je le priai de me dire exactement ce qu'il désirait, mais, naturellement, il n'en savait rien.

Par « faire de la finance », il entendait tout simplement devenir riche très vite et, avec l'optimisme de la jeunesse, il supposait qu'il suffisait pour cela d'aller à Londres. Je le détrompai avec beaucoup de ménagement.

— Qui diable a pu vous fourrer en tête une pareille idée? questionnai-je. Vous étiez si emballé à l'idée d'entrer dans la marine!

— Certes, oncle Len, mais j'ai réfléchi. Il faudra que je me marie un jour, et il faut être riche pour épouser une jeune fille.

— Les événements, dis-je, se chargent souvent de donner un démenti à votre théorie.

— Je sais, je sais. Mais je veux parler d'une jeune fille très bien, d'une jeune fille habituée à avoir tout ce qu'elle désire.

Malgré le vague de ces paroles, je crus tout de même comprendre à qui il voulait faire allusion.

— Mais, observai-je, toutes les jeunes filles ne sont pas comme Lettice Prothéro.

Il s'enflamma tout à coup.

— Vous êtes très injuste envers elle. Vous ne l'aimez pas. Griselda non plus : elle la trouve insupportable.

— De son point de vue de femme, Griselda a tout à fait raison, mais je conçois fort bien qu'un jeune homme n'ait pas la même opinion.

— Non, les gens ne sont pas indulgents! Ainsi, même les Hartley Napiers n'arrêtent pas de la critiquer dans des circonstances pareilles! Et savez-vous pourquoi? Tout simplement parce qu'elle a quitté leur partie de tennis avant la fin! Pourquoi se serait-elle astreinte à rester, si elle s'ennuyait? C'était bien de sa part d'être allée jusque-là!

— En effet, dis-je, elle leur faisait une faveur.

Denis ne remarqua pas l'ironie de mes paroles. Il était trop absorbé par Lettice!

— Elle n'est pourtant pas égoïste, reprit-il. Tenez, pour vous en donner une idée, ce jour-là elle m'a obligé de rester à cette partie. Vous pensez bien que je voulais partir aussi; eh bien, elle n'a pas voulu. Elle m'a fait observer que ce ne serait pas poli vis-à-vis des Napiers. Pour lui faire plaisir, je suis resté là-bas encore un quart d'heure.

Les jeunes gens d'aujourd'hui se font une singulière conception de l'égoïsme!

Mais Denis continuait :

— Il paraît que Suzanne Hartley Napiers dit partout que Lettice est très mal élevée.

— A votre Place, Denis, je ne prendrais pas cela au tragique.

— Ah! c'est facile à dire. Mais, voyez-vous, je ferais n'importe quoi pour Lettice.

— Bien peu de gens, dis-je, peuvent faire quelque chose pour les autres. Avec la meilleure volonté du monde, nous sommes bien impuissants.

— Je voudrais être mort, conclut Denis.

Pauvre garçon! L'amour d'un jeune benêt est une maladie vraiment sérieuse. Je me retins de lui faire part de vérités évidentes, mais désagréables, qui me venaient à l'esprit. Je préférai lui dire bonsoir et m'aller coucher.

Le lendemain, je célébrai le service de huit heures. En rentrant, je trouvai Griselda attablée pour le dejeuner. Elle tenait une lettre ouverte à la main. Elle me la montra aussitôt. Je reconnus l'écriture d'Anne Prothéro.

Chère Griselda,

Pouvez-vous venir, avec le pasteur, dèjeuner ici aujourd'hui sans cérémonie? Je vous en aurais beaucoup de reconnaissance. Il, vient de se passer quelque chose de bien étrange et j'aimerais connaître l'opinion de Mr Clément.

Ne faites aucune allusion à ce mot quand vous viendrez. Je n'ai dit à personne que je vous écrivais.

Affectueusement.

ANNA PROTHÉRO.

— Naturellement, nous y allons, dit Griselda.

J'en tombai d'accord.

— Je me demande ce qui a bien pu arriver.

Je me le demandais aussi.

— Voyez-vous, dis-je à Griselda, j'ai l'impression que nous n'en avons pas fini avec cette affaire.

— Évidemment! Tant qu'on n'aura pas arrêté l'assassin.

— Non, ce n'est pas ce que je veux dire. Je pense que cette histoire comporte tout un ensemble de ramifications plus ou moins secrètes, que nous ne soupçonnons même pas. Il faudra éclaircir un tas de choses avant de connaître la vérité.

— Vous voulez parler des choses qui n'ont pas d'importance en elles-mêmes, mais qui, cependant, retardent la marche de l'enquête?

— Oui, c'est tout à fait ce que je pense.

— Moi, dit Denis; je trouve qu'on fait bien des histoires. Au fond, c'est une chance que le vieux Prothéro soit mort. Personne ne l'aimait, personne. Oh! je sais que la police ne fait que son devoir en s'occupant de cette affaire; mais, pour ma part, je ne souhaite pas qu'elle découvre le coupable. Cela me déplairait de voir Landormy obtenir de l'avancement pour son habileté et se donner encore plus d'importance.

Je dois reconnaître humblement que j'éprouve les mêmes sentiments à l'égard de l'inspecteur. Un homme qui passe sa vie à vexer les gens, et qui y prend plaisir, ne peut guère s'attendre à devenir jamais populaire!

— D'ailleurs, reprit Denis, le docteur Haydok est de mon

avis. Il ne consentirait jamais à dénoncer un meurtrier à la police. Il l'a déclaré.

Ah! que voilà donc le danger des théories de Haydock! Elles sont peut-êtres bonnes en soi — et ce n'est pas à moi d'en juger! — mais elles produisent sur les esprits non préparés des effets que notre ami lui-même serait, j'en suis certain, le premier à déplorer.

Griselda, qui venait de regarder par la fenêtre, nous prévint que des reporters se promenaient dans le jardin.

— Ils doivent encore photographier la fenêtre de votre bureau, dit-elle en soupirant.

Cette triste affaire nous aura causé bien des désagréments! Nous avons dû, d'abord, subir la curiosité oisive du village : tout le monde venait bâiller sous nos fenêtres. Après ce furent les journalistes avec leurs appareils. Et, de nouveau, tout le village qui venait voir les journalistes. A la fin, nous dûmes nous résigner à demander la présence d'un agent pour écarter les importuns.

— Consolons-nous, dis-je, en pensant que les obsèques ont lieu demain matin; après tout cela manquera d'intérêt.

Là-dessus, nous prîmes le chemin de Old Hall. A notre arrivée, je remarquai encore quelques représentants de la presse. Ces gens-là sont tenaces! Ils me bombardèrent des questions les plus inattendues, auxquelles je fis toujours cette même réponse (c'est encore que ce j'avais trouvé de mieux!

— Je n'ai rien à dire.

Un domestique nous introduisit dans le salon. Il y avait là miss Cram et elle semblait d'une humeur joyeuse.

— Quelle surprise! dit-elle en nous saluant. Je n'aurais jamais songé à ça; mais Mrs Prothéro est tellement aimable! Car ce n'est guère agréable pour une jeune fille de se trouver seule au *Sanglier Bleu*, avec des journalistes dans tous les coins. Et puis, je me rends utile... Dans un tel moment, une secrétaire est indispensable... Vous savez qu'on ne peut pas compter sur miss Lettice.

Je m'amusais à constater que la vieille animosité de miss

Cram contre Lettice persistait. Par contre, la jeune fille était maintenant, et fougueusement, du côté d'Anne. J'en vins même à me demander si l'explication qu'elle nous donnait de sa présence en ces lieux était la bonne. A l'entendre, l'idée en serait venue à Anne, mais était-ce bien ainsi que les choses s'étaient passées? Miss Cram ne devait guère se plaire au *Sanglier*.

Mais, à ce moment, Anne Prothéro entra. Elle était vêtue de noir, avec beaucoup de discrétion. Elle tenait à la main un hebdomadaire qu'elle me tendit avec un regard affligé.

— Je ne suis pas habituée à ce genre de choses, dit-elle. C'est épouvantable! J'ai rencontré un reporter à l'instruction. Je lui ai dit que j'étais absolument bouleversée et que je n'avais rien à ajouter. Il m'a demandé si je ne désirais pas ardemment que l'on découvre l'assassin de mon mari et, naturellement, je lui ai répondu : « Oui. » Il insistait, voulant savoir si je n'avais pas quelques soupçons. Sur ma réponse négative, il me suggéra que le crime devait avoir été commis par quelqu'un très au courant des choses de notre village. Cela me paraît, en effet certain, et je le lui ai dit. Ce fut tout. Eh bien, maintenant regardez ce journal.

Au beau milieu de la page, je vis une photographie qui devait dater de dix ans au moins — Dieu sait où les journaux dénichent leurs photographies — et je lus ces lignes, en larges manchettes :

LA VEUVE DE LA VICTIME DÉCLARE QU'ELLE N'AURA DE REPOS AVANT QU'ON AIT DÉCOUVERT LE MEURTRIER DE SON MARI

Puis venait ceci, en gros caractères :

Mrs Prothéro est persuadée qu'on doit chercher l'assassin dans Saint-Mary Mead. Elle a des soupcons, mais pas encore de certitude. Très abattue par son immense douleur, elle fait le serment de retrouver coûte que coûte le meurtrier.

— Cela ne me ressemble guère, n'est-ce pas? dit Anne.

— Ç'aurait pu être pis! fis-je en lui rendant le journal.

— Quelle engeance, ces journalistes! dit miss Cram. Ah! je voudrais bien qu'ils essaient de tirer quelque chose de moi.

Je ne pus m'empêcher de penser que miss Cram eût, sans doute, beaucoup désiré d'être prise au mot. Et je vis bien, à son sourire, que Griselda avait eu la même pensée.

On annonça le déjeuner et nous passâmes dans la salle à manger. Lettice n'arriva qu'au milieu du repas : elle se glissa à la place restée vide, avec un sourire pour Griselda et un petit salut à mon adresse. Je la regardai très attentivement : c'était bien la même créature irréelle qu'à l'ordinaire. Jolie, très jolie : il faut bien le reconnaître. Elle ne portait pas encore le deuil. Sa robe, d'un charmant vert pâle, faisait ressortir la délicatesse de son teint.

Après le café, Anne dit avec beaucoup de douceur :

— Je voudrais bavarder un peu avec le pasteur. Nous allons monter dans le petit salon.

Enfin! J'allais savoir pourquoi elle m'avait appelé. Je me levai et la suivis. A la porte de la pièce, elle s'arrêta. J'allais parler : elle étendit la main pour m'imposer silence. Elle écouta pendant quelques instants. Puis, regardant dans le hall, en bas :

— C'est bien, dit-elle. Ils vont dans le jardin. Non, n'entrez pas ici. Nous pouvons monter.

A ma vive surprise, Anne m'emmena, par le couloir, à l'extrémité du corps du bâtiment, Il y avait là un escalier, assez semblable à une échelle; elle y monta et je la suivis. Nous nous trouvâmes dans un nouveau couloir meublé d'étagères et plein de poussière. Anne ouvrit une porte et me poussa dans un obscur grenier qui devait servir de débarras. Des malles y étaient empilées ainsi que des meubles en mauvais état, quelques tableaux, enfin, tout ce que l'on attend à trouver dans une pièce de ce genre.

Je paraissais tellement surpris qu'elle ne put réprimer un pauvre sourire.

— Il faut d'abord que je vous explique, dit-elle, que j'ai le sommeil très léger, tous ces temps-ci. Je dors mal et, même, je ne dors pas du tout. Cette nuit, ou plutôt ce matin, j'ai cru entendre quelqu'un remuer dans la maison. Je restai un moment à écouter, puis, n'y tenant plus, je me suis levée et je suis sortie de ma chambre. Mais quand je fus sur le palier, je me suis rendu compte que les bruits ne venaient pas d'en bas, mais d'en haut. Je suis allée jusqu'au pied de l'escalier que nous venons de prendre. De nouveau, je crus entendre quelque chose. J'ai crié : « Qui est là? » Pas de réponse. Alors, comme je n'entendais plus rien, j'ai pensé que mes nerfs m'avaient encore joué un mauvais tour, et j'ai regagné mon lit.

Pourtant, ce matin, de bonne heure, je suis montée ici ; simple curiosité. Or, voici ce que j'ai trouvé.

Elle se pencha et retourna un tableau qui était appuyé à la muraille.

Je ne pus m'empêcher de pousser un cri de surprise. Ce tableau représentait un portrait à l'huile, mais la figure avait été criblée de coups de couteau comme si on avait voulu la rendre méconnaissable. Et les lacérations étaient toutes récentes, il ne pouvait là-dessus exister aucun doute.

— C'est extraordinaire! dis-je.

— N'est-ce pas? Comment pouvez-vous expliquer cela?

Je hochai la tête.

— Il y a dans ce geste une intention sauvage qui me déplaît horriblement. On dirait l'œuvre d'un maniaque, dans une crise de rage.

— Oui, c'est bien ce que je me suis dit.

— Mais quel est ce portrait?

— Je n'en ai pas la moindre idée. Figurez-vous que je ne l'avais jamais vu. Quand je suis venue habiter ici, après mon mariage, tous ces meubles étaient dans ce grenier. Je ne m'en suis jamais occupée.

— Oui, c'est tout de même extraordinaire.

A mon tour, je me penchai pour examiner les autres toiles. C'étaient bien les tableaux qu'on pouvait s'attendre à trouver là : des paysages médiocres, des études de couleurs, des copies dans des cadres sans valeur. Il n'y avait, d'ailleurs, dans ce grenier, absolument rien d'utile. Une grande malle démodée, de celles qu'on appelait jadis des « arches » portait les initiales E. P. J'en soulevai le couvercle. Elle était vide. Non, rien ne pouvait nous mettre sur une piste quelconque.

Je répétai encore :

— C'est vraiment étrange. Et si absurde!

— Oui, dit Anne. J'en suis un peu effrayée.

Nous n'avions plus rien à faire là. J'accompagnai Mrs Prothéro dans le petit salon dont elle referma la porte.

— Que dois-je faire? dit-elle. Prévenir la police?

J'hésitai.

— Il n'est pas facile de dire si...

— ... ça concerne le crime, trancha Anne, ou si ça ne le concerne pas. C'est aussi mon avis. A première vue, il semble qu'il n'y ait aucun rapport.

— Certes; mais, alors, nous sommes en présence d'un autre mystère.

Nous demeurions tous deux assez perplexes. Je parlai le premier :

— Puis-je vous demander ce que vous comptez faire?

Elle releva la tête.

— Je resterai dans cette maison pendant six mois, au moins. (Elle avait dit cela avec un air de défi.) Cela me déplaît : la pensée d'avoir à habiter cette demeure m'est horrible. Mais il le faut! Les gens diraient que je me suis enfuie, que je n'avais pas la conscience tranquille.

— Mais non! Mais non!

— Si, cher Mr Clément. Surtout lorsque...

Elle s'arrêta, puis bientôt reprit,

— ... lorsque, au bout de six mois. j'épouserai Lawrence. (Elle me regardait dans les yeux) Car nous n'attendrons pas plus longtemps.

— J'ai toujours pensé, dis-je, que c'était ce qui arriverait.

Elle eut un brusque mouvement de recul et, la tête dans les mains :

— Vous ne savez pas combien je vous ai de la reconnaissance. Non, vous ne le savez pas. Nous nous étions dit adieu; il allait partir. Ainsi, je ne ressens pas ce sentiment de honte que j'aurais éprouvé à la mort de Lucius si nous avions projeté de nous enfuir ensemble. C'est vous qui nous avez fait comprendre le mal que ce serait d'agir de la sorte. Voilà pourquoi je vous suis tellement reconnaissante.

— J'en suis heureux autant que vous, dis-je avec gravité.

Anne s'était levée.

— Malgré tout, fit-elle, si on ne parvient pas à identifier l'assassin, allez! on croira toujours que c'est Lawrence. Mais si! Mais si! Quand on verra qu'il m'épouse...

— La déposition de Haydock a cependant éclairci les choses.

— Oui, mais croyez-vous que les gens d'ici tiennent compte d'un témoignage? C'est à peine s'ils le connaissent. Et puis, un témoignage de médecin ne veut rien dire pour les profanes. C'est une des raisons pour lesquelles je veux demeurer ici. Il faut que je sache la vérité.

Ses yeux brillaient. Elle ajouta :

— C'est pour cela que j'ai fait venir cette jeune fille.

— Miss Cram?

— Oui.

— C'est donc vous qui l'avez demandée?

— Absolument. A vous dire vrai, elle pleurnichait bien un peu à l'instruction. Elle y était quand je suis arrivée. Mais c'est moi qui lui ai demandé de venir.

— Et vous vous imaginez que cette petite sotte pourra vous aider à retrouver l'assassin?

— Il est facile d'avoir l'air sot, monsieur Clément. C'est une des choses les plus faciles du monde.

— Alors, vous croyez... Vraiment?

— Non. Vraiment pas. Mais ce que je crois, c'est qu'elle sait quelque chose. J'ai voulu l'étudier de près.

— C'est précisément la nuit de son arrivée chez vous que le tableau a été lacéré, remarquai-je.

— Vous croyez que c'est elle? Mais pourquoi? C'est tellement bête! Ça me paraît impossible.

— Il peut paraître aussi stupide et impossible que votre mari ait été tué dans mon bureau, dis-je amèrement. Et pourtant, c'est ainsi.

— Je sais. (Elle posa la main sur mon bras.) Quelle affreuse chose pour vous! Allez, je m'en suis bien rendu compte.

C'est à ce moment précis de la conversation que j'ai pris dans ma poche la boucle d'oreille de lapis-lazuli. Ja la tendis à Anne.

— C'est à vous, je crois?

— Oh! oui. (Elle tendit la main avec un sourire de satisfaction.) Où l'avez-vous trouvée?

Je ne mis pas le bijou dans la main qui le réclamait.

— Cela ne vous ennuie pas que je le garde encore quelques jours?

— Mais pas du tout.

Elle paraissait intriguée et curieuse. Alors je lui demandai quelle était sa situation financière.

— C'est une question indiscrète. Mais vous comprenez très bien pourquoi ..

— Vous n'êtes pas indiscret du tout, Mr Clément. Vous et Griselda, vous êtes mes meilleurs amis Entre parenthèses, j'aime bien miss Marple aussi : elle est si drôle! Lucius était très à l'aise, vous ne l'ignorez pas. Il nous a laissé sa fortune. partagée à peu près également entre Lettice et moi. Old Hall me revient, mais Lettice peut choisir assez de meubles pour meubler une petite maison. Et elle aura de quoi acheter cette maison.

— Savez-vous ce qu'elle compte faire?

Anne fit une moue assez comique.

— Elle ne me tient pas au courant. J'imagine qu'elle me quittera le plus tôt possible. Elle ne m'aime pas; elle ne m'a jamais aimée. Ce doit être de ma faute. Pourtant, je me suis toujours efforcée d'être convenable avec elle. Mais toutes les jeunes filles n'éprouvent-elles pas une espèce d'animosité pour leur belle-mère?

— L'aimez-vous? demandai-je à brûle-pourpoint.

Anne ne me répondit pas tout de suite, ce qui me confirma dans l'idée qu'elle est une femme très honnête et loyale.

— Au début, je l'aimais bien. C'était une si jolie petite fille! A présent, non, je ne crois pas que je l'aime. Je ne sais pas pourquoi. Peut-être parce qu'elle-même ne m'aime pas. J'aime qu'on ait de l'affection pour moi.

— Nous en sommes tous là, dis-je.

Anne Prothéro sourit et se leva.

Il me restait une autre tâche à accomplir. Je voulais voir Lettice, seule. Je la trouvai au salon. Griselda et miss Cram étaient toujours dans le jardin. J'entrai et fermai la porte.

— Lettice, dis-je, j'ai à vous parler.

Elle me regarda d'un air tout à fait indifférent.

— Ah!

J'avais mon plan. Je lui montrai la boucle d'oreille et lui dis tranquillement :

— Pourquoi avez-vous laissé tomber cette boucle d'oreille dans mon bureau?

Je la vis se raidir — ce fut instantané — puis, se ressaisir avec une promptitude extrême. Alors, d'un air détaché :

— Je n'ai jamais rien laissé tomber dans votre bureau. Et ceci n'est pas à moi; c'est à Anne.

— Je le sais.

— Alors, pourquoi me posez-vous cette question? Anne a dû la perdre.

— Mrs Prothéro n'est venue qu'une fois au presbytère depuis le crime, mais ce jour-là, elle était en deuil, et je ne pense pas qu'elle ait porté des boucles d'oreilles bleues.

— C'est qu'elle l'aura perdue avant. N'est-ce pas logique?

— C'est très logique, en effet. Vous ne vous rappelez pas quand votre belle-mère a porté ces bijoux pour la dernière fois?

— Oh! (Elle me regarda d'un air à la fois confiant et intrigué.) Est-ce que ça a beaucoup d'importance?

— Cela peut en avoir, dis-je.

— Je vais tâcher de me le rappeler.

Elle était assise et fronçait les sourcils. Jamais Lettice ne m'avait paru aussi charmante.

— J'y suis, dit-elle tout à coup. Elle les avait jeudi. Je me rappelle...

— Jeudi, fis-je lentement, c'était le jour du crime. Mrs Prothéro est allée ce jour-là dans notre atelier, mais, si l'on se reporte à sa déposition, elle n'est pas entrée à la maison; elle n'a fait que regarder par la fenêtre de mon bureau.

— Où avez-vous trouvé cette boucle?

— Sous mon bureau.

— Alors, dit Lettice froidement, elle ne dit pas la vérité. Cela en a tout l'air, en tout cas.

— Vous croyez qu'elle serait entrée dans le bureau?

— Dame! Ne le pensez-vous pas?

Nos deux regards, calmes l'un et l'autre, s'étaient croisés.

— Si vous voulez savoir toute ma pensée, reprit-elle posément, eh bien, je n'ai jamais cru qu'elle disait la vérité.

— Et moi, je sais que vous ne la dites pas non plus, la vérité, vous, Lettice.

— Que voulez-vous dire?

Elle était anxieuse.

— Ce que je veux dire? Voici : j'ai vu, vous entendez, j'ai vu cette paire de boucles d'oreilles pour la dernière fois vendredi matin, lorsque je suis venu ici avec le colonel Melchett. Elles étaient toutes les deux, je les vois encore, sur la table de toilette de votre belle-mère.

— Oh!

Elle s'était jetée sur le bras du fauteuil et éclatait en sanglots. Ses blonds cheveux touchaient presque le parquet. Quelle étrange attitude, belle et désordonnée!

Je la laissai pleurer quelques instants, silencieusement, puis, avec douceur :

— Lettice, pourquoi avez-vous fait cela?

— Fait quoi?

D'un bond, elle s'était dressée, rejetant farouchement ses cheveux en arrière. Elle paraissait terrorisée.

— Que voulez-vous dire? répéta-t-elle.

— Oui, qu'est-ce qui vous a poussée à agir ainsi? Étiez-vous jalouse? Est-ce par antipathie pour Anne?

— Eh bien! oui, dit-elle. (Elle redevenait elle-même.) Oui, vous pouvez parler de jalousie. J'ai toujours détesté Anne. Je l'ai détestée depuis le premier jour où elle est arrivée dans cette maison. Oui, c'est moi qui ai placé ce maudit bijou sous votre bureau. J'espérais que cela lui attirerait des ennuis, ce qui n'aurait pas manqué d'arriver si vous n'étiez pas allé regarder ce qui se trouve sur les tables de toilette. En tout cas, ce n'est guère aux pasteurs d'aider la police!

Je ne fis même pas attention à cette explosion de dépit. Vraiment, à ce moment-là, Lettice était à la fois puérile et pathétique.

Il n'y avait guère à prendre au sérieux cette tentative avortée! Je le lui dis et j'ajoutai que j'allais rendre la boucle d'oreille sans dire dans quelles circonstances je l'avais trouvée. Elle parut touchée.

— Ça, c'est gentil de votre part.

Elle prit un temps, puis elle ajouta — elle détournait la tête et faisait visiblement attention à ses paroles :

— Si j'étais vous, Mr Clément, j'éloignerais Denis le plus vite possible... Ça vaudrait mieux...

— Denis?

J'étais surpris et même assez amusé.

— Oui, je crois que ça vaudrait mieux, répéta-t-elle avec le même air embarrassé. Cela m'ennuie pour Denis, mais je ne croyais pas qu'il... Je suis bien, bien contrariée.

Notre conversation prit fin sur ces mots.

CHAPITRE XXIII

UN SECRET DANS UNE VALISE

Je proposai à Griselda de rentrer à la maison en faisant un tour du côté des fouilles. J'avais hâte de savoir si la police s'était mise à l'œuvre et ce qui avait pu en résulter. Mais ma femme avait quelque chose à faire à la maison et je partis seul pour cette expédition.

Je trouvai Hurst en train de diriger les opérations.

— Rien, ça ne donne rien, du moins jusqu'à présent, m'annonça-t-il. Et pourtant, pour une cachette, il n'est pas de meilleur endroit. D'ailleurs, où voulez-vous qu'aille la jeune fille par le sentier? Il n'y a pas d'autre issue qu'Old Hall et ici.

— Il est probable, dis-je, que Landormy jugerait trop simple d'interroger directement la jeune fille?

— Il tient, en effet, à ne rien ébruiter.

Tout ce qu'elle écrit à Stone et tout ce que Stone lui écrira peut jeter quelque lumière sur l'affaire. Mais si elle se sent surveillée, elle ne dira rien.

Je doute fort, pour ma part, que Gladys Cram puisse garder le silence sur quoi que ce soit. Elle est tellement bavarde!

— Quand un homme est un imposteur, vous voulez savoir pourquoi il est un imposteur, reprit Hurst en pontifiant.

— Bien sûr.

— Eh bien, c'est ici que nous devons trouver la réponse, ici, dans ces fouilles. Autrement, pourquoi y aurait-il toujours été fourré?

— C'était un prétexte pour rôder dans les environs, suggérai-je.

— Que voilà donc l'opinion d'un profane!

— Mais vous n'avez toujours pas trouvé la valise?

— Nous la retrouverons, Mr Clément, vous pouvez être tranquille!

— Je n'en doute pas. Mais, croyez-vous, j'ai réfléchi. Miss Marple a déclaré qu'il s'était écoulé très peu de temps entre les deux passages de la jeune fille sous ses fenêtres. Dans ces conditions, je ne pense pas que Gladys ait pu venir jusqu'ici.

— Vous n'allez pas vous fier à ce que racontent les vieilles femmes, tout de même! Quand il se produit quelque chose d'extraordinaire, d'anormal, elles sont sur le qui-vive, pour ainsi dire, et le temps qui passe leur paraît court. D'ailleurs, les femmes n'ont pas la moindre notion du temps.

Je me suis souvent demandé pourquoi l'on est si aisément porté à généraliser. Les généralisations sont rarement conformes à la vérité, pour ne pas dire toujours fausses ou erronées. Ainsi, moi qui ne suis pas une femme, je n'ai guère la notion du temps (c'est même pour cela que j'avance régulièrement ma pendule) et je jurerais, au contraire, que miss Marple en a une notion beaucoup plus exacte. Ses pendules sont fidèles à une minute près et elle est elle-même toujours à l'heure.

Mais je n'allais pas discuter là-dessus avec Hurst. Je lui dis au revoir, lui souhaitait bonne chance et le quittai.

C'est en rentrant à la maison que cette idée m'est venue tout à coup. Elle surgit dans mon esprit comme une solution tout à fait possible.

Vous vous rappelez que, la première fois que je pris le sentier, le lendemain du crime, j'avais constaté, à un certain endroit, que les broussailles avaient été écartées et foulées au pied. Je crus, sur le moment, qu'elles avaient été piétinées ainsi par Lawrence, car nous avions tous les deux suivi le même chemin.

Nous avions ensuite remarqué une autre piste à peine indiquée : c'était celle de l'inspecteur. Or, en y réfléchissant, je me rappelais maintenant et fort nettement que la première était beaucoup plus visible que la seconde, comme si plusieurs personnes étaient passées par là. C'était même, sans doute, cela qui avait attiré l'attention de Lawrence. N'étaient-ce point les traces laissées par le passage du docteur Stone et de miss Cram? Je croyais même me souvenir d'avoir vu, à cet endroit, plusieurs branches cassées dont les feuilles étaient fanées, ce qui indiquait que le premier passage était un peu antérieur au moment de nos recherches.

Je reconnus facilement les lieux. Une fois de plus, je me frayai un chemin à travers les buissons. Je remarquai tout de suite de nouvelles branches cassées. Quelqu'un était encore passé par là.

Je parvins bientôt à l'endroit où j'avais rencontré Lawrence. La piste continuant, je la suivis. Elle aboutissait assez brusquement à une clairière. Nulle herbe. Nulle végétation. Seules, les branches des arbres recouvraient de leur ombre cette petite étendue.

Un peu plus loin, au contraire, la végétation devenait plus dense. Il était clair que personne n'était passé récemment. Pourtant, à un endroit, les buissons semblaient avoir été dérangés. Je me dirigeai de ce côté et écartai des mains les broussailles. Mon effort allait être récompensé! J'aperçus, devant moi quelque chose de brun qui brillait. Avec quelle fièvre j'étendis le bras! Non sans difficulté, je saisis bientôt une petite valise.

Je ne pus retenir un cri de joie. J'avais réussi! Hurst avait eu beau me rabrouer, c'étaient mes arguments qui l'emportaient! Il ne pouvait y avoir de doute : cette valise était celle de miss Cram.

J'essayai de l'ouvrir, mais elle était fermée à clef.

En me relevant, je vis un petit morceau de cristal brun. Automatiquement, je le ramassai et le mis dans ma poche. Puis j'empoignai ma trouvaille et revins par le sentier.

Comme j'allais passer la barrière du jardin, une voix, toute proche et émue, me cria :

— Oh! Mr Clément. Vous l'avez trouvée! Comme vous êtes habile!

A part moi, je me dis que, vraiment, miss Marple n'a pas sa pareille pour voir sans être vue. Et je posai la valise sur la palissade qui nous séparait.

— C'est bien celle-là, dit notre voisine. Je la reconnaîtrais entre mille.

La brave femme exagérait peut-être un peu! Il y a, par le monde, des milliers de ces valises à bon marché ; elles se ressemblent toutes. Il serait à peu près impossible d'en identifier une par clair de lune, et à une telle distance! Mais, enfin, je devais mon triomphe à miss Marple et je pouvais bien lui pardonner cette petite exagération!

— Elle est fermée, n'est-ce pas, Mr Clément?

— Oui, je vais la porter tout de suite à la police.

— Ne croyez-vous pas qu'il serait préférable de téléphoner?

Miss Marple avait raison. Le mieux était de téléphoner. Traverser le village, cette valise à la main, c'eût été donner à ma découverte une publicité inutile.

Je passai par le jardin de la vieille dame et j'entrai par la porte-fenêtre. Là, dans le calme salon, toutes portes closes, je téléphonai les dernières nouvelles.

Landormy me répondit qu'il serait là dans un instant.

Il était, quand il arriva, d'une humeur exécrable.

— Alors, vous l'avez trouvée? grogna-t-il. Mais savez-vous, Mr Clément, que vous ne devriez pas garder de tels objets en votre possession? Si vous saviez où cette valise était cachée, vous auriez dû en référer aux autorités compétentes.

— C'est tout à fait par hasard..., expliquai-je. Une idée qui m'est passée par la tête.

— Oui, on dit ça! Des bois aussi étendus et vous êtes tombé, comme ça, juste au bon endroit!

J'aurais pu développer pour l'inspecteur les diverses phases du raisonnement qui m'avait conduit à faire cette découverte, mais il était arrivé à me buter, comme d'habitude. Je gardai le silence.

— Alors, fit Landormy en regardant la valise avec dédain, et comme si tout cela lui était indifferent, alors, on pourrait peut-être voir ce qu'il y a là-dedans.

Il s'était muni d'un trousseau de clefs et de fil de fer. En un tournemain, la serrure fut ouverte.

Je ne sais pas au juste ce que nous avions espéré trouver, probablement quelque chose de sensationnel. Or, le premier objet qui apparut à nos yeux fut une écharpe graisseuse. Landormy la prit. Nous aperçûmes alors un manteau bleu foncé, tout passé de couleur, hors d'usage, puis une casquette à carreaux.

— Sale marchandise! dit l'inspecteur.

Nous retirâmes encore une paire de chaussures aux talons éculés et tout déformés. Au fond de la valise, il ne restait plus qu'un paquet enveloppé dans un journal.

— Probablement une vieille chemise? dit l'inspecteur avec quelque dépit, tout en déchirant le papier.

A peine avait-il dit ces mots que je le vis suffoquer, tant était grande sa surprise.

Le paquet venait de livrer son secret : de petits objets en argent et un plat rond de même métal.

Miss Marple poussa un cri : elle avait reconnu ces objets.

— Ce sont les salières du colonel Prothéro, et ce plat est le fameux plat du temps de Charles II, auquel il tenait tant. Qu'est-ce que tout ça veut dire?

L'inspecteur était devenu très rouge.

— Alors, voilà de quoi il s'agissait! grogna-t-il. D'un vol! Mais ce que je ne m'explique pas, c'est qu'on ne m'ait jamais prévenu que quelque chose avait disparu.

— Il est probable qu'on ne s'en est pas encore aperçu, dis-je. Ces objets de grande valeur ne devaient pas servir souvent. Le colonel les enfermait peut-être dans son coffre-fort.

— Il faut que je tire cela au clair. Je vais aller tout de suite à Old Hall. Ainsi, voilà pourquoi notre ami Stone se faisait rare! Il devait craindre que nous ne découvrions le pot aux roses. Il aura redouté une perquisition au sujet de l'affaire et il aura demandé à sa secrétaire d'aller cacher tout ça dans les bois avec des vêtements de rechange. Sans doute pensait-il venir chercher la valise pendant la nuit. Et miss Cram reste à Saint-Mary Mead pour détourner les soupçons. Mais une chose est certaine : ceci n'a rien à voir avec le crime. C'est une autre affaire.

Landormy replaça les objets dans la valise et il partit en

refusant le verre de cherry que lui offrait miss Marple.

— Enfin, dis-je, voici un mystère éclairci. L'inspecteur a raison : il n'y a aucun motif de soupçonner Stone d'avoir tué Prothéro.

— En effet, approuva miss Marple.

Et elle ajouta :

— Vous savez, on ne peut jamais être sûr de rien.

— En tout cas, on voit mal le mobile. Il avait pris ce qu'il voulait. Il ne lui restait qu'à disparaître.

— Oui, bien sûr.

Miss Marple, c'était visible, n'était qu'à moitié satisfaite. Je la regardai avec curiosité.

— J'ai tout à fait tort, reprit-elle avec une grande vivacité. Je n'entends rien à ces sortes de choses. Pourtant, je me demande si cette argenterie a une grande valeur?

— Je sais qu'on a vendu, l'autre jour, une pièce de la même époque mille livres sterling.

— Je ne parle pas seulement de la valeur du métal.

— Non, une telle pièce a surtout une valeur d'expert. Elle n'intéresse que des connaisseurs.

— C'est ce que je voulais dire. Ce sont des choses d'un placement difficile. Il faut du temps pour préparer la vente et celle-ci ne peut avoir lieu que dans le plus grand secret. Autrement dit, si le vol était connu et porté à la connaissance du public, ces objets ne seraient pas vendables.

— Je ne vois pas très bien...

— Je m'exprime mal. (Elle devenait de plus en plus nerveuse.) Mais il me semble que ces choses ne *pouvaient* pas être volées. Il aurait fallu au moins les remplacer par des copies : sans cela, voyons, le vol eût été découvert un jour ou l'autre.

— Votre raisonnement ne manque pas d'ingéniosité.

— N'est-ce pas? Mais, comme vous le disiez, une fois la substitution accomplie, il n'existait plus de raison d'assassiner le colonel.

— Oui. C'est bien mon sentiment.

— Nous sommes donc d'accord. Mais je me demande

encore une chose. La colonel, vous le savez, parlait toujours de ce qu'il allait faire. Il lui arrivait même de ne pas faire tout ce qu'il annonçait. C'est ainsi qu'il disait...

— Quoi donc?

— Qu'il ferait estimer son argenterie par un expert de Londres. Pour la succession... Non, ce n'était pas pour la succession ; c'était pour l'assurance. On lui avait dit que c'était une chose à faire. Et il en avait beaucoup parlé. C'était, à l'entendre, très important. Évidemment, je ne sais pas s'il avait vraiment demandé que l'expertise ait lieu, mais s'il l'avait demandée...

— Je comprends, dis-je lentement.

— Oui, l'expert se serait aperçu tout de suite qu'il se trouvait en présence de faux et le colonel n'aurait pas manqué de se rappeler qu'il avait montré ces objets au docteur Stone. Mais cette expertise a-t-elle eu lieu? Stone, si malin, se serait jeté dans la gueule du loup.

— Je vois où vous voulez en venir. Il faut que nous sachions exactement comment les choses se sont passées.

J'allai au téléphone. On me donna la communication avec Old Hall et je parlai à Anne Prothéro.

— Non, ce n'est pas grave. L'inspecteur est-il chez vous? Non? Alors, il est en route. Dites-moi, chère madame, savez-vous si les objets de valeur ont été expertisés?

La réponse fut prompte et nette. Je remerciai et raccrochai le récepteur. Puis, me tournait vers miss Marple :

— C'est clair. Le colonel s'était entendu avec un expert de Londres pour que celui-ci vienne lundi — c'est-à-dire demain — et fasse une estimation générale. L'affaire a été remise à plus tard en raison de la mort de Prothéro.

— Il y avait donc un mobile, fit doucement miss Marple.

— Un mobile, oui, mais c'est tout. Vous semblez oublier qu'au moment où le coup de feu a été entendu, le docteur Stone venait de rejoindre Lawrence et Mrs Prothéro.

— C'est vrai, dit miss Marple, et cela suffit pour l'innocenter.

CHAPITRE XXIV

UN COURRIER ABONDANT

A mon retour au presbytère, je trouvai Hawes qui m'attendait dans mon bureau. Il allait et venait nerveusement dans la pièce et mon entrée le fit sursauter.

— Je vous en prie, excusez-moi, dit-il en s'épongeant le front, mais depuis quelque temps, j'ai les nerfs à bout.

— Mon cher ami, il faut absolument que vous partiez vous reposer, sinon vous allez tomber malade, et il ne le faut pas.

— Je ne puis pas déserter mon poste. Non, c'est quelque chose que je ne ferai jamais.

— Qui vous parle de désertion? Vous êtes malade et je suis certain que Haydock serait de mon avis.

— Haydock! Haydock! Qu'est-ce que c'est que ce docteur? Un médecin de campagne plus ou moins ignorant!

— Vous êtes injuste envers lui. Il passe, au contraire, pour un excellent praticien.

— Peut-être. C'est possible. Mais je ne l'aime pas. D'ailleurs, ce n'est pas ce que je suis venu vous dire. Je voulais vous demander si vous seriez assez aimable pour prêcher pour moi ce soir. Je... J'en suis absolument incapable.

— Mais certainement. Je célébrerai le service à votre place.

— Non, non. Je tiens à célébrer le service. Je me sens très bien. C'est seulement l'idée de monter en chaire, d'avoir tous ces regards fixés sur moi...

Il ferma les yeux et fit une légère grimace.

Il est clair qu'il se passe quelque chose d'anormal chez Hawes. Il parut deviner ma pensée, car il ouvrit les yeux et, tout de suite :

— Je n'ai pas grand-chose. Ce sont seulement ces maux de tête... ces terribles maux de tête qui me torturent. Pourriez-vous me faire donner un verre d'eau?

— Certainement.

J'allai le tirer moi-même au robinet. Sonner est chez nous un exercice tout à fait inutile.

Je lui apportai l'eau et il m'en remercia. Il prit dans sa poche une petite boîte de carton, l'ouvrit et en sortit un cachet qu'il avala avec une gorgée d'eau.

— Une poudre contre le mal de tête, expliqua-t-il.

Je me demandai soudain si Hawes ne se droguait pas. Cela aurait expliqué ses singularités.

— Vous n'en prenez pas trop, j'espère?

— Non, oh! non. Le docteur Haydock m'a dit de ne pas en abuser. Mais c'est tellement merveilleux. J'éprouve un réel soulagement.

Et, vraiment, son agitation avait déjà disparu ; il paraissait calme.

Il se leva.

— Alors, vous allez prêcher ce soir. C'est très gentil de votre part.

— Pas du tout et je tiens également à célébrer le service. Allez vous reposer. Non, plus un mot, je ne veux pas en entendre davantage.

Il me remercia de nouveau. Puis il dit, en regardant la fenêtre :

— Vous... vous êtes monté à Old Hall aujourd'hui, n'est-ce pas, monsieur?

— Oui.

— Excusez-moi... mais... vous l'avait-on demandé?

Je le regardai, surpris ; il rougit.

— Encore une fois, excusez-moi. Mais je... je pensais que peut-être il y avait quelque chose de nouveau et que c'était pour cela que Mrs Prothéro vous avait envoyé chercher.

Je n'avais pas du tout l'intention de satisfaire la curiosité de Hawes.

— Elle voulait discuter avec moi des dispositions à prendre pour les funérailles et d'une ou deux autres choses.

— Oh! c'était seulement pour cela?

Je ne répondis pas. Il ne tenait plus en place et au bout d'un instant reprit :

— Mr Redding est venu me voir hier soir. Je... je n'arrive pas à imaginer pour quelle raison.

— Il ne vous l'a donc pas dite?

— Il... il m'a simplement confié qu'il avait eu l'idée de venir me voir, pensant que je devais me sentir bien seul le soir. Cependant, il n'était jamais venu auparavant.

— Eh bien, mais sa compagnie est, dit-on, très agréable, répliquai-je en souriant.

— Pourquoi donc vient-il me voir? Cela ne me plaît pas. (Il éleva la voix qui devint perçante.) Il a parlé de revenir. Qu'est-ce que tout cela signifie? Quelle idée pensez-vous qu'il puisse avoir derrière la tête?

— Allons! qu'allez-vous chercher là?

— Ça ne me plaît pas, répéta Hawes avec obstination. Je n'ai jamais été contre lui. Je n'ai jamais insinué qu'il était coupable, et même quand il s'accusait lui-même, j'ai dit que sa culpabilité paraissait tout à fait invraisemblable. Si j'ai jamais soupçonné quelqu'un, c'est Archer... mais pas lui. Pour Archer, c'est tout à fait différent... un ruffian, un homme sans foi ni loi... un ivrogne, pour tout dire.

— N'êtes-vous pas un peu sévère? Après tout, nous ne savons pas grand-chose de lui.

— Un braconnier, qui sort de prison pour y rentrer; il est capable de tout.

— Vous ne croyez tout de même pas que c'est lui qui a tué Prothéro? demandai-je avec curiosité.

Hawes ne répondait jamais oui ou non. Je l'avais souvent remarqué.

— Mais ne pensez-vous pas vous-même, monsieur, que c'est la seule solution possible?

— Autant que je sache, il n'y a aucune preuve contre lui.

— Et ses menaces? reprit Hawes vivement. Vous oubliez ses menaces.

— Je suis las d'entendre parler des menaces d'Archer. Si

j'ai bien compris, on ne possède aucune preuve qu'il en ait jamais proféré.

— Il était décidé à se venger du colonel. Il aura bu pour se donner du courage et, après, il aura tiré sur lui.

— C'est une supposition gratuite.

— Mais vous admettrez bien que c'est tout à fait probable.

— Non.

— Que c'est possible, alors?

— Possible, oui.

Hawes me regardait en dessous.

— Pourquoi ne croyez-vous pas que c'est probable?

— Parce que, dis-je, un homme comme Archer n'aurait pas l'idée de tuer avec un revolver. Ce n'est pas l'arme qu'il choisirait.

Hawes parut déconcerté par mon argument. Évidemment, ce n'était pas la réponse qu'il attendait.

— Croyez-vous vraiment qu'on puisse faire cette objection? demanda-t-il.

Lui paraissait en douter.

— A mon avis, c'est une erreur grossière de croire qu'Archer a commis ce crime.

En face d'une affirmation aussi catégorique, Hawes ne trouva rien à dire. Il me remercia de nouveau et partit.

J'étais allé le reconduire jusqu'à la porte d'entrée et je trouvai quatre lettres sur la table du vestibule. Elles avaient quelques caractères communs : toutes avaient, sans aucun doute, été écrites par des femmes, toutes elles portaient la mention *A remettre d'urgence*, et la seule différence que je remarquai, c'est que l'une d'elles était sensiblement plus sale que les autres.

Leur ressemblance me donna la curieuse impression de voir, non pas double, mais quadruple.

Marie sortit de la cuisine et me surprit en train de les examiner.

— On les a apportées après le déjeuner, dit-elle, sauf une, que j'ai trouvée dans la boîte.

Je les pris et les emportai dans mon bureau.

La première était ainsi conçue :

Cher Mr Clément,

Il est venu à ma connaissance une chose dont je crois devoir vous informer. Cela concerne la mort de ce pauvre colonel Prothéro. J'aimerais avoir votre avis pour savoir si je dois avertir ou non la police. Depuis la mort de mon cher mari, je veux éviter toute publicité quelle qu'elle soit. Peut-être pourriez-vous venir me voir quelques minutes, cet après-midi.
A vous sincèrement.

Marthe PRICE RIDLEY.

J'ouvris la seconde :

Cher Mr Clément,

Je suis si ennuyée... j'ai l'esprit si préoccupé... je ne sais pas ce que je dois faire. Il m'est revenu quelque chose qui, je crois, peut avoir de l'importance. Mais j'ai horreur d'avoir affaire à la police pour quoi que ce soit. Je suis si tourmentée, si embarrassée... Serait-ce trop vous demander, cher pasteur, que de vous prier de venir quelques minutes m'aider, comme vous le faites si bien d'habitude, à éclaircir mes doutes et mon inquiétude ?
Excusez-moi de vous importuner.
A vous sincèrement.

Caroline WETHERBY.

J'aurais pu dire ce que contenait la troisième avant de la décacheter.

Cher Mr Clément,

Des propos de la plus extrême gravité me sont venus aux oreilles. Je crois que vous devez être le premier à les connaître. Voulez-vous venir me voir cet après-midi, n'importe à quelle heure. Je vous attendrai.

Cette épître comminatoire était signée : Amanda Hartnell.

J'ouvris la quatrième missive. J'ai, fort heureusement, très peu reçu de lettres anonymes. C'est, à mon avis, l'arme la plus basse et la plus cruelle. Celle-ci ne faisait pas exception. Il était évident que son auteur avait feint de paraître illettré, mais plusieurs remarques que je fis m'inclinèrent à penser le contraire.

Cher pasteur,

Je crois que vous devez être mis au courant de ce qui se passe. Votre femme a été vue sortant furtivement du cottage de Mr Redding. Vous voyez ce que je veux dire. Ils sont bien ensemble tous les deux. Je pense qu'il vaut mieux que vous le sachiez.

UN AMI.

Je poussai une exclamation de dégoût et, froissant le papier, je le lançai dans la cheminée juste comme Griselda entrait.

— Que jetez-vous là avec un tel mépris? demanda-t-elle.

— Une ordure, dis-je.

Je pris une allumette dans ma poche, la craquai et me baissai, mais Griselda, plus vive, avait déjà saisi la boulette de papier froissé et l'avait dépliée avant que j'aie pu l'en empêcher.

Elle lut, poussa une petite exclamation de dégoût, et me rendit la lettre en se détournant. J'y mis le feu et m'amusai à la voir brûler.

— Len, dit-elle sans se retourner.

— Qu'y a-t-il?

— Je vais vous faire un aveu. Ne m'en empêchez pas, je le veux. Quand... quand Lawrence Redding est venu ici, je vous ai laissé croire que je l'avais très peu connu. Ce n'était pas vrai. Je le connaissais bien. La vérité, c'est qu'avant de vous rencontrer, j'ai été amoureuse de lui, autrefois. Je crois que beaucoup de femmes l'ont été. Il fut un temps où j'étais absolument folle de lui.

Je ne veux pas dire que je lui ai écrit des lettres compromettantes ni de ces stupidités comme on le fait dans les romans. Mais j'étais très éprise de lui.

— Pourquoi ne m'avez-vous jamais dit cela?

— Oh! je ne sais pas trop... si, pourtant, c'est que, pour certaines choses, vous êtes si ridicule! Parce que vous êtes beaucoup plus âgé que moi, vous imaginez que... je pourrais aimer quelqu'un d'autre. J'ai craint que vous ne cessiez de m'ennuyer si vous saviez que Lawrence et moi nous avions été amis.

— Vous êtes très forte pour dissimuler, fis-je en me rappelant ce qu'elle m'avait dit dans cette même pièce moins d'une semaine auparavant et la façon naturelle et ingénue dont elle l'avait dit.

— C'est vrai : j'ai toujours su cacher ce que je voulais cacher. Je dirai même que j'aime le faire.

Et sa voix avait un accent de plaisir assez puéril.

— Mais quand je vous ai dit que j'ignorais tout au sujet d'Anne, c'était la vérité, et même je me demandais pourquoi Lawrence était si différent et pourquoi... il ne me prêtait plus aucune attention. Je ne suis guère habituée à cela.

Griselda s'arrêta un instant.

— Comprenez-vous, Len? reprit-elle avec anxiété.

— Oui, dis-je, je comprends!

Mais étais-je bien sûr de comprendre?

CHAPITRE XXV

COMMÈRES ET COMMÉRAGES

J'eus de la peine à repousser l'impression que m'avait faite ce billet anonyme. La calomnie salit toujours.

Cependant, je pris les trois autres lettres, je regardai l'heure et je partis. Je me demandais ce qui avait bien pu parvenir ainsi en même temps à la connaissance des trois dames. Il devait s'agir du même événement. J'allais vérifier que, sur ce point, mon sens psychologique se trouvait en défaut.

Je tins à passer par le commissariat. Je voulais savoir si l'inspecteur était rentré de Old Hall! J'appris qu'il était de retour et que miss Cram était revenue avec lui. La blonde Gladys était, en effet, assise dans le bureau; elle semblait prendre assez bien les choses.

Elle nia absolument avoir porté la valise dans les bois.

— Sous prétexte qu'une vieille commère n'a pas d'autre chose à faire qu'à passer ses nuits à regarder par la fenêtre, vous tombez sur moi. Rappelez-vous qu'elle s'est déjà trompée lorsqu'elle a prétendu m'avoir vue au bout du petit chemin, le jour du crime. Si elle a fait une telle erreur en plein jour, comment aurait-elle pu me reconnaître au clair de lune?

C'est inouï de voir le toupet de ces bonnes femmes! Elles diraient n'importe quoi. Et moi qui dormais innocemment dans mon lit! Vous devriez avoir honte.

— Mais si la propriétaire du *Sanglier Bleu* reconnaissait la valise comme étant la vôtre, miss Cram?

— Si elle soutient une chose pareille, elle se trompe. Il n'y a aucun nom, aucune adresse. Tout le monde a une valise semblable.

Quant à accuser ce pauvre docteur Stone d'être un voleur! Lui, avec tous ses titres...

— Alors, miss Cram, vous refusez de vous expliquer?

— Je ne refuse pas. Vous vous êtes trompés, un point c'est tout. Vous et votre miss Marple qui se mêle de tout. Je ne dirai pas un mot de plus. Je ne parlerai qu'en présence de mon avocat. Et je m'en vais... à moins que vous ne me fassiez arrêter.

Pour toute réponse, l'inspecteur se leva et ouvrit la porte. Miss Cram sortit, la tête haute.

— Ainsi, voilà l'attitude qu'elle prend, dit Landormy en revenant s'asseoir. Elle nie tout. Évidemment, la vieille dame a pu se tromper. Il ne se trouvera pas un seul juge pour admettre qu'on puisse reconnaître quelqu'un à une distance pareille, même par clair de lune. Oui, la vieille dame a pu se tromper.

— Elle a pu se tromper, dis-je, mais ce n'est guère probable. D'habitude, miss Marple a raison. C'est même pour cela qu'elle est si impopulaire!

L'inspecteur ricana.

— Oui, c'est ce que dit Hurst. Mon Dieu, quel village!

— Et l'argenterie, inspecteur?

— Tout paraît normal. Naturellement, un des deux lots doit être truqué. Mais il y a un très bon expert à Much Benham. Je lui ai téléphoné et je l'ai envoyé chercher en auto. Nous serons bientôt fixés. Car, ou bien le vol était déjà commis, ou il allait l'être. Dans un cas comme dans l'autre, ça revient à peu près au même — du moins en ce qui nous concerne. Un vol est si peu de chose en comparaison d'un crime. Ni Stone ni elle ne sont mêlés au crime. Alors, il vaut mieux la laisser partir. Nous pourrons peut-être intercepter une correspondance intéressante.

— Je me demande....

— C'est dommage pour Mr Redding. Ce n'est pas souvent qu'on rencontre des gens comme lui, qui se mettent en quatre pour vous obliger.

— En effet, approuvai-je en souriant.

— Les femmes vous causent toujours un tas d'ennuis, dit sentencieusement l'inspecteur.

Il soupira, puis ajouta à ma grande surprise :

— Il y a toujours cet Archer.

— Oh! vous avez songé à l'accuser?

— Mais certainement; c'est même la première idée qui m'est venue à l'esprit. Il n'était pas besoin que des lettres anonymes nous mettent sur sa trace.

— Des lettres anonymes? Vous avez reçu des lettres anonymes?

— Oh! c'est l'habitude! Nous en recevons au moins une douzaine par jour. Oui, on nous a mis en garde contre Archer.

Comme si la police n'était pas capable de savoir à quoi s'en tenir! Archer a été soupçonné dès le début. L'ennui, c'est qu'il peut fournir un alibi. Je sais bien que cela ne signifie pas grand-chose, mais il est bien difficile tout de même de ne pas prendre cet alibi en considération.

— Qu'entendez-vous en disant que cela ne veut pas dire grand-chose?

— Voilà. Il paraît qu'il a passé l'après-midi avec deux amis. Un tel témoignage ne peut pas avoir beaucoup de valeur. Des hommes comme Archer et comme ses camarades, on leur ferait jurer n'importe quoi. On ne peut pas croire un mot de ce qu'ils disent. Nous sommes fixés là-dessus, nous autres. Mais tout le monde ne le sait pas. Et un jury se compose de tout le monde — malheureusement! Les jurés ignorent tout : dix sur douze croient tout ce qu'affirment les témoins, sans tenir compte de leur moralité. Et, vous pouvez être tranquille, Archer lui-même jurera ses grands dieux que ce n'est pas lui le coupable.

— Il n'est pas si complaisant que Mr Redding, dis-je en souriant.

— Pour ça, non! fit l'inspecteur.

— Il doit tout de même être assez naturel qu'on se cramponne à la vie, rêvai-je tout haut.

— Vous seriez surpris de savoir combien de criminels s'en sont tirés à cause de la trop grande sensibilité du jury, dit l'inspecteur assez mélancoliquement.

— Croyez-vous vraiment qu'Archer soit coupable?

J'avais été frappé, dès le début de cette affaire, par le fait que Landormy ne paraissait avoir aucune idée personnelle sur le crime. Son seul critérium semblait tenir dans la plus ou moins de facilité qu'il avait à obtenir un témoignage.

— Je voudrais en être un peu plus sûr, avoua-t-il. Ah! si si j'avais une empreinte digitale ou une trace de pas! Ou si on l'avait aperçu dans les parages! Actuellement, je ne peux pas me risquer à l'arrêter. On l'a bien vu, une ou deux fois, autour de la maison de Mr Redding, mais il soutient que c'était pour parler à sa mère. C'est une brave femme, la mère Archer! Voyez-vous, j'ai toujours la même opinion sur cette affaire. Ah! si je pouvais obtenir une preuve du chantage, une preuve formelle — mais peut-on obtenir quoi que ce soit de précis dans toute cette histoire? Tout n'est que théorie, théorie, théorie. C'est bien dommage qu'il ne se soit pas trouvé une seule vieille dame pour habiter votre rue, monsieur Clément. Je parie qu'elle aurait vu ce qu'il fallait voir!

Ces derniers mots me remirent mes rendez-vous en mémoire et je pris congé de Landormy. C'était la première fois que je le trouvais d'humeur agréable!

Ma première visite fut pour miss Hartnell. Elle devait me guetter par la fenêtre, car je n'eus même pas le temps de sonner. Déjà, elle avait ouvert la porte et, serrant la main dans les siennes, elle m'entraînait à l'intérieur.

— Que vous êtes aimable d'être venu! Passons par ici : nous serons mieux pour parler.

Nous entrâmes dans une pièce minuscule, grande comme une cabane à lapins. Miss Hartnell ferma la porte et, dans le plus grand mystère, m'indiqua un siège (il n'y en avait que trois). Elle semblait s'amuser énormément.

— Je ne suis pas une femme qui aime les histoires, commença-t-elle d'un ton enjoué.

Puis, baissant la voix comme pour s'adapter aux exigences de la situation :

— Vous n'ignorez pas que tout ce qu'on dit fait le tour du village?

— Je ne le sais que trop, malheureusement.

— Nous sommes d'accord, alors. Personne n'a plus que moi horreur des commérages. Mais nous assistons à de tels événements que j'ai cru de mon devoir de dire à l'inspecteur que j'étais allée chez Mrs Lestrange, l'après-midi du crime, et qu'elle n'était pas chez elle. Je ne m'attends pas à être remerciée parce que je fais mon devoir, mais je le fais quand même. Sur cette terre, on ne rencontre qu'ingratitude. Tenez, hier encore, Mrs Baker...

— Oui, oui, dis-je, voulant éviter la tirade habituelle. C'est, en effet, bien triste. Mais vous disiez...

— Les gens du peuple ne connaissent pas leurs meilleurs amis. Lorsque je visite les pauvres, je ne manque jamais de leur dire quelques paroles de circonstance. Oh! je n'en suis jamais remerciée...

— Vous avez donc mis l'inspecteur au courant de votre visite à Mrs Lestrange?

— Mais oui... Il ne m'en a, d'ailleurs, su aucun gré. Il m'a répondu qu'il me demanderait des renseignements quand il en aurait besoin... Il n'a pas employé exactement ce mot-là, mais ça revient au même. Je ne sais pas où on recrute nos policiers, à présent!

— Moi non plus. Mais vous alliez dire quelque chose?

— J'ai décidé que, désormais, je ne ferais plus aucune confidence à ces gens-là. Après tout, un pasteur est un gentleman...

Elle rectifia :

— Du moins, il en est quelques-uns.

Je crus deviner qu'elle me rangeait au nombre de ces élus.

— Si je puis vous être utile..., commençai-je.

— J'ai conscience d'accomplir mon devoir, dit miss Hartnell, et elle ferma la bouche d'un petit claquement sec. Je ne voudrais pas avoir à raconter ces choses-là. J'ai horreur de ça. Mais le devoir est le devoir.

J'attendais.

— On m'a laissé entendre, continua-t-elle en rougissant un peu, que Mrs Lestrange prétend être restée tout le temps chez elle et qu'elle n'a pas ouvert la porte parce que... parce que ça ne lui plaisait pas. Non, mais en voilà des manières! Je suis allée chez elle poussée par l'idée d'accomplir mon devoir. Être traitée de la sorte!

— Elle a été souffrante, dis-je doucement.

— Souffrante? Quelle blague! Vous êtes trop détaché de ce monde, Mr Clément. Cette femme n'est pas malade. Ou elle l'est pour ne pas assister à l'enquête! Ah! vraiment! Avec un certificat du docteur Haydock! Haydock. Mais elle le conduit par le bout du nez... Où en étais-je donc?

Je n'étais guère plus fixé. Avec miss Hartnell, il est difficile de faire le partage entre le récit des faits et les commentaires plus ou moins méchants qu'elle ne manque jamais d'en faire.

— Ah! oui, je disais que j'étais allée chez Mrs Lestrange. Quand elle vient soutenir qu'elle est restée à la maison, cet après-midi-là, elle raconte des sornettes, car je sais qu'elle n'y était pas.

— Comment pouvez-vous le savoir?

Le visage de miss Hartnell s'empourpra. Chez quelqu'un de moins haineux, on eût pu croire à une très grande timidité.

— J'ai frappé, expliqua-t-elle. Et j'ai sonné deux fois, sinon trois. Il m'est même venu à l'idée, tout à coup, que la sonnette ne fonctionnait peut-être pas.

Je constatai avec plaisir qu'en disant cela, miss Hartnell était incapable de me regarder en face.

C'est le même entrepreneur qui a construit toutes nos maisons. Or, les sonnettes qu'il installe sont aussi facilement entendues de l'extérieur que de l'intérieur. Miss Hartnell connaît ce détail aussi bien que moi.

— Je ne voulais pas déposer ma carte dans la boîte : cela n'aurait pas été poli, et, malgré les défauts que je puis avoir, je ne suis pas impolie.

Elle dit cela sans broncher.

— Aussi, poursuivit-elle, ai-je pensé à faire le tour de la maison et à frapper aux carreaux. J'ai regardé par toutes les fenêtres : il n'y avait personne, absolument personne.

Je comprenais très bien ce qui s'était passé. Profitant de ce qu'elle croyait la maison vide, miss Hartnell avait voulu satisfaire sa curiosité. Elle m'avait choisi pour me raconter son histoire, croyant trouver en moi un auditeur plus sympathique et indulgent que l'inspecteur. Les membres du clergé ne doivent-ils pas toujours accorder à leurs ouailles le bénéfice du doute?

Je m'abstins de toute réflexion. Je posai simplement cette question :

— Quelle heure était-il, miss Hartnell?

— Autant que je me le rappelle, il devait être tout près de six heures. Je suis rentrée directement chez moi : il était alors six heures dix. Mrs Prothéro est arrivée vers six heures et demie : elle venait de quitter le docteur Stone et Mr Redding. Et, pendant ce temps, le pauvre colonel était couché sur votre bureau, assassiné! Quel triste monde!

— C'est un monde, en effet, bien désagréable, parfois.

Je me levai.

— Alors, c'est tout ce que vous aviez à me dire?

— Je croyais que ça pouvait avoir quelque intérêt.

— C'est bien possible.

Ne voulant pas en entendre davantage, je me retirai, à la grande déception de miss Hartnell.

Miss Wetherby, chez laquelle je me rendis ensuite, m'accueillit avec la plus vive émotion.

— Cher pasteur, comme vous êtes aimable! Avez-vous pris le thé, au moins? Vraiment, vous ne voulez rien prendre? Là asseyez-vous dans ce fauteuil. C'est si gentil d'être venu auss vite. Toujours prêt à se dévouer pour les autres.

La conversation se poursuivit un bon moment sur ce ton. Miss Wetherby usa d'un tas de circonlocutions avant d'arriver au fait.

— D'abord, il faut que vous sachiez que je le tiens de la meilleure source.

A Saint-Mary Mead, la « meilleure source », c'est presque toujours la première domestique venue!

— Ne pouvez-vous pas me dire...

— Non, j'ai promis d'être discrète, monsieur Clément. Et, pour moi, une promesse est une chose sacrée.

Elle prit son air le plus solennel.

— Mettons, susurra-t-elle, que c'est un petit oiseau qui me 'a dit. Comme ça...

C'était complètement idiot. J'aurais bien dû exprimer ma pensée, rien que pour voir la réaction de mon interlocutric

Mais déjà elle continuait :

— Donc, ce petit oiseau m'a confié qu'il avait vu une certaine dame dont le nom ne sera pas prononcé non plus.

— Un autre oiseau, probablement?

A ma très vive surprise, miss Wetherby partit d'un grand éclat de rire et, me tapant familièrement sur le bras :

— Cher pasteur, dit-il gaiement, ne soyez donc pas si taquin!

Lorsqu'elle eut retrouvé son sérieux, elle se mit en devoir de poursuivre :

— Oui, une certaine dame... Et où croyez-vous qu'elle allait, cette dame? Elle a tourné dans la rue du Presbytère ; seulement, auparavant, elle a longtemps inspecté l'horizon. Sans doute voulait-elle s'assurer que personne ne la voyait.

— Et le petit oiseau, dans tout cela, dis-je, que faisait-il?

— Il était chez le marchand de poisson, dans la pièce au-dessus du magasin.

C'est ainsi que j'appris où les bonnes de notre village vont passer leur jour de sortie. Il n'y a qu'un endroit où elles ne vont jamais quand cela leur est possible, c'est au grand air.

— Or, il était presque six heures, continua miss Wetherby en se penchant mystérieusement.

— Oui, et c'était quel jour?

Miss Wetherby poussa un petit cri.

— Mais, voyons, c'était le jour du crime! Ne vous l'ai-je donc pas dit?

— Je m'en doutais. Mais comment s'appelle cette dame?

— Son nom commence par un *L*.

Miss Wetherby n'en dit pas davantage. Devinant que ses révélations étaient épuisées, je me levai.

— Vous n'allez rien dire à la police, surtout? dit-elle en me prenant les mains. J'ai horreur de toute publicité. Et, pour aller déposer devant le tribunal, rester là debout...

— Dans certains cas, dis-je, on permet aux témoins de demeurer assis pour faire leur déposition.

Je pris congé de miss Wetherby sur cette boutade.

J'avais encore à voir Mrs Price Ridley. Celle-ci entra tout de suite dans le vif du sujet :

— Je ne veux rien avoir à faire avec la justice, déclara-t-elle en me serrant fortement la main. Vous me comprenez, n'est-ce pas? D'un autre côté, étant au courant de quelque chose, j'ai pensé que les autorités devaient être également averties.

— Cela concerne-t-il Mrs Lestrange? demandai-je.

— Pourquoi cela concernerait-il Mrs Lestrange? rétorqua Mrs Price Ridley avec quelque froideur.

Elle marquait sur moi un léger avantage.

— Il s'agit d'une chose bien simple, continua-t-elle. Clara — c'est ma bonne — était allée à la barrière pour respirer l'air frais pendant quelques minutes. Du moins, c'est ce qu'elle m'a dit, mais j'en doute et je crois plutôt que c'était pour attendre le livreur du marchand de poisson. Ce petit freluquet s'imagine que, parce qu'il a dix-sept ans, il peut faire la cour aux filles! Enfin! que vous disais-je? Ah! oui... Clara se laissait conter fleurette lorsqu'elle a entendu le bruit d'un éternuement.

— Allons bon!

J'attendais la suite.

— C'est tout, dit Mrs Price Ridley. Je vous répète qu'elle a entendu éternuer. Et ne venez pas me dire que je peux me tromper et que Clara n'a que dix-neuf ans!

— Pourquoi, en effet, n'aurait-elle pas entendu éternuer?

Mrs Price Ridley me regarda avec pitié.

— Elle a entendu éternuer le jour du crime, à une heure où il n'y avait personne chez vous. Comprenez-vous? L'assassin était certainement caché dans les alentours et il guettait l'occasion. Vous n'avez plus qu'une chose à faire : chercher un homme qui a un rhume de cerveau.

— Ou un qui ait le rhume des foins, insinuai-je. Mais, voyez-vous, madame, je crois qu'il est facile d'éclaircir ce mystère. Notre bonne a été fortement enrhumée, tous ces temps-ci. Elle nous agaçait même avec ses perpétuels reniflements! C'est elle que votre bonne a entendue...

— C'était un homme qui éternuait! coupa Mrs Price Ridley sur un ton qui n'admettait pas de réplique. D'ailleurs, de notre barrière on ne pourrait pas entendre votre bonne, alors qu'elle est dans la cuisine.

— Vous ne pourriez pas davantage entendre quelqu'un qui éternuerait dans le bureau. Ou, du moins, j'en doute fort.

— Je vous dis qu'il pouvait être caché dans les massifs. Après le départ de Clara, il aura pénétré chez vous par la porte d'entrée.

— Tout est possible.

J'essayai de prendre un ton convaincu, mais je n'y parvins pas, sans doute, car Mrs Price Ridley me fixa avec insistance.

— Oh! je suis habituée à ce qu'on ne tienne aucun compte de ce que je dis... Est-il même nécessaire que je vous apprenne encore qu'une raquette que l'on laisse traîner par terre sans la mettre sous presse est une raquette perdue? Et les raquettes coûtent cher au jour d'à présent!

Cette attaque sournoise s'était produite sans rime ni raison; j'en restai absolument abasourdi.

— Vous n'êtes peut-être pas de cet avis? demanda Mrs Price Ridley.

— Oh! mais si, certainement.

J'en suis bien aise. Eh bien! c'est tout ce que j'ai à vous dire. Après tout, cette affaire, moi je m'en lave les mains.

Elle se renversa en arrière et ferma les yeux comme si elle avait été fatiguée de l'existence. Je la remerciai et lui dis au revoir.

A la porte, je me risquai à demander quelques précisions à Clara :

— C'est vrai, monsieur, dit-elle, c'est vrai. J'ai bien entendu éternuer. Et je vous jure que ce n'était pas un éternuement ordinaire!

Tout ce qui touche à un crime n'est jamais ordinaire. Le coup de feu n'est pas ordinaire. L'éternuement n'était pas un éternuement courant. Ça devait être un éternuement spécial à la race des assassins!

Je demandai à cette brave fille à quelle heure ça s'était passé. Elle fut très vague : entre six heures et quart et six heures et demie, peut-être. En tout cas, c'était avant que sa maîtresse reçût le fameux coup de téléphone qui l'avait fait défaillir.

Je la priai de me dire encore si elle avait entendu une détonation quelconque. Elle prétendit en avoir entendu une formidable. Bref, il ne fallait pas ajouter beaucoup de créance aux dires de Clara.

Au moment de franchir la barrière, j'eus l'idée d'aller voir un ami. Je jetai un coup d'œil à ma montre : j'avais juste le temps de faire cette visite avant le service du soir. Je descendis la rue jusque chez Haydock. Il vint à ma rencontre. Il paraissait plus ennuyé que jamais. Cette affaire l'avait extraordinairement vieilli.

— Je suis bien content de vous voir, dit-il. Quoi de neuf?

Je lui fis part de nos découvertes à propos de Stone.

— Un voleur de taille! s'exclama-t-il. Cela explique bien des choses. Il avait certainement « potassé » son sujet, mais il a pourtant commis, devant moi, de lourdes erreurs. Prothéro a dû s'en apercevoir aussi. Vous vous rappelez la querelle qui s'est élevée entre eux? Et miss Cram, qu'en pensez-vous? Est-elle mêlée à l'affaire?

— On ne sait pas encore. Pour moi, je ne crois pas... Elle est tellement bête!

— Ce n'est pas du tout mon avis. Je la croirais même plutôt assez fine. Et elle déborde de santé : ce n'est pas elle qui dérangera mes confrères!

Je dis encore à Haydock mes craintes à l'égard de mon vicaire et j'ajoutai que je désirais beaucoup lui voir prendre un long repos. Haydock parut gêné. Sa réponse sonnait un peu faux :

— Oui, cela vaudrait mieux, dit-il lentement. Pauvre garçon! Pauvre garçon!

— Je croyais que vous ne l'aimiez guère.

— Je ne l'aime pas beaucoup, en effet. Mais j'ai pitié de tant de gens que je n'aime pas!

Il ajouta, après un court silence :

— Il m'arrive bien de prendre en pitié le sort de Prothéro.

Pauvre vieux! Personne ne l'a jamais beaucoup aimé non plus, celui-là! Il était trop orgueilleux et si fier! Un tel mélange ne plaît guère... Il paraît qu'il a toujours été ainsi, même dans sa jeunesse.

— Vous l'avez donc connu? J'ignorais...

— Mais oui. J'exerçais tout près de chez lui alors qu'il habitait le Westmorland. Il y a bien longtemps de ça. Presque vingt ans.

Je songeais. Il y a vingt ans, Griselda avait vingt ans. Ah! oui, le temps est une drôle de chose.

— Est-ce là tout ce que vous êtes venu me dire, Clément?

J'étais surpris de cette question. Haydock me fixait avec attention.

— Il y a autre chose, n'est-ce pas? insista-t-il.

Je fis signe que oui.

En entrant, tout à l'heure, je m'étais demandé si je devrais ou non parler. Je décidai de parler. J'aime Haydock plus que n'importe qui au monde. C'est un brave homme dans tous les sens du mot. J'eus même l'impression que ce que j'avais à lui dire pourrait lui être utile.

Je lui rapportai donc mes conversations avec miss Hartnell et miss Wetherby.

Il demeura longtemps silencieux, longtemps. Puis :

— C'est vrai, Clément, dit-il enfin, c'est vrai. J'ai fait tout mon possible pour éviter des ennuis à Mrs Lestrange. C'est une vieille amie. Mais ce n'est pas la seule raison qui m'a fait agir ainsi. Le certificat que j'ai délivré n'est pas un certificat de complaisance, comme vous vous l'êtes tous imaginé.

Il s'arrêta, puis dit d'un ton grave :

— Ceci demeurera entre nous, Clément? Mrs Lestrange est perdue.

— Comment?

— Elle se meurt. Je lui donne un mois à vivre, un mois au plus. Vous étonnerez-vous maintenant que je tienne tant à lui éviter les ennuis des interrogatoires et de tout cela?

Il s'arrêta encore, puis reprit :

— Lorsqu'on l'a vue tourner dans cette rue, le fameux soir, c'est ici qu'elle venait, dans cette maison.

— Vous n'aviez jamais parlé de cela...

— Je ne voulais pas donner prise aux commérages. Six à sept, ce n'est pas mon heure de consultation, tout le monde le sait. Mais vous pouvez me croire sur parole si je vous dis que c'est chez moi qu'elle est venue.

— Pourtant elle n'y était pas lorsque je vous ai envoyé chercher après la découverte du crime.

— Non... (Il paraissait troublé.) Elle était partie. Elle avait un rendez-vous...

— De quel côté, ce rendez-vous? Chez elle?

— Je n'en sais rien, Clément. Ma parole d'honneur, je n'en sais rien.

Je le crus. Et pourtant...

— Et si un innocent était pendu? dis-je encore.

Il secoua la tête.

— Non, personne ne sera pendu pour le meurtre du colonel Prothéro. Croyez-moi...

C'est précisément ce que je ne pouvais pas faire. Cependant, quelle certitude dans sa voix!

— Personne ne sera pendu, répéta-t-il.

— Archer...

— Il n'est pas assez intelligent pour avoir essuyé sur le revolver les empreintes digitales!

— Ça, c'est peut-être vrai, dis-je sans beaucoup d'enthousiasme.

Alors, un souvenir me revint et, tirant de ma poche le petit morceau de cristaux bruns que j'avais trouvé dans les bois, je le lui tendis et lui demandai ce que c'était.

— Hum! hum! dit-il avec quelque hésitation. On dirait de l'acide picrique. Où diable avez-vous trouvé ça?

— Ça, c'est le secret de Sherlock Holmes.

Il sourit.

— Qu'est-ce que l'acide picrique? demandai-je.

— Comment! Vous ne savez pas? Mais c'est explosif...

— Sans doute, mais cela peut servir aussi à autre chose?

Il approuva de la tête.

— On l'emploie, en médecine, comme remède aux brûlures. C'est merveilleux.

Je tendis la main. Haydock me rendit le paquet. On eût dit que c'était à contrecœur.

— Cela n'a probablement aucun intérêt, dis-je, mais je l'ai trouvé dans un endroit où on ne s'attend pas à trouver de l'acide picrique.

— Alors, vous ne voulez pas dire où?

Assez puérilement, je m'obstinai dans mon refus. Il avait ses secrets. Je pouvais bien avoir les miens!

J'étais un peu peiné que Haydock ne m'ait pas manifesté plus de confiance.

CHAPITRE XXVI

LES RAISONNEMENTS DE MISS MARPLE

J'étais dans d'étranges dispositions lorsque je montai en chaire, ce soir-là. L'église était pleine, comme jamais je ne l'avais vue. Je ne puis pas croire que c'était l'espoir d'entendre prêcher Hawes qui avait attiré tant de monde. Les sermons de Hawes sont assommants au possible. Et même si la nouvelle s'était répandue que je prêcherais à sa place, ce n'était pas encore une raison pour faire venir une telle assistance. Car mes sermons à moi sont d'ordinaire pleins d'érudition et, donc, assez ternes. Enfin, je ne pouvais guère non plus attribuer cette influence à la dévotion. Hélas!

J'en conclus que chacun était venu pour voir qui assisterait au service et, sans doute aussi, pour avoir l'occasion de bavarder un peu, à la sortie, sur le porche.

Haydock était là, lui qui va jamais à l'église, et Lawrence Redding aussi. A ma vive surprise, j'aperçus, près de Lawrence, la figure pâle et les traits tirés de Hawes. Anne Prothéro était là, elle aussi, mais elle a l'habitude d'assister, chaque dimanche, à l'office du soir. Je ne croyais pas cependant qu'elle serait venue aujourd'hui. Je fus un peu surpris de voir Lettice : aller à l'office du matin était pour elle obligatoire — le colonel Prothéro était intransigeant sur ce point — mais c'était la première fois que je la voyais au service du soir.

J'aperçus aussi Gladys Cram : le voisinage de vieilles filles desséchées la faisait paraître encore plus débordante de jeunesse et de santé. Je distinguai confusément, dans le fond, une silhouette que je crus être celle de Mrs Lestrange. Et j'ai à peine besoin d'ajouter que Mrs Price Ridley, miss Hartnell, miss Wetherby et miss Marple étaient là, au grand complet. Bref, tout le village était venu. Non, je ne me rappelle pas avoir vu une pareille assemblée.

L'effet des foules est curieux. Il se dégageait de celle-là une atmosphère magnétique et j'étais le premier à la ressentir.

D'habitude, je prépare mes sermons à l'avance. J'y apporte beaucoup de soin et de conscience ; cependant, personne ne se rend mieux compte que moi de leurs lacunes et de leurs défauts.

Ce soir, j'étais obligé de parler à l'improviste. Un affolement soudain s'empara de moi à la vue de cette mer de visages tendus vers moi. Chose étrange, j'eus l'impression que je cessais d'être le ministre de Dieu et que je me transformais en acteur. J'avais devant moi un public et je voulais émouvoir ce public. Bien mieux, je me sentais capable de l'émouvoir.

Quand j'y réfléchis, j'avoue que je ne suis pas très fier de ce que j'ai fait. Je ne suis pas de ceux qui pensent qu'il faut réveiller le sentiment religieux par le moyen de l'émotion. Et pourtant, ce soir-là, je tombai dans la déclamation et le lyrisme.

Je lus lentement ce texte : « Je ne suis pas venu appeler les bons, mais je suis venu demander aux pécheurs de se repentir. » Je le relus deux fois, ce verset ; j'entendais ma propre voix, une voix qui résonnait d'un accent tout à fait différent de la voix ordinaire de Léonard Clément.

Au premier rang, je vis Griselda relever la tête avec surprise et Denis qui faisait comme elle.

Je retins mon souffle pendant quelques instants, puis je me laissai aller.

L'assistance était elle-même dans un état d'émotion profonde dont il n'y avait qu'à se servir. Je m'en servis. J'exhortai les pécheurs au repentir avec une véritable frénésie. Je tendis un doigt accusateur, je ne sais combien de fois, et je répétai sans cesse :

— C'est à *vous* que je parle...

Et chaque fois, de divers endroits, j'entendais monter une espèce de soupir. Oui, l'émotion d'une foule est une chose étrange et terrible.

Je terminai sur ces mots sublimes et poignants, les plus poignants peut-être de toute la Bible :

« *Ce soir, il te sera demandé compte de ton âme.* »

J'avais subi, pendant tout ce discours, une sorte d'envoûtement. A mon retour au presbytère, j'avais retrouvé ma personnalité ordinaire et mon habituelle indécision.

Je trouvai Griselda toute pâle. Elle passa son bras sous le mien.

— Len, dit-elle, vous avez été terrible, ce soir. Je n'ai pas aimé votre sermon. Je ne vous avais jamais entendu prêcher comme cela.

— J'espère que vous n'en aurez plus l'occasion, dis-je en me laissant tomber sur le sofa.

Je me sentais très fatigué.

— Pourquoi avez-vous fait cela?

— Une véritable folie s'est emparée de moi, tout à coup.

— Oh! ce n'était pas... Ce n'était pas quelque chose de voulu?

— Qu'entendez-vous par « quelque chose de voulu »?

— Je me demande si... Vous êtes surprenant, Len. J'ai l'impression que je ne vous connais pas.

Nous nous mîmes à table devant un repas froid, car c'était le jour de sortie de Marie.

— Il y a une lettre pour vous dans le vestibule, dit Griselda. Denis, voulez-vous aller la chercher?

Denis, qui avait gardé le silence depuis notre retour, obéit. Je pris la lettre en maugréant. Dans le coin gauche et en haut de l'enveloppe, on avait écrit : *Urgent.*

— Ça doit être miss Marple. Il n'y a qu'elle...

C'était miss Marple, en effet. Je lus :

Cher Mr Clément,

Je voudrais beaucoup vous parler d'une ou deux choses qui me sont passées par la tête. Nous devons tous essayer d'éclaircir de triste mystère.

Si cela ne vous dérange pas, je serai chez vous vers neuf heures et demie. Je frapperai à la fenêtre de votre bureau.

Peut-être, de son côté, cette chère Griselda aura-t-elle l'amabilité de venir distraire mon neveu. Avec Mr Denis, naturellement, si cela lui fait plaisir. Si je n'ai pas de réponse, je les attendrai, et je viendrai moi-même à l'heure dite.

Sincèrement vôtre.

Jeanne MARPLE.

Je tendis la lettre à Griselda.

— Nous irons, dit-elle joyeusement. Un verre ou deux de liqueur — de liqueur faite à la maison! — c'est tout à fait ce qu'il nous faut un dimanche soir. Avec cela que l'entremets de Marie est indigeste!

Denis paraissait moins enchanté de cette perspective.

— C'est bien pour vous, ronchonna-t-il. Vous pouvez parler d'un tas de choses sur l'art et la littérature. Mais moi, qui reste assis à vous écouter, j'ai l'air d'un imbécile.

— Mais c'est très bon pour vous. dit froidement Griselda. Comme cela, vous êtes à votre place! D'ailleurs, je ne trouve pas que Mr West ait autant de talent qu'il le prétend.

— C'est le cas de beaucoup de gens, dis-je.

Je me demandais à quel sujet miss Marple pouvait bien désirer me parler. De toutes les dames qui s'occupent de mes œuvres, c'est elle que je considère comme la plus clairvoyante — et de beaucoup. Non seulement elle voit et elle entend à peu près tout ce qui se passe, mais elle sait tirer des événements des déductions logiques et justes.

Si je devais, un jour, changer le cours de ma vie et devenir malhonnête, je redouterais beaucoup miss Marple!

Ceux qui faisaient partie de ce que Griselda appelait plaisamment « la distraction du neveu » me quittèrent un peu après neuf heures. J'attendis miss Marple. Pour passer le temps, je m'amusai à dresser une espèce de tableau des événements se rapportant au crime. Je procédai par ordre chronologique. Je ne suis pas ponctuel, mais j'aime l'ordre et que les choses soient notées avec beaucoup d'exactitude.

A la demie de neuf heures, j'entendis un petit coup au carreau. Je me levai pour ouvrir à notre voisine. Un châle de Shetland très léger recouvrait sa tête et ses épaules. Elle paraissait encore plus vieille et plus menue qu'à l'ordinaire. Elle entra en faisant toutes sortes de petites réflexions.

— C'est si aimable de votre part de me recevoir... et si gentil de la part de cette chère Griselda. Raymond l'admire tellement! Il ne l'appelle jamais que « le Greuze parfait ». Vous permettez que je m'asseye? Ce n'est pas votre chaise, au moins? Merci. Non, je n'ai pas besoin de petit banc.

Je déposai sur une chaise le châle de Shetland et m'assis en face de mon invitée. Nous nous regardions sans parler. Un petit sourire suppliant apparut sur le visage de miss Marple.

— J'ai l'impression, commença-t-elle, que vous devez vous demander pour quelle raison je m'intéresse tant à cette affaire. Ce n'est guère le rôle d'une femme... Non, laissez-moi vous expliquer, je vous prie.

Elle s'arrêta, rougissante, puis reprit :

— Voyez-vous : quand on vit seul, comme c'est mon cas, dans un endroit écarté, on a besoin d'une marotte. Il y a bien le tricot : on peut aussi s'occuper des œuvres, des scouts, ou encore faire de la peinture. Oui, je sais... mais ma marotte à moi, c'est, et elle a toujours été, l'observation de la nature humaine. C'est si varié et si plein d'intérêt! Et, naturellement, dans un si petit village où rien ne vient vous distraire, on a tout le loisir de devenir très compétent dans l'art qu'on a choisi d'exercer.

On commence par classer les gens, comme s'il s'agissait d'oiseaux ou de fleurs : tel groupe, tels caractères, telles espèces. D'abord, on se trompe quelquefois, puis, de moins en moins. Et il faut se livrer à des expériences; on pose de petits problèmes comme celui du bocal de crevettes qui a tant amusé Griselda.

C'était une affaire de rien du tout, mais, pourtant, absolument incompréhensible, à moins de la résoudre selon la logique. Rappelez-vous encore l'histoire de la substitution des gouttes pour le rhume et celle du parapluie de la femme du boucher! A cette dernière, il était impossible de rien comprendre si l'on ne supposait pas que le marchand de légumes se conduisait fort mal avec la femme du pharmacien — ce qui était le cas, naturellement. C'est très intéressant d'avoir une opinion et de la voir ensuite vérifiée par les événements!

— Et les événements vous donnent souvent raison, je crois? dis-je en souriant.

— J'ai bien peur, en effet, que cela ne m'ait rendue un peu prétentieuse, avoua miss Marple. Mais je m'étais souvent demandé si je serais capable de réussir aussi bien dans le cas où il s'agirait d'une affaire compliquée. Arriverais-je à résoudre correctement une énigme d'importance? Logiquement, cela devrait être aussi facile. Après tout, une torpédo pour enfants est la même qu'une torpédo ordinaire!

— Vous voulez dire que c'est une affaire de relativité, dis-je lentement. Il devrait en être ainsi, théoriquement. Mais dans la réalité...

— Ça doit sûrement être la même chose, coupa miss Marple. Les... comment dire? ce que l'on appelait à l'école les facteurs, ne sont-ils pas toujours les mêmes? Il y a l'argent, l'attraction mutuelle entre gens de... de... sexe opposé; puis il y a aussi, naturellement, les singularités : tant de gens sont bizarres et même la plupart, quand on les connaît bien. Et des gens normaux font parfois des choses si extraordinaires, alors que les anormaux manquent souvent d'originalité. Il n'y a qu'un moyen d'arriver à la vérité, c'est de comparer les gens que l'on rencontre avec d'autres que l'on connaît déjà. Vous seriez surpris de savoir comme il y a peu de types différents.

— Vous m'effrayez, dis-je; il me semble que je suis examiné au microscope!

— Croyez bien, cher pasteur, que je n'aurais jamais l'idée de tenir ce langage au colonel Melchett (il est si autoritaire!) ni à ce pauvre Landormy... Savez-vous à qui il me fait penser, Landormy ? Aux jeunes vendeuses qui veulent vous vendre des souliers vernis sous prétexte qu'elles les ont dans votre pointure et qui n'admettent pas que vous réclamiez des chaussures de cuir jaune!

— Voilà une excellente définition de l'inspecteur!

— Mais vous-même, Mr Clément, je suis bien sûre que vous en savez autant que lui sur le crime. Ah! si nous pouvions travailler ensemble...

— Je me le dis aussi. Car chacun de nous, au fond de soi-même, se prend pour un Sherlock Holmes!

Là-dessus, je mis ma visiteuse au courant des trois lettres que j'avais reçues dans l'après-midi ; je lui racontai comment Anne avait découvert le portrait lacéré, je lui fis part de l'étrange attitude de miss Cram au commissariat et, enfin, la façon dont Haydock avait identifié les fameux cristaux.

— Comme c'est moi qui les ai trouvés, ajoutai-je en parlant de ces derniers, je serais ravi que cette découverte fût de quelque importance! Mais elle n'a, sans doute, rien à voir avec notre affaire.

— J'ai lu, ces temps-ci, beaucoup de romans policiers américains; je pensais qu'ils pourraient nous être utiles.

— Y était-il question d'acide picrique, au moins?

— Non, malheureusement! Il me souvient pourtant d'avoir

lu, un jour, l'histoire d'un homme qui avait été empoisonné par l'acide picrique et la lanoline dont on s'était servi comme onguent.

— Mais puisque personne n'a été empoisonné, tout cela n'a aucun rapport.

Je soumis alors mon petit travail de tout à l'heure à miss Marple.

— J'ai essayé, dis-je, de dresser aussi exactement que possible la liste des événements qui se rapportent à l'affaire qui nous intéresse.

Je demande la permission de recopier ici ce document.

Jeudi 21, 12 H 30. — *Le colonel Prothéro remet le rendez-vous qu'il m'a demandé à six heures un quart, au lieu de six heures. Il est, sans doute, entendu de tout le village.*

12 h 45. — *Le revolver de Lawrence est vu pour la dernière fois à sa place habituelle. Toutefois, le fait est un peu boiteux, car la mère Archer avait d'abord déclaré qu'elle ne se rappelait rien à ce sujet.*

5 h 30. (*environ*). — *Le colonel et Mrs Prothéro quittent Old Hall en auto pour le village.*

5 h 30 (*exactement*). — *Je reçois un coup de téléphone truqué venant du pavillon nord de Old Hall.*

6 h 15 (*ou une ou deux minutes avant*). — *Prothéro arrive au presbytère. Marie le fait entrer dans mon bureau.*

6 h 20. — *Mrs Prothéro, qui est arrivée par le sentier de derrière, traverse le jardin et vient jusqu'à la fenêtre du bureau. Elle ne voit pas le colonel.*

6 h 29. — *Un coup de téléphone venant du cottage de Lawrence Redding* (*renseignement fourni par la poste*) *appelle Mrs Price Ridley.*

6 h 30-6h 35. — *Une détonation est entendue — en admettant toutefois que l'heure du coup de téléphone précédent soit exacte. Selon Lawrence et le docteur Stone, cet appel se*

serait produit beaucoup plus tôt, mais c'est Mrs Price Ridley qui doit avoir raison.

6 h 45. — *Lawrence Redding arrive au presbytère et découvre le cadavre.*

6 h 48. — *Je rencontre Lawrence.*

6 h 49. — *A mon tour, je découvre le corps.*

6 h 55. — *Haydock procède à un examen.*

Nota bene. — *Les deux seules personnes ne pouvant fournir aucun alibi pour six heures trente et six heures trente-cinq sont miss Cram et Mrs Lestrange. Miss Cram soutient qu'elle se trouvait aux fouilles, mais ce n'est pas confirmé. Il semble cependant raisonnable de la mettre hors de cause. Mrs Lestrange a quitté le docteur Haydock quelques instants après six heures pour aller à un rendez-vous. Où? et avec qui? Ce ne pouvait guère être avec Prothéro, qui, à la même heure, pensait être occupé avec moi. Il est prouvé que Mrs Lestrange se trouvait dans les parages au moment où le crime a été commis, mais on n'aperçoit guère quel motif elle aurait pu avoir de tuer le colonel. La mort de celui-ci ne lui rapportait rien et je ne puis admettre l'hypothèse du chantage chère à Landormy. Mrs Lestrange est incapable d'une action aussi basse. Par ailleurs, on ne voit pas très bien comment elle se serait emparée du revolver de Lawrence*

Tel était mon petit memento.

— Tout cela est très clair, dit miss Marple lorsqu'elle en eut achevé la lecture. C'est vraiment très clair. Les hommes sont étonnants pour établir des tableaux synoptiques!

— Mais vous êtes bien de mon avis? demandai-je.

— Bien sûr... C'est tout à fait remarquable.

Je posai alors la question qui me brûlait les lèvres depuis le début de cet entretien :

— Miss Marple, qui soupçonnez-vous? Vous avez parlé, une fois, de sept personnes...

— C'est bien cela, dit-elle d'un air absent. Chacun soupçonne quelqu'un de différent. D'ailleurs, cela se voit bien.

Elle ne me demanda pas quelle était la personne que je soupçonnais, moi.

— Le problème, reprit-elle, c'est de donner de chaque chose une explication satisfaisante. Si vous avez une théorie qui explique tous les événements, tous, croyez-moi, c'est la bonne. Mais c'est extrêmement difficile! s'il n'y avait pas cette lettre...

— La lettre ? dis-je surpris.

— Mais oui, la lettre. Rappelez-vous ce que je vous ai déjà dit à ce sujet. Cette lettre me tracasse depuis le début. Il y a là-dedans quelque chose qui ne va pas.

— Pourtant, maintenant, tout cela est clair. La lettre a été écrite à six heures trente et une main étrangère — celle de l'assassin — a ajouté en haut six heures vingt. Je crois que c'est nettement établi.

— Même après cette explication, à mon avis cela ne va pas.

— Comment?

— Écoutez.

Miss Marple se pencha et poursuivit avec beaucoup de chaleur :

— Mrs Prothéro a traversé le jardin, comme je vous l'ai dit. Elle est allée jusqu'à la fenêtre de votre bureau. Là, elle a regardé à l'intérieur, sans voir le colonel.

— Oui, car, lui, il était en train d'écrire, précisément...

— C'est bien ce qui ne va pas. Cela se passait à six heures vingt. Nous sommes tombés d'accord pour reconnaître qu'il ne se serait pas mis à écrire avant six heures trente pour dire qu'il ne pouvait pas attendre plus longtemps. Bon. Mais alors, pourquoi, à six heures vingt, était-il déjà assis à votre bureau?

— Je n'avais jamais pensé à cela, dis-je lentement.

— Dites-moi, cher Mr Clément, si nous récapitulions tout depuis le début? Mrs Prothéro est à la fenêtre, elle croit que la pièce est vide, — car elle l'a cru : autrement, elle ne se serait pas hasardée à descendre à l'atelier pour rencontrer Redding. Cela aurait été bien imprudent! Pour qu'elle ait cru que la pièce était vide, il fallait qu'il y règne le plus grand silence. Et cela nous laisse le choix entre trois hypothèses, n'est-il pas vrai?

— Vous voulez dire...

— La première, c'est que le colonel Prothéro était déjà mort. Mais je ne crois pas que ce soit cela. Il n'était là que depuis cinq minutes environ : elle ou moi, nous aurions certainement entendu la détonation; au surplus cela n'expliquerait pas pourquoi il était assis devant le bureau. Deuxième hypothèse : le colonel était en train d'écrire une lettre, mais, dans ce cas, ce devait être une lettre différente de celle qu'on a trouvée. Ça ne pouvait pas être pour dire qu'il ne pouvait pas attendre. Et la troisième...

— La troisième, répétai-je en écho.

— Eh bien! la troisième, c'est que Mrs Prothéro a raison et que la pièce était vide.

— Vous supposez qu'ayant été introduit dans cette pièce, le colonel en serait ressorti pour revenir plus tard?

— Oui.

— Mais pourquoi aurait-il agi de la sorte?

Miss Marple leva les mains au ciel dans un geste d'incertitude.

— Il faudrait alors reprendre l'affaire sous un angle tout à fait nouveau.

— Il arrive souvent qu'il faille agir ainsi. N'est-ce pas votre avis?

Je ne répondis pas. Je réfléchissais aux trois solutions envisagées par miss Marple.

La vieille dame se leva.

— Il faut que je m'en aille. Je suis bien contente d'avoir pu bavarder un peu avec vous... encore que nous n'ayons guère avancé, n'est-ce pas?

— Pour vous dire ma pensée, dis-je en allant chercher son châle, cette affaire me fait l'effet d'être terriblement embrouillée.

— Eh bien! ce n'est pas du tout mon avis. Je crois qu'il existe un système qui explique presque tout. C'est d'admettre qu'il y ait une coïncidence... et je crois qu'une coïncidence est, en effet, admissible. Naturellement, il est assez peu probable qu'il y en ait eu plus d'une.

— C'est vraiment votre avis? J'entends en ce qui regarde la théorie?

Je regardai miss Marple en lui posant cette question.

— Je reconnais qu'il y a une fissure dans mon échafaudage.. Une chose que je n'arrive pas à comprendre. Ah! si cette lettre était différente...

Elle soupira et secoua la tête. Elle s'approcha de la fenêtre et se mit à remuer la plante qui se trouvait sur le rebord et qui dépérissait quelque peu.

— Savez-vous, cher Mr Clément, que cette plante devrait être arrosée plus souvent? Elle a besoin d'eau, la pauvre! Votre bonne devrait lui donner à boire tous les jours, car c'est elle qui s'en occupe, n'est-ce pas?

— Elle s'occupe de cela, dis-je, comme elle s'occupe du reste.

— Elle est encore débutante.

— Oui. Et Griselda se refuse à la mettre au courant. A l'entendre, notre seule chance de pouvoir garder une bonne, c'est que cette bonne soit absolument indésirable! Et, pourtant, Marie voulait nous donner congé, l'autre jour.

— Tiens! Tiens! J'avais toujours pensé qu'elle vous était attachée, au contraire.

— Je ne m'en suis guère aperçu, en tout cas! Mais c'était Lettice Prothéro qui l'avait contrariée. Comme elle revenait de l'enquête plutôt un peu émue, elle a trouvé Lettice et elles ont échangé des propos aigres-doux.

— Ah! fit miss Marple.

Elle allait franchir la porte-fenêtre. Mais soudain elle s'arrêta et je vis son expression changer.

— Mon Dieu! murmura-t-elle comme si elle se parlait à elle-même. Que j'ai donc été bête! C'est donc cela! C'est parfaitement plausible.

— Vous dites?

Elle tourna vers moi un visage ennuyé.

— Rien. Une idée qui m'est venue. Je dois rentrer. Je vais réfléchir. J'ai dû vous paraître stupide.

— Vous ne pouvez pas paraître stupide, dis-je galamment.

Je la reconduisis par le jardin.

— Voyons, miss Marple, ne pouvez-vous pas me dire ce qui vous est ainsi passé par la tête?

— Je préfère ne pas vous le dire maintenant, car je peux encore me tromper. Mais je ne le crois pas. Voici la barrière. Ne venez pas plus loin. Je vous remercie.

— La lettre est-elle encore une pierre d'achoppement? demandai-je, tandis qu'elle refermait la barrière.

— La lettre? Mais, voyons, ce n'était pas la vraie lettre. Je ne l'ai jamais cru, d'ailleurs. Bonsoir, Mr Clément.

Elle remonta précipitamment le petit sentier qui mène à sa demeure. Je restai là, à la regarder. Je ne savais que penser.

CHAPITRE XXVII

UNE CONVERSATION INTERROMPUE

Griselda et Denis n'étaient pas encore rentrés. Je pensai que j'aurais dû accompagner miss Marple jusque chez elle et revenir avec eux à la maison. Nous étions tellement préoccupés par cette triste affaire que nous finissions par en oublier tout le reste.

J'étais debout dans le vestibule à me demander si je n'allais pas les rejoindre, lorsque la sonnette retentit. J'allai à la porte. J'aperçus une lettre dans la boîte et je la pris. On avait dû sonner pour avertir. Mais ce n'était pas cela car, de nouveau, la sonnette tinta. Je mis la lettre dans ma poche et j'ouvris. C'était Melchett.

— Bonsoir, Clément, dit-il. Je rentre de la ville en auto et j'ai eu l'idée de venir vous demander, en passant, quelque chose à boire.

— Vous m'en voyez enchanté. Passez donc dans mon bureau.

Le colonel enleva son manteau de cuir et me suivit. J'allai chercher du whisky et deux verres. Melchett se tenait devant la cheminée, debout, les jambes écartées. Il caressait sa petite moustache par un tic habituel.

— J'ai du nouveau à vous annoncer, Clément. La chose la plus extraordinaire que vous ayez jamais entendue. Mais nous y reviendrons dans un instant. Quoi de neuf de votre côté? D'autres vieilles dames se sont-elles improvisées détectives?

— Elles font de leur mieux, dis-je, et ne s'en tirent pas trop mal. Il y en a même une qui croit avoir trouvé.

— C'est sans doute notre excellente amie miss Marple?

— Vous l'avez dit, mon cher colonel.

— Des femmes comme elles s'imaginent toujours tout savoir.

Melchett sirota son whisky en connaisseur.

— La question que je vais vous poser est probablement inutile, dis-je. Mais je suppose qu'on n'a pas manqué d'interroger le commis du marchand de poisson. Car, si le meurtrier est sorti par la porte d'entrée, il se pourrait que ce gamin l'ait vu.

— Landormy l'a interrogé, en effet, mais il affirme n'avoir vu personne. C'est, d'ailleurs, assez vraisemblable : vous devez bien penser que l'assassin ne tenait pas à se montrer. On peut très facilement se dissimuler dans les bosquets autour de la barrière. Il a dû s'assurer que la rue était déserte. Le commis avait des liavrisons à faire au presbytère, chez Haydock et chez Mrs Price Ridley; il était ainsi facile de l'éviter.

— Oui, sans doute.

— D'un autre côté, continua Melchett, si c'est ce propre à rien d'Archer qui a fait le coup, le petit Jackson ne le vendra pas, même s'il a vu quelque chose. Ils sont cousins.

— Vous soupçonnez Archer?

— Dame! Le vieux Prothéro ne lui en voulait-il pas? Ils avaient eu de graves différends. Et le colonel ne péchait pas par excès d'indulgence!

— Ah! certes non. Il était même impitoyable.

— Moi, savez-vous quel est mon principe? Il faut vivre et laisser vivre. La loi est la loi, bien sûr, mais on en se repent jamais d'accorder quelque bienveillance à son prochain. C'est ce que Prothéro n'a jamais voulu comprendre.

— Il s'enorgueillissait même de sa dureté, dis-je.

Après un court silence, je demandai encore :

— Et ces nouvelles sensationnelles que vous m'avez promises?

— Pour sensationnelles, elles sont vraiment sensationnelles. Vous vous souvenez de cette lettre inachevée que Prothéro était en train d'écrire quand on l'a tué?

— Oui, parfaitement.

— Eh bien! nous l'avons fait examiner par un expert. Nous voulions savoir si l'heure avait été ajoutée par une autre main. Nous avons dû soumettre à l'expert des spécimens de l'écriture de Prothéro. Or, savez-vous quelle a été la conclusion de celui-ci? La lettre, écoutez-moi bien, Clément, la lettre, vous entendez, n'a jamais été écrite par Prothéro!

— C'est un faux?

— Oui, c'est un faux. Les experts pensent que six heures vingt a été écrit par une main différente, mais ils n'en sont pas tout à fait sûrs. L'en-tête n'est pas écrit de la même encre, mais la lettre elle-même constitue un faux. Ce n'est pas Prothéro qui l'a écrite.

— Ils en sont sûrs?

— Aussi sûrs que des experts peuvent l'être. Vous savez comment ils sont toujours. Pourtant, là-dessus, ils sont absolument affirmatifs.

— C'est formidable! ne pus-je m'empêcher de dire. Figurez-vous, je m'en souviens très bien maintenant, que Mrs Prothéro m'avait dit qu'elle n'avait pas reconnu l'écriture de son mari, mais, sur le moment, je n'ai pas prêté attention à ses propos.

— Elle vous a dit cela?

— J'ai pris cela pour une de ces réflexions sans importance qu'il arrive à chacun de faire. Si quelque chose me paraissait certain, c'était bien que Prothéro eût écrit cette lettre.

Nous nous regardâmes longuement, Melchett et moi.

— Le plus fort, dis-je lentement, c'est que, tout à l'heure, à cette place, miss Marple disait, elle aussi, que cette lettre était un faux.

— Au diable miss Marple! Elle n'en saurait pas davantage si c'était elle qui avait commis le crime.

A ce moment, j'entendis la sonnerie du téléphone. Avez-vous remarqué qu'il existe une sorte de psychologie d'un appel téléphonique? Cet appel, par son insistance, avait quelque chose de lugubre.

J'allai à l'appareil et pris l'écouteur.

— Oui, c'est ici le presbytère.

Une étrange voix criarde m'arriva à travers l'appareil. Et cette voix disait :

— Il faut que j'avoue... Il faut que je me confesse!... Ah! mon Dieu! mon Dieu!

— Allô! Allô!... Mademoiselle, on m'a coupé... Quel est le numéro qui m'a demandé?

Une voix langoureuse me répondit, avec forces excuses, qu'elle n'en savait rien.

Je raccrochai. Puis, me tournant vers Melchett :

— Vous m'aviez dit, un jour, que vous deviendrez fou si quelqu'un s'accusait de ce crime.

— Oui, eh bien?

— Eh bien! j'ai eu, au bout du fil, quelqu'un qui voulait me faire des aveux. Mais nous avons été coupés.

Melchett bondit sur l'appareil.

— Je vais leur parler, à la poste, moi! rugit-il.

— Oh! je vous en prie, dis-je, insistez, insistez. Peut-être aurez-vous plus de chance que moi. Je vous laisse. Je sors. J'ai l'impression d'avoir reconnu cette voix.

CHAPITRE XXVIII

TENTATION

Je descendis en toute hâte la rue du village. Il était onze heures, et à onze heures, le dimanche soir, Saint-Mary Mead est complètement mort. Cependant, comme je passais, j'aperçus de la lumière à la fenêtre d'un premier étage. Hawes n'était pas encore couché; je m'arrêtai et sonnai à la porte.

Après un temps qui me parut long, la propriétaire de Hawes, Mrs Salder, tira avec peine deux verrous, une chaîne, tourna la clef dans la serrure et montra un visage méfiant :

— Comment, c'est le pasteur! s'écria-t-elle.

— Bonsoir, dis-je. Je désire voir Mr Hawes; je vois que c'est encore allumé chez lui; il n'est donc pas couché?

— C'est possible. Je ne l'ai pas vu depuis que je lui ai monté son souper. Il a passé une soirée bien tranquille, personne n'est venu le voir et il n'est pas sorti.

J'approuvai de la tête et, passant devant elle, je montai rapidement l'escalier. Hawes avait au premier étage une chambre à coucher et un salon.

Je pénétrai dans le salon : renversé sur une chaise longue, mon vicaire dormait profondément. Mon entrée ne l'éveilla pas. Il y avait à côté de lui une boîte à cachets vide et un verre d'eau à moitié plein.

Sur le plancher, près de son pied gauche, je vis une feuille de papier froissé sur laquelle on avait écrit; je la ramassai et la dépliai.

Elle commençait ainsi :

Mon cher Clément,

Après l'avoir lue, je poussai une exclamation et la mis dans ma poche. Alors, je me penchai sur Hawes pour l'observer attentivement. Je pris le téléphone, qui se trouvait à portée de la main, et je demandai le numéro du presbytère. Melchett devait y être encore; il cherchait à retrouver d'où venait la communication que j'avais reçue, et on me répondit que ce n'était pas libre. Je priai qu'on me rappelât et je raccrochai le récepteur.

Je mis la main à ma poche pour prendre le billet que j'avais ramassé et le relire. En même temps, j'en rapportai la lettre que j'avais trouvée dans la boîte et que je n'avais pas encore ouverte.

Son écriture m'était familière. Elle était de la même main que la lettre anonyme que j'avais reçue dans l'après-midi.

Je l'ouvris.

Je la lus une fois, deux fois, sans la comprendre. Je commençais de la relire une troisième fois quand le téléphone retentit. Comme dans un rêve, je décrochai le récepteur et parlai.

— Allô!

— Allô!

— C'est vous, Melchett?

— Oui, où êtes-vous? J'ai trouvé d'où venait ce fameux appel téléphonique. C'est le numéro...

Oui, je sais quel est ce numéro.

— Ah! très bien. Mais n'est-ce pas de là que vous me parlez?

— Oui.

Et alors, cet aveu?

— Je l'ai reçu.

— Vous tenez donc le meurtrier?

J'éprouvai alors la plus grande tentation de toute ma vie. Je regardai Hawes. Je regardai la lettre froissée. Je regardai le griffonnage anonyme. Je regardai enfin la boîte de cachets vide qui portait le nom de Cherubin. Je me rappelai alors une certaine conversation que j'avais eue, par hasard.

Je fis un effort immense.

— Je.., ne sais pas, dis-je. Ce que vous avez de mieux à faire, c'est de venir ici.

Je lui donnai l'adresse. Puis je m'assis en face de Hawes pour décider du parti à prendre. J'avais seulement deux minutes pour le faire, car, dans deux minutes, Melchett serait là.

Je pris la lettre; pour la troisième fois, je la relus, d'un bout à l'autre.

Puis je fermai les yeux et je songeai...

CHAPITRE XXIX

OU LE MAUVAIS NUMÉRO SE TROUVE ÊTRE LE BON

Combien de temps restai-je assis là? Pas plus de quelques minutes, sans doute. Cependant, j'avais l'impression que toute une éternité s'était écoulée lorsque j'entendis ouvrir la porte et que, tournant la tête, je vis entrer Melchett.

Il parut étonné de voir Hawes endormi sur sa chaise.

— Qu'est-ce que c'est? dit-il. Qu'est-ce que tout cela signifie?

Je pris une des deux lettres que je tenais à la main et je la lui tendis. Il la relut, à voix haute :

Mon cher Clément,

J'ai à vous faire part d'une chose extrêmement pénible. Je voulais vous en parler. Après réflexion, je préfère vous écrire. Nous y reviendrons plus tard, d'ailleurs; il le faudra.

Je fais allusion en ce moment aux détournements qui ont été constatés ces derniers temps. Je regrette d'avoir à vous dire que je suis parvenu à identifier le coupable. Aucun doute n'est possible.

Aussi pénible que cela puisse être pour moi d'avoir à accuser un membre du clergé, mon devoir n'en est pas moins clair. Il faut faire un exemple, et...

Melchett m'interrogea du regard. A cet endroit, l'écriture se terminait en un griffonnage incompréhensible, tracé, on le devinait, alors que la mort commençait à glacer la main qui tenait la plume.

Le colonel poussa un grand soupir, puis de nouveau, il regarda Hawes.

— Enfin, dit-il, nous tenons la clef du mystère! Le seul homme auquel on n'ait jamais songé! Et c'est le remords qui l'a poussé à se confesser...

— Il était bien bizarre, depuis quelques jours, dis-je.

Brusquement, Melchett s'était dirigé vers le dormeur. Il ne put retenir une exclamation. Il prit Hawes par l'épaule et se mit à le secouer, d'abord avec douceur, puis de plus en plus violemment.

— Il ne dort pas! s'écria-t-il. Vous voyez bien que ce sont les stupéfiants! Ah! qu'est-ce que tout ça veut dire?

Son regard tomba sur la boîte de cachets. Il la prit.

— A-t-il...

— Je crois que oui. Il me les avait montrés l'autre jour, en me disant qu'on l'avait averti de ne pas en prendre une trop forte dose. C'est sûrement ce qui aura amené la mort. Pauvre garçon! Après tout, c'est peut-être mieux ainsi. Et ce n'était pas à nous de le juger.

Mais Melchett est avant tout le chef de notre police. Les mêmes arguments qui agissaient sur moi n'avaient sur lui aucune prise. Il avait découvert un assassin. Il entendait que cet assassin fût pendu.

Il se jeta littéralement sur le téléphone, et il agitait l'appareil avec une impatience fébrile en attendant qu'on lui répondît. Il avait demandé le numéro de Haydock. L'oreille à l'écouteur, il considérait le corps flasque étendu sur la chaise.

— Allô! Allô!... C'est bien le docteur Haydock? Le docteur peut-il venir immédiatement à High Street? Chez Mr Hawes. C'est urgent, urgent. Vous dites?... Mais quel numéro êtes-vous? A! excusez-moi.

Il rappela la poste d'un ton rogue.

— Encore un mauvais numéro!... On donne toujours de

mauvais numéros!... et il s'agit de la vie d'un homme!... Allô! Je vous dis que vous m'avez donné un mauvais numéro... Allô! Ne perdez pas de temps... Appelez-moi le 39 — trente-neuf, neuf, pas cinq.

Une nouvelle période d'impatience s'écoula encore — un peu plus courte que tout à l'heure.

— Allô!... C'est vous, Haydock? C'est Melchett qui vous parle. Venez. Venez tout de suite chez Hawes. Il a absorbé une trop forte dose de drogue. Faites vite : c'est une question de vie ou de mort.

Il raccrocha et se mit à parcourir la pièce à grandes enjambées.

Il me regarda bien en face:

— Je me demande pourquoi vous n'avez pas téléphoné à Haydock de venir, et tout de suite encore. Vous aviez perdu vos moyens, hein, mon pauvre Clément?

Il ne peut venir à l'esprit de Melchett que l'on envisage les choses d'une autre façon que lui-même. Je ne répondis pas. Il reprit :

— Où avez-vous trouvé cette lettre?

— Par terre, froissée... Il l'avait laissé tomber...

— C'est extraordinaire... Miss Marple avait bien raison d'affirmer que ce n'était pas la bonne lettre que nous avions trouvée. Comment a-t-elle pu deviner cela? Entre nous, ce pauvre garçon a été un imbécile de ne pas détruire un document aussi accablant. Quelle idée de conserver une telle lettre! Il ne peut pas exister de preuve plus formelle.

— La nature humaine est pleine de contradictions et d'inconséquences...

— Heureusement! S'il n'en allait pas ainsi, nous ne mettrions jamais la main sur un criminel. Mais, tôt ou tard, ils font des bêtises. C'est ainsi qu'ils se font toujours prendre. Mais vous avez l'air tout chose, Clément. Cette histoire vous a porté un rude coup?

— Ah! pour ça, oui. Je vous l'ai dit : Hawes était très biazrre depuis quelque temps, mais je n'aurais jamais pensé.

— Qui aurait pu le supposer? Écoutez : on dirait qu'on entend une auto.

Il s'approcha de la fenêtre et se pencha.

— Oui, c'est Haydock qui arrive.

Un instant après, le docteur était à nos côtés. Melchett le mit rapidement au courant de ce qui venait de se passer.

Haydock est un de ces hommes qui ne laissent jamais paraître leurs sentiments. C'est à peine s'il fronça les sourcils. Tout de suite, il fut auprès du malade. Il lui prit le pouls, souleva la paupière et examina l'œil avec la plus grande attention.

Puis il se tourna vers Melchett.

— Vous tenez absolument à ce que je le sauve pour le rendre à la potence? demanda-t-il. Il est déjà bien malade. Je ne suis pas sûr de réussir.

— Faites tout ce que vous pourrez, dit Melchett.

— Bon.

Ouvrant sa trousse, il commença de préparer une solution hypodermique qu'il injecta aussitôt dans le bras de Hawes. Et, debout, il attendit.

— Le mieux, ça va être de le conduire à l'hôpital de Much Benham. Vous allez m'aider à le descendre dans ma voiture.

Nous lui donnâmes un bon coup de main. Comme Haydock s'installait au volant, il fit encore cette réflexion :

— Vous savez, Melchett, que vous ne pourrez pas le faire pendre?

— Vous voulez dire qu'il ne s'en relèvera pas?

— Ça, je ne sais pas. Et ce n'est point ce que j'ai voulu dire. Je veux dire que, même s'il guérit, eh bien, le malheureux ne pourra pas être rendu responsable de ses actes. Je témoignerai...

— A quoi peut-il faire allusion? demanda Melchett en remontant avec moi les degrés de l'escalier.

Je lui expliquai que Hawes avait été atteint d'encéphalite léthargique.

— C'est la maladie du sommeil, Clément? De nos jours, on

trouve toujours de bonnes raisons pour excuser les mauvaises actions. Vous êtes de mon avis?

— La science nous a appris beaucoup de choses que nous ignorions.

— La science... La science!... Excusez-moi de parler ainsi, mais toutes vos théories me paraissent ridicules et me déplaisent. Je suis un homme simple, moi. En attendant, je crois que nous pourrions nous livrer ici même à quelques recherches.

A peine Melchett venait-il de prononcer ces derniers mots qu'il se produisit un petit événement assez inattendu : la porte s'ouvrit et miss Marple entra.

Elle était toute rouge et paraissait extrêmement surexcitée.

— Excusez-moi, je vous en prie, dit-elle ; si, si, je vois bien que je vous dérange. Bonsoir, colonel. Je vous en prie, excusez-moi. Mais j'ai entendu dire que Mr Hawes était malade et j'ai cru devoir venir vous demander si je peux vous être utile en quoi que ce soit.

Elle s'arrêta. Melchett la regardait avec une espèce de mépris.

— Vous êtes très aimable, miss Marple, dit-il d'un ton sec. Mais ce n'était pas la peine de vous déranger. A propos, comment avez-vous su...

J'étais sur le point de poser, moi aussi, la même question.

— C'est le téléphone, expliqua miss Marple! Ils sont si négligents avec leurs faux numéros à la poste! C'est à moi que vous avez parlé la première fois, croyant appeler le docteur Haydock. C'est moi le trente-cinq.

— Ah! c'est donc ça! m'écriai-je.

Miss Marple a toujours une bonne raison de savoir ce qu'elle sait. Celle-ci était tout à fait plausible.

— Voilà, reprit-elle. Alors, je suis venue voir si je pourrais être utile à quelque chose.

— Vous êtes on ne peut plus aimable, dit Melchett plus sèchement encore. Mais il n'y a rien à faire. Haydock vient de le conduire à l'hôpital.

— Ainsi, il est à l'hôpital? C'est un grand soulagement pour moi. Il y sera très bien. Quand vous dites qu'il n'y a plus rien à faire, vous ne voulez pas dire qu'il n'y a rien à faire pour le sauver? Il n'est pas condamné?

— Hélas! dis-je.

Miss Marple avait aperçu la boîte de cachets.

— Il a dû en prendre une trop forte dose, dit-elle.

J'eus l'impression que Melchett demeurait sur ses gardes. En d'autres circonstances, j'aurais peut-être été dans les mêmes dispositions. Mais j'avais encore trop présent dans l'esprit le souvenir de mes discussions avec la vieille dame au sujet du crime pour adopter une attitude semblable. (Je dois tout de même reconnaître que son apparition inopinée sur la scène et son avidité à savoir me choquaient un peu.)

— Regardez, dis-je, et je lui tendis la lettre inachevée de Prothéro.

Elle la prit et la lut sans manifester la moindre surprise.

— Vous ne vous étiez guère trompée.

— Non, en effet, mais je vais vous poser une question, Mr Clément, avec votre permission, bien entendu : puis-je savoir ce qui vous a conduit ici, ce soir? Il y a là quelque chose qui m'intrigue. Ce n'est pas vous et le colonel Melchett que je m'attendais à rencontrer.

J'expliquai que j'avais reçu un coup de téléphone et que j'avais cru reconnaître la voix de mon vicaire. Hochant la tête, miss Marple m'écoutait d'un air pensif.

— Tout à fait intéressant, cela, finit-elle par dire. C'est même providentiel! s'il m'est permis d'employer ce mot. Vous avez été conduit dans cette maison au moment propice.

— Propice à quoi? demandai-je avec tristesse.

Miss Marple manifestait le plus grand étonnement.

— Mais, grâce à vous, Hawes sera sauvé, sans doute.

— Il vaudrait peut-être mieux qu'il ne guérît jamais. Ce serait préférable pour lui... et préférable pour tout le monde. Maintenant, nous connaissons la vérité...

Je m'arrêtai. Miss Marple agitait la tête avec tant de véhémence que j'en perdis le fil de mon discours.

— Naturellement! s'écria-t-elle. Naturellement! C'est bien

ce qu'il faut que vous croyiez. Oui, il veut vous faire croire que vous savez la vérité. Ce serait, en effet, préférable pour tout le monde. Oui... oui... Tout se tient!... La lettre, les cachets, l'état de Mr Hawes, ses aveux. Tout ça se tient. Mais c'est faux!

Nous regardions miss Marple, littéralement stupéfaits.

— Et c'est pourquoi, reprit-elle, je suis si contente de savoir Mr Hawes à l'hôpital en sécurité, dans un endroit où personne ne peut l'approcher. S'il guérit, il vous dira la vérité.

— La vérité?

— Oui, la vérité, Mr Clément. Et la vérité, c'est qu'il n'a jamais touché même à un cheveu du colonel Prothéro.

— Et l'appel téléphonique?... Et la lettre?... Et ces cachets?.. Voyons, tout cela est trop clair.

— Je vous répète que ça, c'est ce qu'il veut vous faire croire. Ah! il est très fort! Le fait qu'il ait gardé cette lettre et qu'il s'en soit servi ainsi, oui, c'est vraiment très fort.

— Il? Qui, Il? demandai-je.

— Le meurtrier, voyons!

Et miss Marple ajouta, le plus tranquillement du monde :

— Le meurtrier, Lawrence Redding.

CHAPITRE XXX

MISS MARPLE, DÉTECTIVE

Nous regardions miss Marple. Un instant, nous crûmes qu'elle avait perdu la raison, tellement cette accusation nous paraissait insensée. C'est Melchett qui, le premier, reprit la parole. Il parla avec douceur et avec une sorte de pitié condescendante.

— Mais c'est absurde, miss Marple, dit-il ; le jeune Redding a été mis complètement hors de cause.

— Bien sûr, répondit miss Marple ; il a tout fait pour qu'on l'accuse d'avoir commis le crime.

— Eh oui! c'est même comme ça qu'il nous a eus... moi, comme tout le monde. Vous pouvez vous rappeler, cher Mr Clément, combien j'ai été surprise d'apprendre qu'il s'était accusé d'avoir commis le crime. Cela bouleversa toutes mes idées et me fit croire qu'il était innocent... Pourtant, jusque-là, j'étais convaincue qu'il était coupable.

— Ainsi, c'était Lawrence Redding que vous soupçonniez?

— Je sais que, dans les livres, le meurtrier est toujours la personne à laquelle on s'attend le moins. Mais je n'ai jamais trouvé cette règle appliquée dans la vie réelle ; c'est même souvent le contraire. Comme j'ai toujours beaucoup aimé Mrs Prothéro, je ne pouvais m'empêcher de croire qu'elle était complètement dominée par Mr Redding et qu'elle ferait tout ce qu'il lui dirait de faire. Naturellement, il n'est pas homme à s'enfuir avec une femme sans le sou. Pour lui, il était indispensable que Prothéro disparût... Il l'a donc fait disparaître. C'est un de ces charmants individus qui n'ont aucun sens moral.

Le colonel Melchett reniflait avec impatience, depuis un moment. A la fin, il éclata :

— Non, c'est idiot, ce que vous dites là! Idiot! On possède l'emploi du temps de Lawrence jusqu'à six heures quarante-cinq, heure à laquelle Haydock affirme qu'il est matériellement impossible que Prothéro ait été tué. Mais vous savez tout mieux que le docteur, probablement? A moins que vous ne laissiez entendre que Haydock ait menti.

— Je crois, prononça miss Marple dans le plus grand calme, je crois que tout ce qu'a dit le docteur Haydock est absolument vrai. Le docteur est un homme loyal. D'ailleurs, ce n'est pas Mr Redding qui a tiré sur le colonel, c'est Mrs Prothéro.

De nouveau, nous regardions miss Marple. Elle rejeta un peu le fichu de dentelle qui couvrait ses épaules, puis elle commença de parler avec la plus grande douceur, comme il sied à une vieille demoiselle. Elle disait le plus naturellement du monde les choses les plus effrayantes.

— Je n'ai pas jugé bon de parler jusqu'à maintenant. L'opinion qu'on peut avoir ne vaut jamais une preuve. Et, à moins de pouvoir fournir une explication qui donne la clef de tous les événements — je le répétais encore tout à l'heure à ce cher Mr Clément — on ne doit jamais porter d'accusation contre qui que ce soit. Mon explication à moi n'était pas entièrement satisfaisante. Il n'y manquait qu'une toute petit chose. Or, tout à coup, en sortant du bureau du presbytère, mes yeux se sont portés sur le palmier qui se trouve dans un pot, près de la fenêtre. Tout le problème était là! C'était clair comme le jour!

— Elle est folle!... folle à lier!... murmura Melchett à mon oreille.

Miss Marple nous regardait tranquillement. Elle rayonnait. Elle reprit de sa petite voix de personne bien élevée :

— J'avais de la peine à croire ce qu'il me fallait croire. Oui. cela me faisait de la peine, car je les aimais bien, tous les deux. Mais quand, lui d'abord, elle ensuite, se sont accusés de la façon que vous savez, j'ai éprouvé un grand soulagement. Je m'étais trompée! C'est à ce moment que j'ai établi la liste des personnes qui pouvaient avoir un motif de souhaiter la mort du colonel.

— Les sept! murmurai-je.

Miss Marple me regarda et sourit.

— Mais oui, les sept! Il y avait Archer (ce n'était guère probable) : un jour qu'il aurait trop bu... Puis il y avait Marie : elle est, depuis longtemps, l'amie d'Archer et elle a un caractère plutôt bizarre. Elle avait un motif — un motif et une occasion : ce jour-là, elle était seule au presbytère. La vieille mère Archer aurait pu subtiliser le revolver de Mr Redding et le donner à l'un ou à l'autre. Naturellement, il y avait Lettice : elle désirait à la fois sa liberté et de l'argent pour faire ce qui lui plaisait. J'ai connu bien des cas où les jeunes filles les plus belles et les plus candides ont prouvé qu'elles ne possédaient aucun sens moral, qu'elles n'avaient aucun scrupule. Les hommes ne veulent jamais croire chose pareille.

Je sursautai. Miss Marple continuait :

— Et puis, il y avait la raquette de tennis.

— La raquette?

— Oui, la raquette que Clara, la bonne de Mrs Price Ridley, a vue sur l'herbe, près de la barrière, monsieur Clément. Cela pouvait faire croire que Mr Denis était revenu plus tôt qu'il ne le disait. Les garçons de seize ans sont tellement peu équilibrés — et si sensibles, par-dessus le marché! Quel qu'ait pu être le motif : amour pour Lettice, l'affection pour vous, c'était une chose possible.

Évidemment il y avait encore le pauvre Mr Hawes et vous-même, cher pasteur ; pas les deux ensemble, mais un ou l'autre.

— Moi? me récriai-je avec beaucoup de vivacité et un grand étonnement.

— Mais oui, et je vous en fais mes excuses. A dire vrai, je n'y ai jamais cru sérieusement. Mais toutes ces sommes qui avaient disparu... Le coupable ne pouvait être que vous ou le vicaire. Mrs Price Ridley insinuait partout que c'était vous. C'était d'autant plus admissible que vous vous opposiez énergiquement à ce qu'on fasse une enquête. Pour ma part, j'ai toujours été persuadée que c'était Mr Hawes : il me faisait tellement penser au malheureux organiste dont je vous ai parlé. Cependant, on ne pouvait avoir aucune certitude.

— Étant donné ce qu'est la nature humaine, complétai-je avec une certaine irritation.

— Bien sûr. Continuons. Il y avait aussi, vous l'avez deviné? cette chère Griselda.

— Mrs Clément était absolument hors de cause, interrompit Melchett. Elle est rentrée par le train de six heures cinquante.

— C'est du moins, ce qu'elle a dit. On ne devrait jamais se fier à ce que disent les gens. Ce soir-là, le train de six heures cinquante avait une demi-heure de retard, Et, à sept heures quinze, je l'ai vue, de mes yeux vue, partir pour Old Hall. Il faut en conclure qu'elle était rentrée plus tôt, par un autre train. Car on l'a vue, cela est acquis ; mais je ne vous apprends rien?

Elle me lança un coup d'œil interrogateur. Il y avait un tel magnétisme dans son regard que je lui tendis, presque malgré moi, la dernière lettre anonyme, celle que je venais d'ouvrir il y avait quelques instants. Cette lettre m'informait que Griselda avait été aperçue lorsqu'elle sortait de la maison de Lawrence, par la porte de derrière, à six heures vingt, le jour du crime.

Je ne dis jamais rien, ni alors, ni plus tard, du soupçon affreux qui, un jour, était venu assaillir mon esprit. Ç'avait été l'éclair d'un rêve, non pas un rêve, mais d'un cauchemar : une intrigue entre Lawrence et Griselda ; la chose était venue aux oreilles de Prothéro qui avait décidé de m'avertir ; Griselda, désespérée, volait le revolver pour faire taire le colonel. Je le répète : tout cela n'avait été qu'un cauchemar, mais qui avait, pendant de longues minutes, revêtu l'apparence de la plus effroyable des réalités.

J'ignore si miss Marple avait deviné mes pensées. C'est très probable. Il est peu de choses qui lui échappent.

Elle me rendit la lettre avec un petit mouvement de la tête :

— Mais ça a fait le tour du village, dit-elle. Tout le monde était au courant. Et cela paraissait assez suspect, n'est-ce pas? D'autant plus que la mère Archer avait juré qu'elle avait vu le revolver quand elle était partie, à midi.

Miss Marple s'arrêta un instant, puis reprit :

— Mais je m'éloigne terriblement de la question. Ce que je veux — et crois que c'est mon devoir — c'est vous exposer mon explication de tout ce système. Si vous ne me croyez pas, tant pis! J'aurai fait ce que j'avais à faire. Mais, au point où en sont les choses, mon désir de posséder une preuve formelle avant de parler aura peut-être coûté la vie à ce pauvre Mr Hawes.

Elle s'arrêta encore. Lorsqu'elle recommença de parler, sa

voix avait une intonation nouvelle. Elle était, cette fois, tout à fait assurée.

— Voilà, dit-elle, comment j'explique les événements. Le jeudi après-midi, le crime a été décidé dans ses moindres détails. Lawrence est venu voir le pasteur, sachant très bien qu'il n'était pas chez lui. Il portait sur lui le revolver qu'il cacha dans le pot de fleurs qui se trouve sur le rebord de la fenêtre. Quand Mr Clément est rentré et qu'il a croisé Lawrence, celui-ci lui a expliqué sa présence en disant qu'il venait lui faire part de sa décision de quitter le village. A cinq heures trente, il a téléphoné au pasteur en imitant une voix de femme (rappelez-vous que c'était un excellent acteur!).

Mrs Prothéro et son mari venaient de partir pour le village. Et, chose très curieuse (personne, alors, ne l'a remarqué), Mrs Prothéro n'avait pas pris de sac à main. Avouez que c'est extraordinaire pour une femme! Un peu avant six heures trente, elle passa devant mon jardin et s'arrêta pour me parler ; elle tenait à ce que je constate qu'elle ne portait pas d'arme et qu'elle était dans un état normal. Car ils s'étaient rendu compte que rien ne m'échappe jamais! Elle disparaît à l'angle de la maison pour aller à la fenêtre du bureau. A ce moment, le malheureux colonel est assis : il est en train d'écrire une lettre à votre intention, monsieur Clément. Il est sourd, chacun sait ça. Elle prend dans le cachepot le pistolet qu'elle était certaine d'y trouver, elle s'approche de son mari et: pan! dans la tête. Puis elle jette l'arme sur le plancher et sort comme un éclair, gagnant l'atelier par le jardin. On pourrait croire qu'elle n'a pas eu le temps de faire tout cela. Elle l'a fait pourtant.

— Et la détonation? objecta Melchett. Vous n'avez pas entendu la détonation?

— N'existe-t-il pas une invention qui a la vertu de rendre les armes silencieuses? C'est, du moins, ce que m'ont appris certaines histoires de détectives. Je me demande si l'éternuement que Clara a entendu n'aurait pas été le bruit de cette détonation? Mais ça n'a pas d'importance. Je poursuis. Mr Redding rejoint Mrs Prothéro devant l'atelier ; ils y pénètrent ensemble et — étant donné ce qu'est la nature humaine — je crois qu'ils comprennent que je ne quitterai pas mon jardin avant de les avoir vus sortir.

Je n'ai jamais tant aimé miss Marple qu'à ce moment où, avec son sens de l'humour, elle avouait sa propre faiblesse.

— A leur sortie, ils paraissent gais et naturels. Là, vraiment, ils commettent une faute. Car s'ils s'étaient dit adieu, comme *ils* l'ont soutenu par la suite, ils auraient eu une autre attitude. Voyez-vous, c'était là le point faible. Ils n'*osaient* pas paraître ennuyés, inquiets.

Pendant les dix minutes qui suivent, il s'arrangent pour pouvoir fournir un alibi. Alors, Mr Redding va au presbytère qu'il ne quittera qu'au dernier moment. Il avait dû vous voir venir de loin par le sentier et il avait pu gentiment arranger les choses. Il emporta le revolver et son appareil silencieux ; il a laissé la lettre truquée, avec ses deux encres et ses deux écritures. Lorsqu'on découvrira le faux, on croira qu'on a voulu, maladroitement, compromettre Anne. Mais, en déposant sa lettre, il trouve celle du colonel : c'est quelque chose de tout à fait inespéré. Comme il est très intelligent, il comprend qu'une telle lettre pourra lui être d'une grande utilité et il la prend. Il change les aiguilles de la pendule pour les faire concorder avec l'heure marquée sur la lettre : il sait bien que cette pendule avance d'un quart d'heure. Mais c'est toujours la même idée : il faut diriger les soupçons sur Mrs Prothéro.

Puis Lawrence part, et c'est alors qu'il vous rencontre et simule la folie. Je vous répète qu'il est très intelligent ! Car, je vous le demande, qu'essaierait de faire un meurtrier, son crime commis ? Il ferait les plus grands efforts pour paraître naturel. C'est précisément ce que n'a pas fait Mr Redding. Il se débarrasse ensuite de l'appareil silencieux et va directement au commissariat, avec son revolver. Il s'accuse ridiculement d'avoir commis le crime. Tout le monde s'y laisse prendre.

Quelque chose forçait l'adhésion dans le récit de miss Marple. Sa conviction était telle que nous avions le sentiment, Melchett et moi, que c'était bien ainsi que les choses s'étaient passées.

— Mais, et ce coup qu'on a entendu dans le bois? demandai-je pourtant. Est-ce là la coïncidence à laquelle vous avez fait allusion tout à l'heure?

— Oh! mais non, dit miss Marple, en secouant vigoureusement la tête. Ce n'était pas une coïncidence. Bien loin de là. Il fallait absolument qu'on ait entendu une détonation. Sans cela, on eût continué de soupçonner Mrs Prothéro. De quelle façon Mr Redding a-t-il arrangé cela, au juste? Je ne sais pas. Pourtant, je crois savoir que l'acide picrique explose si vous laissez tomber dessus quelque chose de lourd. Or, rappelez-vous, cher pasteur, que vous avez rencontré Lawrence avec une grosse pierre à l'endroit où vous avez, plus tard, trouvé les cristaux. Les hommes sont habiles, allez! On suspend la pierre au-dessus de cristaux, puis on place une mèche qui brûle lentement, qui mettra vingt minutes avant d'être complètement brûlée pour que l'explosion se produise vers six heures trente, au moment où Mrs Prothéro et Mr Redding sortent de l'atelier, à la vue de tout le monde. C'est un stratagème de tout repos, car, que pourrait-on retrouver plus tard? Une simple grosse pierre. Et, pourtant, cette pierre, quand vous l'avez rencontré, il essayait de la déplacer!

— Vous devez avoir raison, dis-je.

Je me rappelai le mouvement de surprise qu'avait eu Lawrence, en me voyant, ce jour-là. Sur le moment, cela m'avait paru tout à fait naturel, mais, maintenant...

On eût dit que miss Marple lisait dans mes pensées, car elle reprit malicieusement :

— Oui, il a dû être plutôt surpris de vous rencontrer juste à ce moment-là... Mais il s'en est très bien tiré en vous disant que c'était pour mon jardin japonais. Seulement — miss Marple prononça ces mots avec quelque emphase — seulement, ce n'était pas du tout le genre de pierre qui convient à mon jardin japonais! Et c'est ce qui m'a orientée vers la bonne piste.

Pendant tout ce discours, Melchett était demeuré assis. On

eût dit un homme en transe. Il semblait, maintenant, revenir à lui. Il renifla une ou deux fois, se moucha et dit :

— Ma parole! Ma parole!

Il ne se compromit pas davantage. J'ai l'impression qu'il était aussi impressionné que moi-même par l'assurance de miss Marple et la logique de ses raisonnements. Mais il ne voulait pas admettre encore qu'elle disait vrai.

Il étendit la main, prit la lettre chiffonnée :

— Tout ça est fort bien, s'écria-t-il. Mais alors, miss Marple, comment expliquez-vous que Hawes ait appelé le pasteur au téléphone pour se confesser?

— Eh bien, c'est le côté providentiel de cette affaire. C'est certainement l'effet produit par le sermon de Mr Clément. Savez-vous, cher pasteur, que vous avez été tout à fait remarquable? Mr Hawes a dû être profondément impressionné; il n'aura pas pu supporter cela plus longtemps et il aura éprouvé le besoin d'avouer que c'était lui qui avait... détourné les fonds de l'église.

— Quoi? quoi?

— Mais oui. Et, grâce à Dieu, c'est ce qui lui aura sauvé la vie. (Car j'espère bien qu'il est hors de danger : le docteur Haydock est si habile!) Selon moi, Mr Redding conservait la lettre — c'était imprudent, mais il la mettait dans un endroit sûr — et il cherchait à savoir à qui elle pouvait faire allusion. Il a, à un certain moment, découvert que c'était à Mr Hawes. Je sais qu'il est venu ici avec le vicaire et qu'ils ont passé un long moment ensemble. Il a dû alors substituer un cachet qu'il avait apporté à l'un de ceux que Mr Hawes prenait d'habitude et il aura glissé cette lettre dans la robe de chambre du malheureux jeune homme. Celui-ci avalerait le cachet fatal en toute innocence; après sa mort, on chercherait dans ses affaires et l'on trouverait la lettre. On ne manquerait pas d'en déduire que c'était lui l'assassin du colonel et qu'il s'était suicidé, torturé par le remords. Je pense que Mr Hawes a découvert cette lettre, ce soir même, après avoir absorbé le cachet. Dans son état, il a dû croire qu'il s'agissait d'un événement surnaturel et, cela s'ajoutant à l'effet produit par le terrible sermon du pasteur, il a avoué ce que vous savez.

— Ma parole! Ma parole! s'écria encore Melchett. Tout ça est invraisemblable! Je... je n'en crois pas un mot!

Il disait cela d'un air si drôle! Il dut s'en rendre compte, car il ajouta :

— Pouvez-vous expliquer l'autre appel téléphonique? Celui qui concerne Mrs Price Ridley et qui venait de la maison de Redding?

— Ça, dit miss Marple, c'est ce que j'appelle la coïncidence. C'est cette chère Griselda qui est l'auteur de cet appel... Avec Mr Denis, peut-être. Ils avaient eu vent des bruits que Mrs Price Ridley faisait circuler sur le pasteur, et ils ont imaginé ce moyen de la faire taire. C'était un peu puéril. Coïncidence curieuse : cet appel s'est produit à l'heure exacte où la détonation truquée a été entendue. On a pu croire que les deux choses avaient quelque rapport entre elles.

Je me souvins alors que tous ceux qui avaient entendu cette détonation l'avaient, en effet, décrite comme une détonation anormale. Ils avaient raison. Cependant, ils ne savaient comment préciser son caractère anormal.

Melchett toussa, comme s'il avait dû trouver ses mots :

— Votre version est plausible, miss Marple, finit-il par dire. Mais vous me permettrez de vous faire observer qu'elle ne comporte pas l'ombre d'une preuve.

— Hélas! je le sais bien, dit miss Marple. Mais vous y croyez, n'est-ce pas?

Un silence. Puis le colonel dit, et l'on sentait que c'était à contrecœur :

— Oui, j'y crois. Je ne vois pas comment les choses auraient pu se passer autrement. Mais il n'y a pas de preuve... pas un atome de preuve.

Miss Marple toussa.

— C'est bien pourquoi j'ai pensé que, peut-être, étant donné les circonstances...

— Quoi donc?
— On pourrait se permettre de tendre un piège.

CHAPITRE XXXI

TANTE FANNY AVAIT RAISON

Nous la regardions, ébahis.

— Un piège? Quelle sorte de piège?

Miss Marple se montra un peu réticente, mais il était visible qu'elle avait un plan tout tracé.

— Admettons, par exemple, qu'on appelle Mr Redding au téléphone pour l'avertir.

Melchett ne put retenir un sourire.

— Oui. « Tout est découvert! Fuyez! » C'est un bien vieux truc, miss Marple. Non qu'il n'ait souvent réussi, mais je crois que le jeune Redding est trop malin pour s'y laisser prendre.

— Il faudrait trouver quelque chose d'inédit, je m'en rends compte, dit miss Marple. Je suggère — mais ce n'est qu'une suggestion... — que cet avertissement pourrait lui venir de quelqu'un qui est connu pour n'avoir pas là-dessus les idées de tout le monde, le docteur Haydock, par exemple. Si on se fie aux propos qu'il tient, on peut supposer qu'il voit le crime sous un angle tout à fait original. Il faudra lui laisser entendre que quelqu'un — Mrs Sadler ou un de ses enfants — l'a vu échanger ses cachets. Il est évident que si Mr Redding est innocent, cette accusation n'aura sur lui aucun effet, mais s'il ne l'est pas...

— S'il ne l'est pas?...

— Eh bien, il est possible qu'il commette alors quelque imprudence.

— Et qu'il se livre. Peut-être. Très ingénieux, miss Marple. Mais Haydock voudra-t-il se prêter à cela? Comme vous le disiez, ses idées...

Miss Marple l'interrompit vivement.

— Oh! mais ça, c'est la théorie! Et c'est si différent de la pratique! Mais, le voilà; nous allons pouvoir le lui demander.

Je crois bien que Haydock fut plutôt étonné de trouver miss Marple avec nous. Il nous parut fatigué.

— Il s'en fallu de peu, dit-il, de bien peu. Il va s'en tirer. C'est le devoir d'un médecin de sauver ses malades et je l'ai sauvé, mais j'aurais autant aimé qu'il ne s'en fût pas remis.

— Vous pourrez peut-être changer d'avis, répondit Melchett, quand vous aurez entendu ce que nous avons à vous dire.

Brièvement, il exposa au docteur la théorie de miss Marple, en terminant par l'hypothèse qu'elle venait d'émettre.

Nous eûmes ainsi le privilège de nous rendre compte de ce que miss Marple appelait la différence entre la théorie et la pratique.

Les idées humanitaires de Haydock avaient subi une assez sérieuse transformation. Il aurait aimé voir la tête de Lawrence Redding sur le billot. Ce n'était pas, j'imagine, le meurtre de Prothéro qui excitait sa colère, c'était le lâche attentat contre le malheureux Hawes.

— Le maudit scélérat! Le maudit scélérat! Ce pauvre Hawes! Il a une mère et une sœur : la honte d'être la mère et la sœur d'un assassin les aurait poursuivies leur vie durant. Pensez à leur angoisse! Quelle infamie, quelle lâcheté! Si tout ce que vous me dites est vrai, vous pouvez compter sur moi. Ce garçon-là n'est pas digne de vivre... Un pauvre être sans défense comme Hawes.

Car n'importe quel chien boiteux peut toujours compter sur la sympathie de Haydock.

Il était très occupé avec Melchett à régler les détails du piège à tendre à Redding, quand miss Marple se leva. Je m'offris à la reconduire.

— C'est très gentil de votre part, me dit-elle tandis que

nous descendions la rue déserte. Mon Dieu! il est minuit passé. J'espère que Raymond s'est couché et n'a pas attendu.

— Il aurait dû vous accompagner.

— Je ne lui ai pas dit que je sortais.

Je souris en me rappelant soudain la subtile analyse psychologique que Raymond West avait fait du crime.

— Si votre théorie se change en certitude, ce dont je ne doute pas un instant, ce sera une bonne note aux yeux de votre neveu.

Miss Marple sourit aussi, d'un sourire indulgent.

— Cela me rappelle une chose que répétait souvent ma grand-tante Fanny. J'avais seize ans et je trouvais cela tout à fait stupide.

— Ah! oui?

— Elle avait coutume de dire : « Les jeunes croient que les vieux sont fous; mais les vieux savent que ce sont les jeunes qui sont fous. »

ÉPILOGUE

Il ne reste plus grand-chose à dire de l'affaire Prothéro.

Le plan de miss Marple a complètement réussi. Lawrence Redding était coupable. Il suffit de lui faire savoir qu'on l'avait vu échanger les cachets pour qu'aussitôt il accomplît un acte insensé. Car tel est le pouvoir d'une conscience troublée.

Il se trouva alors dans une étrange alternative. Sa première idée fut, j'imagine, de s'enfuir. Seulement, il avait une complice. Il ne pouvait pas se sauver comme cela, sans la prévenir! Il n'osa même pas attendre jusqu'au lendemain matin. En pleine nuit, il monta à Old Hall. Les deux plus fins limiers de Melchett l'avaient pris en filature. Il lança de petits cailloux dans les carreaux de la chambre d'Anne Prothéro. Réveillée, celle-ci vint bientôt à la fenêtre : à voix presque basse, il la pria de descendre lui parler, tout de suite. Ils se sentaient plus en sécurité dehors qu'à l'intérieur : Lettice aurait pu s'éveiller. Mais les inspecteurs réussirent à entendre toute leur conversation. Conversation édifiante et qui ne laissait aucun doute. Sur toute la ligne, miss Marple avait raison.

Le procès de Lawrence et d'Anne est trop connu de tous pour que j'en refasse, une fois de plus, le récit. Je dois tout de même signaler qu'une grande considération rejaillit sur Landormy, grâce au zèle et à l'intelligence duquel les criminels avaient pu être appréhendés et livrés à la justice. Par contre, personne ne songea même à faire allusion au rôle de miss

Marple dans l'affaire. La vieille demoiselle avait, d'ailleurs, horreur de tout ce qui pouvait ressembler à de la réclame.

Lettice vint me voir alors que les débats allaient s'ouvrir. Elle arriva dans mon bureau comme une apparition, selon son habitude. Elle me dit que, dès le début, elle avait été certaine de la culpabilité, au moins en tant que complice, de sa belle-mère. La perte du béret jaune n'avait été qu'un prétexte pour faire des recherches à l'endroit même où le crime avait été commis. Elle espérait, contre tout espoir, qu'elle trouverait quelque chose qui aurait échappé à la police.

— Car, dit-elle de sa voix irréelle, eux, Landormy, Melchett, les autres, ils ne la détestaient pas comme je la déteste. Et la haine facilite souvent les choses.

Déçue par le résultat négatif de ses recherches, c'est alors qu'elle avait laissé tomber la boucle d'oreille d'Anne près du bureau.

— Qu'est-ce que cela pouvait faire? dit-elle. J'étais convaincue qu'elle était coupable. Tous les moyens étaient bons, puisque l'assassin, c'était elle.

Je soupirai. Lettice ne comprendra jamais certains sentiments. Elle est, si l'on peut ainsi parler, moralement aveugle.

— Qu'allez-vous faire, maintenant? demandai-je.

— Quand tout sera fini, j'irai à l'étranger.

Elle hésita un instant. Puis :

— J'irai à l'étranger avec ma mère.

Je la regardai, muet d'étonnement.

Elle hocha la tête.

— Eh quoi! reprit-elle. Vous n'avez donc pas deviné que Mrs Lestrange est ma mère? C'est pourtant ainsi. Elle se meurt. Elle voulait me revoir avant de disparaître à jamais et c'est pour cela qu'elle est venue se fixer à Saint-Mary Mead, sous un faux nom. Le docteur Haydock l'a beaucoup aidée. C'est un de ses plus vieux amis. Il a été amoureux d'elle, dans le temps. D'ailleurs, cela se voit bien, ne trouvez-vous pas? Oui, même aujourd'hui, il l'aime encore. Elle a tant de charme! Je vous disais donc que Haydock a fait tout ce qu'il a pu pour lui venir en aide. Si elle n'a pas conservé son vrai nom, c'est à cause des gens qui sont si méchants et si bavards. Le fameux soir que vous savez, elle était allée voir papa pour lui dire son état et l'immense désir qu'elle avait de me revoir. Mon père a été d'une brutalité révoltante. Il lui a dit qu'elle n'avait aucun droit à réclamer quoi que ce soit et que, d'ailleurs, je la croyais morte. Comme si j'avais jamais cru cette histoire! Des hommes comme mon père ne voient pas plus loin que le bout de leur nez!

Mais maman n'est pas une femme à se laisser impressionner. Elle avait jugé convenable de s'adresser d'abord à mon père; lorsqu'il l'eut renvoyée de la façon brutale que je viens de vous dire, elle m'écrivit pour me fixer un rendez-vous. C'est la raison pour laquelle j'ai quitté de bonne heure la partie de tennis. Nous nous sommes rencontrées à six heures et quart, au bout du sentier. Nous n'eûmes alors qu'un bref entretien, mais nous décidâmes de nous revoir. Nous nous sommes quittées quelques instants avant six heures et demie. Plus tard, je fus terrifiée à la pensée qu'on pouvait la soupçonner d'avoir tué mon père. Après tout, elle avait quelques raisons de lui en vouloir! C'est alors que je suis montée dans notre grenier et que j'ai lacéré un tableau qui la représentait. J'avais peur que la police n'aille fouiller là-haut et ne reconnaisse ce portrait. Je n'étais pas seule à avoir des craintes à son sujet. Le docteur Haydock en avait aussi. Je suis sûre qu'il a cru qu'elle était coupable. Maman est une femme de tête. Elle sait ce qu'elle fait — sans jamais songer aux conséquences de ses actes.

Lettice s'arrêta un instant, puis elle poursuivit :

— Voyez comme les choses sont bizarres! Elle et moi, nous sommes très attachées l'une à l'autre. Mon père et moi, nous ne l'étions pas du tout. Pourtant, ma mère... Mais à présent tout cela ne fait rien. Nous allons partir ensemble à l'étranger. Je resterai avec elle jusqu'à... jusqu'à sa mort.

Lettice s'était levée. Je lui pris la main.

— Que Dieu vous protège toutes les deux, dis-je. Je souhaite qu'un jour vienne, Lettice, où vous ayez beaucoup de bonheur.

— Il le faudrait bien, dit-elle en essayant de sourire. Je n'en ai pas eu beaucoup jusqu'à présent, n'est-ce pas? Mais ça a tellement peu d'importance! Adieu, Mr Clément. Vous avez toujours été très bien avec moi, ainsi que Griselda.

Griselda! Ah! Griselda!

Je ne pus m'empêcher de lui dire à quel point la lettre anonyme m'avait bouleversé. Elle commença par en rire, puis elle me sermonna assez solennellement.

— Croyez bien qu'à l'avenir, ajouta-t-elle, je serai très réservée et que je vivrai dans la seule crainte de Dieu — comme un pèlerin!

Je ne vois guère Griselda dans le rôle d'un pèlerin.

Elle continua :

— Savez-vous, Len, que ma vie est à la veille de connaître un événement qui va la rendre plus sérieuse? Vous aussi, vous allez subir la même influence, mais, pour vous, ce sera une espèce de rajeunissement, du moins, je le souhaite. Vous n'allez plus pouvoir m'appeler votre chère enfant lorsque nous aurons un véritable enfant à nous. A partir de maintenant, Len, j'ai décidé de devenir une vraie épouse et une vraie mère, comme disent les livres. Et je serai aussi une vraie maîtresse de maison! Je viens de me payer deux livres : *Comment avoir un intérieur bien tenu* et l'*Amour maternel*. Avec cela, si je ne deviens pas une femme modèle, ce sera à désespérer de tout! Ces livres sont d'ailleurs à pouffer de rire. D'autant que leur comique est involontaire. Surtout celui qui traite de l'éducation des enfants.

— Vous n'avez pas acheté un ouvrage sur la meilleure façon de soigner son mari? demandai-je avec une subite appréhension.

— Je n'en ai pas besoin, dit Griselda. Je suis une très bonne épouse. Je vous aime beaucoup. Que voulez-vous de plus?

— Rien.

— Ne pourriez-vous pas me dire, au moins une fois, que vous m'aimez à la folie?

— Chère Griselda, je vous adore! Je vous vénère! Je suis follement, désespérément amoureux de vous! Je suis fou de vous!

Ma femme parut très sensible à ces déclarations et à ce lyrisme.

Tout à coup, elle s'éloigna.

— Ah! zut, voilà miss Marple, à présent. Surtout, ne lui laissez rien deviner. Je ne veux pas que tout le monde m'offre des coussins et me dise d'étendre mes jambes. Dites-lui donc que je suis allée au golf. Comme cela, elle ne se doutera de rien. Et puis, c'est la vérité. J'y ai même laissé mon pull-over jaune et j'en aurais bien besoin.

Miss Marple apparut à la porte vitrée et s'y arrêta un instant. Elle s'excusa et me dit qu'elle serait heureuse de voir Griselda.

— Griselda, dis-je, est allée au golf.

Une lueur d'inquiétude passa dans le regard de la vieille dame.

— Oh! quelle imprudence! dit-elle en entrant. Surtout dans l'état...

Elle rougit gentiment, et nous changeâmes de conversation. Nous parlâmes, vous l'avez deviné, de l'affaire Prothéro, et, notamment, du docteur Stone, qui, on le savait maintenant, n'était qu'un audacieux cambrioleur, titulaire de plusieurs états civils. Miss Cram avait été mise absolument hors de cause. Elle avait fini par reconnaître qu'elle avait porté la valise dans les bois, mais elle l'avait fait avec la meilleure foi du monde. Le faux Stone lui avait raconté qu'il craignait d'autres archéologues, ses rivaux, lesquels, à l'entendre, étaient capables de commettre un cambriolage pour discréditer ses théories. Et elle avait avalé des bourdes de ce calibre! D'après ce qu'on dit dans le village, elle est actuellement à la recherche d'un célibataire moins louche et d'un certain âge, qui aurait besoin d'une bonne secrétaire.

Tout en parlant, je me demandais comment miss Marple avait bien pu découvrir notre dernier secret. C'est elle qui, très discrètement, devait me fournir la clef de cette petite énigme.

— J'espère que cette chère Griselda ne se fatiguera pas trop, susurra-t-elle. Figurez-vous que je me trouvais, hier, chez le libraire de Much Benham...

Pauvre Griselda! C'est ce livre sur l'amour maternel qui l'aura dénoncée!

— Je me demande, dis-je brusquement, si vous commettiez un crime, comment on pourrait arriver à savoir que c'est vous.

— Vous en avez des idées! fit miss Marple (elle était visiblement choquée). J'espère bien n'être jamais capable de faire une chose pareille!

— Mais, étant donné ce qu'est la nature humaine..., murmurai-je.

J'avais touché juste. Miss Marple se mit à rire, d'un rire gracieux de vieille demoiselle bien élevée.

— Comme vous êtes taquin, Mr Clément!

Elle se leva et dit encore :

— Naturellement, vous êtes heureux...

Elle s'arrêta un instant près de la fenêtre.

— Mes amitiés à Griselda... Dites-lui bien qu'avec moi elle n'a rien à craindre. Je sais garder un secret.

Cette chère miss Marple!

FIN

IMPRIMÉ EN FRANCE PAR BRODARD ET TAUPIN
7, bd Romain-Rolland - Montrouge - Usine de La Flèche.
ISBN original 2 - 7024 - 0061 - 2
ISBN : 2 - 7024 - 0683 - 1